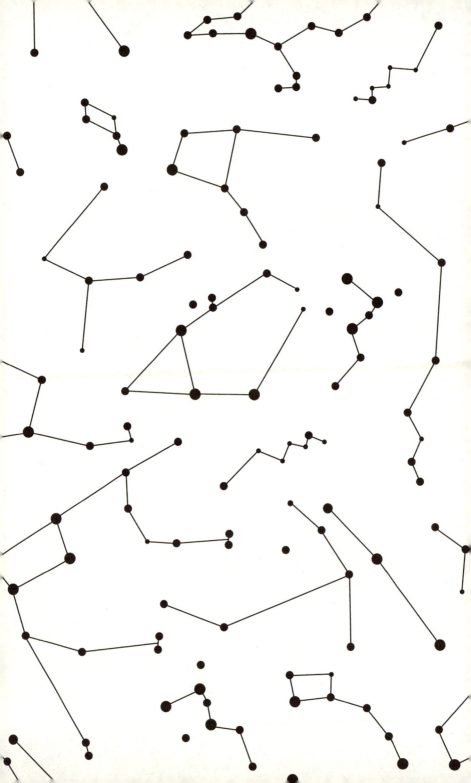

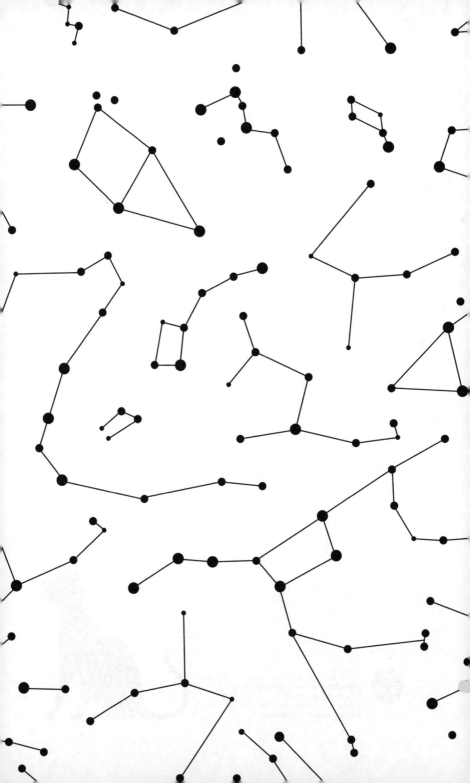

ONLY THE ANIMALS
Copyright © 2014, Ceridwen Dovey
Todos os direitos reservados.

Tradução para a língua portuguesa
© Leandro Durazzo, 2017

Ilustração p. 2-3, 5
© 123rf — Karpenko

Diretor Editorial
Christiano Menezes

Diretor Comercial
Chico de Assis

Gerente de Novos Negócios
Frederico Nicolay

Editor
Bruno Dorigatti

Editor Assistente
Ulisses Teixeira

Capa e Projeto Gráfico
Retina 78

Designers Assistentes
Pauline Qui
Raquel Soares

Revisão
Ana Kronemberger
Isadora Torres

Impressão e acabamento
Coan Gráfica

DADOS INTERNACIONAIS DE CATALOGAÇÃO NA PUBLICAÇÃO (CIP)
Andreia de Almeida CRB-8/7889

Dovey, Ceridwen
  Só os animais salvam / Ceridwen Dovey ; tradução de
Leandro Durazzo. — Rio de Janeiro : DarkSide Books, 2017.
  240 p. : il

  ISBN: 978-85-9454-032-4
  Título original: Only the Animals

  1. Literatura australiana 2. Relação homem-animal - Ficção
  I. Título II. Durazzo, Leandro

17-0574   CDD A823
              Índices para catálogo sistemático:

                    1. Literatura australiana

[2017]
Todos os direitos desta edição reservados à
DarkSide® *Entretenimento LTDA.*
Rua do Russel, 450/501 - 22210-010
Glória - Rio de Janeiro - RJ - Brasil
www.darksidebooks.com

Só os Animais Salvam

Ceridwen Dovey

{ TRADUÇÃO }
LEANDRO DURAZZO

DARKSIDE

SUMÁRIO

ALMA DE CAMELO
{ OS OSSOS }
MORTO EM 1892, AUSTRÁLIA
11

ALMA DE GATA
{ O GATO E EU }
MORTA EM 1915, FRANÇA
23

ALMA DE CHIMPANZÉ
{ A MOCINHA DE PETER VERMELHO }
MORTO EM 1917, ALEMANHA
47

ALMA DE CACHORRO
{ HUNDSTAGE }
MORTO EM 1941, POLÔNIA
73

ALMA DE MEXILHÃO
{ EM ALGUM LUGAR DA COSTA }
MORTO EM 1941, ESTADOS UNIDOS
95

ALMA DE TARTARUGA
{ NA TERRA E NO ESPAÇO }
MORTA EM 1968, ESPAÇO

113

ALMA DE ELEFANTE
{ EU, O ELEFANTE }
MORTA EM 1987, MOÇAMBIQUE

147

ALMA DE URSO
{ CONTO DE FADAS }
MORTO EM 1992, BÓSNIA E HERZEGOVINA

167

ALMA DE GOLFINHO
{ UMA CARTA A SYLVIA PLATH }
MORTA EM 2003, IRAQUE

189

ALMA DE PAPAGAIO
{ PSITACÓFILA }
MORTO EM 2006, LÍBANO

217

NOTA SOBRE AS FONTES

231

AGRADECIMENTOS

236

Todas as histórias desse livro tem como objetivo homenagear muitos autores que escreveram sobre animais. Muitos dos narradores animais utilizam palavras, expressões e frases presentes no trabalho de outros grandes autores. Uma lista completa dessas fontes pode ser encontrada ao final do livro.

*De um lado há luminosidade, confiança, fé,
a beleza da terra; do outro, escuridão, dúvida,
descrença, a crueldade da terra, a capacidade
das pessoas de fazer o mal. Quando escrevo,
o primeiro é real; quando não, o segundo.*

— Czesław Miłosz, ROAD-SIDE DOG

*Cada criatura é chave para todas as outras
criaturas. Um cão sentado em uma nesga de sol
a se lamber, diz [Philip], é num momento um
cão e no seguinte um instrumento de revelação.*

— J.M. Coetzee, ELIZABETH COSTELLO

ALMA DE CAMELO
{ OS OSSOS }
MORTO EM 1892, AUSTRÁLIA

Nós três cochilávamos em torno da fogueira, os ossos amarelos da rainha em um saco ao lado de meu dono, quando vi o goanna nos olhando novamente, o mesmo que nos seguia há dias pelo mato.

O sr. Mitchell já estava adormecido em seu saco de dormir, enrolado num cobertor caro que trouxera de Sidney para a expedição. Mas o poeta andarilho Henry Lawson, que pegáramos em Hungerford, ainda estava acordado. Erguendo o calicô que colocara sobre os olhos para bloquear a luz da Lua, parou para ouvir. O goanna se movia por sobre as folhas secas, fazendo-as estalarem umas contra as outras feito cartilagem.

Era verão nos ermos, noite de Natal. Os homens haviam comido muito no jantar — bolinhos fritos sobre a fogueira, amaranto fazendo as vezes de salada, e carne salgada de carneiro que Henry Lawson mendigara em uma das fazendas de criação pelo caminho. E nós todos bebemos muito rum.

"Eu falei para o Mitchell colocar os ossos de volta", disse Henry Lawson. "Eu avisei. Ele sempre foi teimoso, desde criança. Ele também nasceu no garimpo Grenfell, como eu, você sabe. Havia anos que não sabia nada dele, até que entrou porta adentro daquele bar em Hungerford. O pai dele foi sortudo, ficou rico. O meu, não. Eles se mudaram, desapareceram em Sidney."

Aguardei. No pouco tempo que passáramos juntos, eu aprendera que quando Henry Lawson ficava desidratado ou bêbado — e ele normalmente estava de um jeito ou de outro — falava sozinho, em voz alta.

"Ele vai para o inferno por isso, vai sim", continuou. "O goanna está vindo para levá-lo para lá. O fantasma do Natal passado." Soltou uma risada, mas seus olhos, quase tão grandes e líquidos quanto os meus, estavam atentos. O goanna o assustara. Com certeza assustara a mim. Era enorme, mais para um crocodilo do que para um lagarto, e tinha garras ameaçadoras.

"Quando eu era pequeno, minha mãe costumava ler Dickens para mim, acredite se quiser. Vivíamos num barraco com um cômodo de cortiça na frente, forrado de jornais, uma porta feita de vidro abandonado na última corrida do ouro e o chão caiado. Ainda assim, lia Dickens e Poe. Até para mim é difícil acreditar."

Será que ele estava mesmo falando comigo? Não dava para saber. Desde que meu treinador, Zeriph, morrera em Bourke, anos antes, nenhum humano havia falado comigo casualmente, apenas para jogar conversa fora. Na maioria das vezes eu ouvia uns "Xô!" e "Eia!". Deitado. De pé. De pé. Deitado. Eu baixava o corpo devagar, em resposta, me acomodando com os grossos joelhos na areia. O rum me deixara com sede, mas eu sabia que os cantis que o sr. Mitchell enchera no tanque em Hungerford estavam quase vazios, e não adiantaria implorar por mais.

Hungerford. De todos os lugares malformados que vi desde que fui trazido para cá, este é um dos mais estranhos, largado exatamente na fronteira entre Queensland e New South Wales, uma cerca à prova de coelhos e pragas cortando a rua principal, um par de casas de um lado, cinco do outro. Depois de provar uns poucos copos de cerveja amarga em um dos dois bares (ambos no lado de Queensland), Henry

Lawson brincou dizendo que a cidade deveria se chamar Sedeford. Então, com uma piscadela, notou que havia coelhos dos dois lados da cerca.

"Foi lá em Pipeclay, onde nossos pais procuravam ouro", disse Henry Lawson, cobrindo os olhos outra vez com o calicô. "A maioria dos outros garimpeiros já havia ido embora. Suas escavações haviam desmoronado, as barracas eram assombradas. O primeiro fantasma que vi na vida veio até mim de uma delas, o fantasma de um garimpeiro chinês assassinado por estar sentado sobre uma mina de ouro muito grande. Costumava sentar em um tronco bifurcado de eucalipto, bem acima de nosso barraco, fazendo os galhos se agitarem mesmo nas noites sem vento."

Também tenho fantasmas em meu passado, quis contar a Henry Lawson. Os fantasmas dos outros camelos embarcados comigo na ilha de Tenerife, nossa terra natal, vendidos juntamente aos treinadores — que vinham de lugares ainda mais distantes — para um cavalheiro inglês que seguia para a Austrália. Fui o único de minha caravana a sobreviver àquela travessia tenebrosa pelo mar. As mulheres morreram à minha volta, no porão de cargas, uma por uma.

E o fantasma do camelo jovem que matei perto de Alice Springs, aquele que me desafiara rangendo os dentes. Eu o sufoquei, esmagando sua cabeça entre meu corpo e minhas patas, embora não houvesse fêmeas por perto, por quem competir, e nós devêssemos ter virado amigos. Zeriph jamais me deixou esquecer de minha estupidez ao matar aquele macho. Ele mesmo sentiu dó do outro treinador, que lamentava a morte do camelo como a de um filho.

"Nossa escola — que Mitchell e eu frequentávamos quando crianças — era assombrada", continuou Lawson, sentando-se para secar as últimas gotas da garrafa negra de rum. "Pelo fantasma do mateiro Bem Hall. A polícia o havia assassinado enquanto dormia, em Lachlan Plain. Pensávamos que era um herói do povo. Mamãe disse que ele era um ladrãozinho comum. O engraçado é que meu irmãozinho não conseguia decidir se queria ser um mateiro ou um policial quando crescesse. Esta era a escolha que tínhamos, naquele sertão — fora da lei ou agente dela! Rá!"

Deitou-se outra vez, deixando o rosto descoberto. Lentamente, ergueu um braço e apontou um dedo acusador para a Lua. "Na escola dominical nos diziam que era pecado apontar para a Lua." O rum fizera-o parar de tremer. "E nos falavam que nossos negros eram a raça mais atrasada da Terra. Havia um quadro de uns aborígenes pendurado na parede da escola, mas eles pareciam mais com você, com camelos, criaturas peculiares que não deveriam existir, do que com os negros que nós conhecíamos."

Mas eu existo, pensei. Posso ter glóbulos vermelhos ovais, três estômagos e a urina grossa feito xarope, mas eu existo. Observei-o, ainda apontando para a Lua. Eu me sentia mal, não apenas pelo rum. Mal por estar longe de casa.

"O fantasma de um negro apareceu numa das sessões espíritas de minha mãe", continuou. "Ela frequentava a Sociedade Espírita local — era o que se fazia naqueles ermos, por um tempo — e me deixou acompanhá-la em um dos encontros. Um monte de vaqueiros estava lá, e a primeira hora da sessão foi toda usada para que a médium perguntasse aos espíritos se algum deles sabia do paradeiro do gado."

Deu uma risada e sacudiu a cabeça com força como se para limpá-la. "O pai de Mitchell estava nesse encontro. A esposa dele não sabia. Fora pedir ajuda aos espíritos para encontrar ouro, mas a médium não podia responder àquelas questões. Então um espírito diferente deu sinal. Queria falar com o pai de Mitchell através da médium. 'Quem é você?', perguntou várias vezes, mas ele não dava resposta. 'Encontrou na terra dos espíritos muitos dos conhecidos em vida?', a médium quis saber. 'Sim', foi a resposta."

Henry Lawson baixou a voz. "A médium disse, do nada, 'Hospital Creek. Conhece?' O rosto do pai de Mitchell, crestado pelo sol, ficou pálido. 'Sim', respondeu. 'Eu trabalhava no estábulo, lá.' A médium ficou em silêncio por um longo tempo. 'Estou vendo — um incêndio. Algum tipo de incêndio.' O pai de Mitchell não disse nada. 'Corpos num incêndio', ela disse. 'Muitos.' E, nisso, o pai de Mitchell passou a tremer, um homem crescido e tremendo, mas não por medo. Por ódio. 'Sua vagabunda', cuspiu, 'não sabe manter a boca fechada como todos nós?'"

Henry Lawson tacou a garrafa de rum vazia no meio do mato, na direção do goanna. Ele não fugiu, nem sequer se moveu. "Então a sessão acabou, e pouco tempo depois o pai de Mitchell encontrou ouro", concluiu.

Pensei sobre o lugar aonde o sr. Mitchell me levara, onde havia cavado a terra atrás dos ossos da rainha. Era próximo a um riacho? Talvez, embora fosse difícil dizer; foi na época do ano em que a maior parte dos córregos estava seca. Eu me distraíra com o goanna desde o começo. O lagarto surgira quando Mitchell revirou a terra atrás dos ossos, e foi se agarrar na árvore entalhada onde eu estava amarrado, ao lado da cova.

Sentia a boca seca, e estava tomado pela ânsia de cuspir um pouco do que havia ruminado, algo que Zeriph quase conseguira me treinar para não fazer, exceto nos momentos de raiva ou preocupação. Ou bêbado, pensei envergonhado. O fluido verde voou pesadamente até a fogueira, crepitando um pouco enquanto queimava.

Henry Lawson pareceu se divertir. "Agora isso combina muito com o último cuspe que encontrei, em Hungerford." Remexeu em suas coisas, no saco de dormir, procurando o caderno, folheou-o e leu em voz alta. "Depois do chá, conversei com um velho que cuidava de um rebanho misto de cabras e ovelhas. Perguntamos se ele achava que Queensland era melhor que New South Wales, ou o contrário. Coçou a cabeça, pensou um pouco... e por fim, com o ar entediado de quem já realizou a mesma performance muitas vezes antes, andou até a cerca com ar decidido e cuspiu por sobre ela, em

New South Wales. Depois do que atravessou a cerca e cuspiu também em Queensland. 'Eis o que *eu* penso dessas malditas colônias!', disse."

Henry Lawson riu. Tinha o olhar vesgo e vulnerável pelo rum. Correu os olhos para o goanna, na borda da luz da fogueira, com seu pescoço escamado e pênsil iluminado.

Não era o vínculo de infância nem o rum que mantinham Henry Lawson em nosso acampamento noite após noite. Dissera ao sr. Mitchell que se fosse época de tosquia ele teria parado para trabalhar em alguma das fazendas, nos deixando voltar a Bourke com os ossos e sem ele. Mas estava mentindo. Éramos uma mina de ouro para um escritor buscando material naqueles ermos, quase bons demais para ser verdade: um colecionador louco sobre um camelo, filho de um homem que fizera a fortuna da família num garimpo, carregando os ossos roubados de uma antiga rainha aborígene, tudo isso sendo seguido de perto por um goanna-gigante. Ouvi-o dizer que gostava de colocar animais em suas histórias porque fazia os humanos parecerem piores.

"Eles não tinham rainhas de verdade", foi a primeira coisa que Henry Lawson disse depois de ouvir o sr. Mitchell explicar por que estava cavalgando um camelo pela rota do gado no meio do verão. Não era incomum ver uma caravana inteira de camelos carregando suprimentos pela vastidão do deserto, sobretudo mais ao norte (nos haviam trazido para esta terra para isso; uma estrada vinha sendo construída nas nossas costas), mas sendo um camelo solitário, usado pelo sr. Mitchell como um cavalo excêntrico, eu me tornara parte de sua esquisitice. "Não da forma como pensamos em rainhas."

"Os ossos da rainha", repetira o sr. Mitchell, com seu ar sonhador, e Henry Lawson deixara para lá.

No primeiro dia de nossa jornada, um dia depois de o sr. Mitchell ter me comprado em Bourke, ele decidira estar quente demais para usar suas botas, e queimou os pés até fazer bolhas no sol do meio-dia, enquanto murmurava as instruções que lhe haviam dado sobre como montar um camelo. "Mantenha as mãos ao lado do corpo, relaxe, e se deixe oscilar com a criatura o máximo que puder."

Temi que ele nos deixasse perdidos, e mordi um dos sacos de farinha em meu flanco, fazendo um buraco para deixar uma trilha. Aquilo funcionou somente enquanto tínhamos farinha, e durou pouco, então a trilha branca na areia vermelha se interrompeu abruptamente. Eu me maldizia por não ter aproveitado a chance de fugir quando Zeriph morreu, correndo para o meio daquela vermelhidão e me juntando às tropas de camelos selvagens, que diziam ser de uma quantidade enorme, aos fora da lei do deserto que passavam os dias destruindo as mesmíssimas coisas que eles próprios haviam carregado para lá, em primeiro lugar: cercas para o gado, poços, trechos de estrada, bombas d'água.

O goanna correu para mais perto do fogo, agitando a cabeça chata, então congelou, outra vez completamente inerte. Senti minha longa espinha formigar.

"Comem carne", Henry Lawson disse. "Todo tipo de carne. Fresca ou podre. Ouvi dizer que são capazes de arrancar os olhos de um homem dormindo, e de arrastar uma ovelha inteira em suas bocarras. Já vi um matando um canguru e arrancando nacos de carne como se fosse um dingo. Basta uma mordida, dizem, e você jamais para de sangrar."

Olhei para a forma dormente e acolchoada do sr. Mitchel. Tinha o saco de ossos a seu lado, agarrado a ele como uma amante. O jeito como estava deitado — de lado, joelhos dobrados e erguidos, cabeça contra o peito — me lembrava a forma como os ossos da rainha haviam sido arranjados em seu túmulo elevado. Ela não havia sido repousada de costas quando foi enterrada, com braços e pernas retos. Fora colocada na terra cuidadosamente encolhida, de lado.

"O pai dele era obcecado por esses ossos", murmurou Henry Lawson. "Tal pai, tal filho. Os dois sempre foram um tanto afetados." Virou a cabeça para me olhar, como se eu tivesse dito algo. "Oh, não, não é o que está pensando. Estes não são *aqueles* ossos. Não dos mortos do Hospital Creek. Garantiram que aqueles ficariam bem queimados, para apagar as evidências. A rainha — ele insiste em chamá-la assim, não é? — é de um tempo anterior a nossa chegada, antes mesmo do capitão Cook. Alguém no estábulo contara a seu pai sobre o túmulo da rainha. Agora ele pensa que se tiver os ossos, os fantasmas do Hospital Creek vão deixá-lo em paz."

O goanna silvou, inflando camadas de pele sob o papo em um colar ameaçador.

Henry Lawson ignorou o animal e passou a cantar suavemente. "Nós três, reis do Oriente/ cruzamos distância levando presentes... Deus do céu, estou com sede. Imagine morrer de sede. Já ouviu falar de Ebenezer Davis, que conduzia um rebanho de ovelhas de Kerribree pela rota do gado e se perdeu? Encontraram seu corpo semana passada, junto de um cantil vazio e de um bilhete. As ovelhas haviam fugido, deixando-o sozinho. Espere um pouco", disse, e folheou outra vez as páginas do caderno. "Ah, sim. Bom homem. Fiz uma cópia. 'Minha Langua tá marrada na garganta e estou vendo o que escrevi eu sei o que é a última vez que posso falar sensação de estar vivo perdido precisando achar água Meus olho Cegam. Minha lengua arde. Não enxergo mais Nada Deus Ajuda.'" Henry Lawson soltou um suspiro. "Preciso encontrar um modo de usar isto. É um grande tema, a morte nos ermos. Morte, num geral. Meus olho Cegam. Minha lengua arde."

Resolvi que pela manhã, depois que o sono expulsasse o rum, eu fugiria do sr. Mitchell e de Henry Lawson, galopando com minhas patas delgadas até estar enfiado no deserto o suficiente para esquecer o que não era capaz de entender. Nada daquilo fazia nenhum sentido: Hospital Creek, os fantasmas no garimpo, as fogueiras, os ossos da rainha, o goanna. Eu não era inocente, mas *disso* eu não tinha culpa, de nada disso que Henry Lawson e o sr. Mitchell e sua laia houvessem feito. Eu chegara havia poucos anos, como poderia ter feito algo de errado?

"Deus... Bourke. De todos os lugares onde passar o ano-novo", Henry Lawson seguia falando, cutucando os dentes. "Já estaremos de volta a essa altura, imagino. Vamos ver. Ainda faltam Youngerina Bore, Fords Bridge, Sutherlands Lake, Walkdens Bore. Depois Bourke. Vai estar quente demais, tanto para pensar quanto para escrever. Quente demais para fazer qualquer coisa além de beber até sentir a vida como ela deve ser sentida antes de tudo. Sabe o que dizem de quem morre em Bourke? Que chegam no inferno e acham o lugar fresquinho, e mandam buscar seus cobertores." Riu. "Foram muitas as noites que passei recostado na poeira do Carriers Arms, na rua, ouvindo os bêbados fazendo troça com as mulheres do Exército da Salvação que cantavam hinos fora do hotel, o dia inteiro, a noite inteira. Não importa se uma mulher fala até rachar, eles diziam, contanto que a racha esteja no lugar certo."

O sr. Mitchell de súbito rolou sobre as costas, arrancou a coberta e se pôs de pé, virado para onde o goanna estava, imóvel feito quartzo, a poucos pés de distância. Ele suava. "Papai me preveniu sobre você", o sr. Mitchell falou, agitado, apontando para o goanna. "Disse para que o matasse, secasse o sangue, comesse a carne e queimasse os ossos. É com você que ele sonha, você que vem para assombrá-lo. Você que o viu ateando o fogo."

"Você só está nervoso, Mitchell. Bebeu rum demais", disse Henry Lawson. "Volte para a cama. É noite de Natal, pelo amor de Deus. Ignore os animais. Eles são nossos únicos e mais leais espectadores."

Em vez disso, o sr. Mitchell o ignorou. Revirou seus pertences atrás do cinto de munição, passando a carregar sua espingarda com pólvora e chumbo. Henry Lawson não impediu o velho amigo. Seus olhos pareciam vidrados — o rum, sim, mas eu podia dizer que algo mais o havia pego. Ele precisava ver como aquilo terminaria.

O sr. Mitchell socou a bucha com a vareta da espingarda, erguendo a arma e mirando no goanna. "Os ossos são *meus*!"

O goanna se precipitou para o meu lado. Tombei sobre as patas. Houve um silêncio excruciante.

O goanna estava morto, foi a primeira coisa que vi. Sentia minha cara contra a areia fria da madrugada, e me peguei pensando em um momento de anos atrás, quando Zeriph afrouxara as cordas e finalmente fui aliviado do peso terrível do piano que vinha carregando nas costas, todo o caminho desde a estação ferroviária em Oodnadatta até Alice Springs, com um tambor d'água como contrapeso.

Zeriph ficou orgulhoso de mim, carregando o primeiro piano até o coração de nossa nova pátria. Não cobre das minas, nem carroça de lã para os teares, nada de exploradores temerários, nada de pavimento para estradas ou suprimentos telegráficos, tampouco um policial montado de Oodnadatta em serviço. Um piano. Algo de beleza.

Mas para quê? Carreguei aquela coisa de beleza todo o caminho em meu dorso, com as cordas cortando até os ossos, para que alguém fizesse tinir as notas no bar de Alice, para bêbados no meio do dia. Era aquilo que partia o coração de Zeriph. Que a música do piano não significasse nada sem o falso profeta da bebida.

Tentei mover a cabeça de modo a olhar para Meca, mas fiquei confuso. Pensei ver uma figura no mato. Por um instante, acreditei que o goanna havia se transformado numa mulher, na própria rainha. Então entendi que a figura era Henry Lawson, meio escondido atrás de uma árvore, rindo histericamente da cena à sua frente: um goanna morto, um camelo moribundo, um branco agarrado a um saco de ossos.

"Já sei!" dizia, ofegante. "Já sei qual o final... E o sol se ergueu outra vez no grandioso deserto da Austrália — pajem e tutor das mentes excêntricas, lar da estranheza. É isso!"

Meus olho Cegam. Minha lengua arde. Oh, sr. Lawson, tenha cautela. O senhor não é o único capaz de contar uma boa história sobre morte nas terras devastadas.

ALMA DE GATA
{ O GATO E EU }
MORTA EM 1915, FRANÇA

*Oh, cruzar de olhares! Laço que o animal tenta
estreitar e que o homem sempre desata!*

—Sidonie-Gabrielle Colette,
LOOKING BACKWARDS: RECOLLECTIONS

{ ESPERANDO O GATO }
Já passa da meia-noite e o gato ainda não voltou a seu parapeito na trincheira junto à minha. Tenho aguardado por ele, informada por conversas dos soldados de suas lendárias habilidades de caça noturna na terra de ninguém, e sobre como ele se banha destemidamente, à luz do dia, no parapeito, mesmo no mais pesado bombardeio. Os soldados me receberam bem quando cheguei, mas pareciam um pouco desapontados por eu não ser também um macho — gostam de fazer apostas com tudo, esses garotos, e acho que teriam gostado de apostar em quem sairia vitorioso de uma briga entre machos.

O que eles não sabem é que sempre senti que devia ser um macho, e não uma gata. Colette entende isso, minha adorável Colette, que sem querer me deixou aqui, na frente de batalha, depois de uma corajosa visita a seu novo esposo, o horrível Henri, promovido a sargento no deflagrar da guerra e que de fato acreditava merecer a patente. Ela não sabia que eu havia me enfiado em seu carro em Paris, sobrepujando meu horror a confusões e movimento. Mas enquanto estive fora do carro, distraída com um melro, ela foi descoberta e mandada de volta a Paris, antes que eu pudesse surpreendê-la com o calor de meu corpo em suas pernas. Agora estou presa aqui até que ela perceba o ocorrido — e ela vai, tenho certeza, com seus instintos felinos — e volte para me buscar.

Tenho sido discreta e feito minhas rondas de vigilância sem chamar atenção. O quartel dos oficiais, distante das trincheiras na linha de fogo, é convidativo por seus conforto e decoração, mas sei que o sargento sempre teve ciúmes do amor de Colette por mim, e adoraria me ver ferida. Sozinha com ele certa noite, no apartamento dos dois em Paris, senti sua maldade tão forte que minhas patas normalmente secas ficaram empapadas de suor, então desapareci do jeito que só um gato consegue, sem sair do esconderijo até que ela estivesse em casa.

Afastei-me da linha reserva, passando a linha de apoio até chegar a esta enlameada linha de frente, ainda que fosse adorar com todas as forças ter ficado junto ao viveiro dos pombos para poder agarrar uma daquelas avezinhas mensageiras, com suas cápsulas de alumínio atada às patas. Seria verdade que a motivação para seus longos voos era a vaga promessa de serem reunidos aos parceiros quando retornassem? Para mim, pareciam suculentos mesmo quando voltavam estropiados e cobertos de sangue, quase feitos em pedaços pelas balas alemãs ou por seus falcões, prestes a morrer de fadiga. Eu também gostava das piadas que seus treinadores humanos faziam. Um pombo se apaixona por uma pomba e marca um encontro no alto da Torre Eiffel. Ele chega na hora. Duas horas mais tarde, já a ponto de desistir e ir embora, ela chega e diz casualmente: "Perdão pelo atraso. Está um dia tão adorável que resolvi caminhar".

A linha de frente está longe de ser meu ambiente ideal, mas tenho certeza de que o sargento raramente coloca os pés aqui, e, além do mais, os jovens que enchem estas trincheiras estão tão preocupados com os ratos, e sua recente apreciação por carne humana, que ficam felizes em me considerar sua própria gata da trincheira, rivalizando com o macho da trincheira ao lado. Colette ficou chocada ao ver o que aconteceu com esta faixa do interior. Diversas vezes eu a acompanhara em visita à mãe, na pequena vila na Borgonha onde ela crescera, um paraíso pastoril. Ela é capaz de recordações do tipo que a maioria dos parisienses perdeu há muito: repousar os pés num aquecedor de metal, a carvão, no frio de uma sala de aula; banquetear-se com abrunhos das sebes e espinheiros; as cascas de nozes que atirava ao fogo, para desgosto da mãe, porque depois estragariam as cinzas usadas na lavagem das roupas, deixando nódoas nos tecidos. O outono sempre foi sua estação favorita, e também se tornou a minha depois de conhecer a Borgonha. Foi exatamente como ela prometera: os derradeiros pêssegos, os frutos triangulares da faia e as folhas vermelhas da cerejeira estremecendo no crepúsculo de novembro.

Mas este último outono nas trincheiras é diferente de todos que já presenciei. Sem a paleta mutável das árvores para sinalizar a passagem rumo ao inverno (as folhas foram todas explodidas), e o canto dos pássaros basicamente silenciado, fica difícil saber onde estou, em que estação, em qual século. Entre a minha e as mais avançadas trincheiras alemãs, não há mais nada vivo exceto os ratos. No lugar, um oceano de lama, líquida bastante para que o vento crie marolas na superfície das maiores crateras deixadas pelas bombas; poços fundos o suficiente para afogar um homem. Paris e seus deleites devem ter sido uma miragem, porque de que modo podem ter conduzido a isto?

{ **VIZINHOS** }

O gato retornou quando o sol emanava uma luz gélida e fraca. Os soldados mal haviam saído do cessar-fogo da madrugada, subindo a seus postos e disparando o ódio matutino — *morning hate*, como é chamado o ritual de disparar tiros na primeira cerração do dia, coisa que os alemães também fazem. Cansada de esperar o retorno do gato durante as noites, eu já não estava preparada, e dormitava em meu próprio parapeito. Os soldados tiravam e punham ataduras nos pés ulcerados, antes de rapidamente calçá-los com botas. Haviam limpado os rifles, os oficiais seniores os haviam inspecionado, e agora era hora da trégua para o café, durante a qual cada lado (em dias bons) deixava o outro comer em paz.

Um dos soldados — magérrimo, bem jovem — me ofereceu um pouco de sua ração de leite condensado, e empinei meu focinho do jeito felino mais afetado, por não suportar tirar dele sua já parca oportunidade de nutrição. Mas ele se mostrou tão desalentado que desci até lá, dei uma lambida e agradeci com um ronronado gutural, esfregando minha cabeça em suas pernas.

Foi então que o contorno do gato surgiu contra o céu cinzento, e eu soube ter perdido minha chance de surpreendê-lo com uma demonstração de domínio. Teria que mudar de tática.

"Vai com calma, pequena", o soldado sussurrou, olhando para cima. "Você tem companhia."

Com o máximo de indiferença que pude, escalei a trincheira e voltei a subir no parapeito. Outros soldados pausaram o trabalho da manhã, consertando as pranchas por onde caminhavam sobre a lama, assobiando e tirando sarro do amor entre dois gatos igualmente estúpidos, todos os dois se expondo a atiradores alemães em plena luz do dia.

O gato me olhou. "Kiki?", disse. "Kiki-la-Doucette?"

Não o reconheci. Continuei em silêncio, lambendo minhas patas.

"É você mesma, não é?", perguntou. "Não posso acreditar. Estou dividindo a trincheira com a famosa Kiki-la-Doucette!"

"Vou lhe dar quinze segundos para cair fora", retruquei. "Quinze, quatorze, treze..."

"Não se lembra de mim? Eu vivia no fim da sua rua em Paris. Minha dona começou a passear comigo numa coleira, depois de ver Colette passeando com você, para meu grande embaraço. Fomos à sua casa certa vez, para uma recepção, e jamais vou esquecer da primeira vez que vi Missy, vestindo um smoking ajustado a sua forma feminina. Havia um músico estranho tocando notas de outro mundo ao piano, alguém de nome Ravel. O buldogue de Colette pareceu não gostar de mim, então não ficamos muito tempo, mas você e eu compartilhamos uma tigela de leite, e fiquei tão maravilhado de estar em sua presença que não pude dizer palavra."

"Doze, onze, dez...", continuei a contagem com ainda mais vontade, porque de súbito eu lembrara daquela tigela de leite compartilhada.

"Minha dona era apaixonada por Colette, você sabe. Sempre a olhava da janela, e lia suas colunas no jornal em voz alta para mim, ou as críticas torpes sobre sua mais recente apresentação musical — houve uma em que ela assumiu a persona de um gato, eu me lembro, com bigodes e um nariz preto."

Fiquei tomada de saudades a tal ponto que esqueci a contagem. Ela havia preparado sua performance para o papel principal em *O Gato Amado*, no Le Bataclan, depois de me observar ainda mais atentamente que o normal, se arrastando pelo chão atrás de mim, copiando cada movimento, gesto e afetação meus. Não precisou sequer se esforçar para parecer felina; seu jovem amigo Jean Cocteau tem olho para ver através de suas gentilezas, e gosta de advertir os novos conhecidos, seja quem for o amigo do dia: "Essas patas aveludadas mostram as garras bem rapidamente. E quando ela arranha, corta fundo". Normalmente não acreditam nele até ser tarde demais, até já estarem sangrando.

Toby-Chien, o buldogue, não ligava para toda a atenção que Colette me dispensava. Estava acostumado a ser coadjuvante; sempre ficou claro que na escala de amores dela, gatos vinham antes de cachorros, e qualquer criatura de quatro patas vinha antes daquela variedade bípede, mesmo a querida Missy. Seria difícil de imaginar, mas sempre pude contar com Toby-Chien para bater papo, quando sentia a necessidade. Colette nos observava com um risinho no rosto, da mesa da cozinha, balançando o cigarro, e foi assim que teve a ideia para a coluna "Animais em Diálogo" que publicou no *La Vie Parisienne*, imaginando o que Toby-Chien e eu conversávamos, embora errasse quase sempre. Não nos importávamos com o escândalo que foi seu beijo de língua em Missy — cujo nome artístico era Yssim — no palco do Moulin Rouge, e nunca gostamos de seu ex-marido Willy. Depois que partiu de nossas vidas, não falamos muito mais sobre ele. Mas ela sabia que estas eram as coisas com que Paris se importava, e Colette, fincando pé como escritora, com sua presença de palco, jamais perdeu uma oportunidade de dar a Paris o que ela desejava.

"Minha dona odiava Missy do fundo do coração", o gato dizia. "Chamava-a de lobo em pele de cordeiro, embora não fosse a idade que Missy tentasse disfarçar. Ela a achava ridícula naquelas roupas masculinas largas, com aquele bigodinho fino pintado sobre o lábio. Minha dona acreditava poder dar a Colette o que ela realmente queria, o amor doce de uma mulher, imaculado por qualquer pretensão de masculinidade; mãe e amante na mesma pessoa. Não é isso que Colette quer? Alguém que a ame tão ardentemente quanto a mãe?"

Pensei em nosso apartamento na Rue de Villejust, onde ela, Toby-Chien e eu vivemos após seu divórcio de Willy, até casar outra vez, com o vil Henri. Missy vivia a meia quadra de distância, em um apartamento que decorou com mobília de banheiro retrabalhada e onde oferecia recepções sáficas para senhoras que lá iam vestidas de homem, para beber vinhos caros e fumar charutos. Missy fez um par de bigodes com o pelo que arrancou do rabo de seu poodle, para si e para Colette, e às vezes elas também combinavam de vestir pincenê, calças brancas, paletós negros de lã de alpaca e diversas meias para encher os sapatos masculinos. Uma brincadeira comum entre as frequentadoras do salão, inventada por Colette, era criar títulos imaginários de livros que uma das mulheres, que trabalhava na Bibliothèque Nationale, se asseguraria de inserir sub-repticiamente no catálogo oficial. Os que Colette inventava costumavam ter a mim como motivação; meu favorito era *Diário de uma Gatinha Enlutada: Kiki-la-Doucette Quebra seu Longo Silêncio Animal.*

Na trincheira abaixo, os soldados haviam perdido o interesse e voltado a seus afazeres. Senti que devia algo a eles, para entreter a manhã, e o conhecimento detalhado do gato sobre a relação de Colette e Missy havia me irritado. Sem aviso, saltei adiante e silvei, dando uma patada e arranhando seu focinho. Os soldados olharam, rindo.

O gato recuou e me encarou desconsolado. "Por que fez isso, Kiki?"

"Porque eu quis", respondi. "Se soubesse algo sobre ela, saberia que já não está junto de Missy. Está casada outra vez. Sua mãe morreu. E Colette tem sua própria filhinha, Bel-Gazou. Agora dê o fora."

Para minha surpresa, ele obedeceu, desaparecendo em sua trincheira e renunciando ao sol fraco.

Desde então, tenho estado abatida aqui no parapeito, tentando e quase sempre conseguindo ignorar os chiados e estrondos das bombas alemãs mandadas de vez em quando para nosso lado, por sobre a lama. Lamento a falta de Colette e, verdade seja dita, sinto saudade de Missy. O gato está certo. Eu sempre soube que Colette em algum momento a abandonaria. Por que escolheu o sargento, comprometido com o espaço masculino da política e da guerra de um modo sempre crescente, isso não entendo. Mas Colette não me é sempre transparente com relação a seus sentimentos, assim como minhas necessidades às vezes lhe são opacas.

{ FIFI E O OVO }

Após uma investida massiva da artilharia, que alvejou a linha de frente do inimigo, ordens foram dadas naquela tarde para os homens avançarem a descoberto, em outra fútil tentativa de ganhar terreno. Eu não podia olhar. O soldado magrelo que se acreditava meu dono adotivo me fez um carinho antes de subir, obediente, e passar a se arrastar com dificuldade pela lama, o rifle erguido com a baioneta para a frente, como se isso desse a ele alguma espécie de proteção mágica contra balas e bombas.

Abandonei a trincheira vazia e, mantendo-me escondida, recuei até o hospital de base e a divisão da cozinha, posicionados em relativa segurança distante da linha de frente. Os assistentes hospitalares aguardavam o fim da ação para então poderem recuperar os corpos, mas no momento havia pouco que pudessem fazer. Para se distraírem, um deles havia escondido um ovo de uma pônei, já um pouco velha, a quem chamavam Fifi, que puxava a padiola carregada de feridos. Observei Fifi se dividir entre duas preocupações principais: procurar o ovo e se prostrar, com as patas dianteiras estiradas e os olhos cerrados, sempre que ouvia a sirene anunciando uma bomba a caminho. Tão logo a detonação ocorresse a distância, lá ia ela, de pé, pronta para continuar procurando o ovo.

"Fifi!" O gato havia me seguido e agora chamava pela pônei. "Fifi, aqui!"

Olhei de esguelha para o gato, com um olhar que tentei encher de desdém.

Fifi veio a nosso encontro. "Você viu onde esconderam o ovo?", perguntou.

"À esquerda, embaixo da barraca", respondeu o gato.

"Obrigada", retorquiu. "Quem é esta?"

"Esta", disse o gato, magnânimo, "é Kiki-la-Doucette, pertencente a uma das mais fascinantes habitantes de Paris, a atriz teatral e escritora Colette. Muita gente considera Kiki como a verdadeira musa de Colette."

Fifi me olhou com interesse. "Bem-vinda ao front", disse. "Colette lhe colocou na rua quando declararam guerra, como a dona deste aqui?"

O gato pareceu envergonhado.

"Claro que não", respondi. "Ela jamais faria isso. Fui deixada para trás por acidente, quando ela fez uma visita secreta ao marido. E você?"

"Os donos de Fifi fizeram o possível para mantê-la", informou o gato. "Até escreveram uma carta para o comandante em chefe poupá-la da convocação."

"Caro senhor", Fifi declamou, o olhar distante. "Escrevemos por nossa pônei, que muito tememos ver tomada pelo Exército. Por favor, poupem-na. Ela já tem dezessete anos. Partiria nosso coração vê-la ir embora. Já cedemos dois outros pôneis, e três de nossos irmãos mais velhos estão lutando pela França. Mamãe disse que fará qualquer coisa pelo esforço de guerra, mas, por favor, deixe-nos ficar com a velha Fifi, enviando um ofício *o mais rápido possível* antes que alguém venha tomá-la. De seus pequenos patriotas, Marie e Claude."

Outro projétil distante anunciou sua trajetória iminente, e Fifi com rapidez foi ao chão, fechando os olhos. Quando já havia explodido em algum ponto do lamaçal, se pôs novamente em pé. "A carta não adiantou", disse. "Fui pega de qualquer jeito. Agora, se me dão licença, vou ali comer meu ovo."

O gato me olhou com um ar nervoso. "Gostaria de vir caçar comigo esta noite?", quis saber.

"Não", respondi. "Gostaria que me deixasse em paz."

Ele se esgueirou na direção das trincheiras e senti certa pena por ter sido abandonado pela dona, até que avistei um tordo de peito avermelhado, emudecido pelo bombardeio. O pássaro se empoleirava em um ramo nu de macieira, que deveria estar refulgente pelo esplendor do outono, e resolvi aterrorizar a bela criatura por um tempo.

{ ANIMAIS MUDOS }

Colette e eu sempre achamos mulas interessantes, talvez por nos considerarmos também um tipo de híbrido, nunca bem adequadas às fronteiras de nossos sexo ou espécie, sempre sentindo termos um caráter manchado, vira-lata. É justamente esta qualidade que faz as mulas tão atraentes. Possuem vigor por serem meio cavalo, meio burro; são corajosas e cheias de energia. E naturalmente ela e eu nos identificávamos com a recusa das mulas de serem qualquer coisa que não desejassem verdadeiramente. Os humanos tendem a chamar isso de maus modos ou falta de respeito pela autoridade, mas eu chamo da forma suprema de autenticidade.

Portanto, fiquei empolgada com a visão de uma tropa de mulas que trazia rações frescas para os soldados nas trincheiras após o sol se pôr, carregando a comida nos paneiros sobre o lombo. Até que tentei falar com uma delas, e em resposta só obtive um ruído pavoroso.

O gato se materializou a meu lado, obedecendo às regras daquilo que Colette chamava de Lei do Gato, a habilidade de aparecer em um ponto onde, um segundo antes, não estávamos.

"Elas entregariam nossa posição com seu zurro, se não tivessem as cordas vocais cortadas", explicou. "Estas aqui devem ter feito uma longa viagem trazendo suprimentos ao acampamento. E amanhã provavelmente serão postas para trabalhar carregando munições."

Olhei mais de perto para o homem conduzindo as mulas. Era velho demais para lutar. As mulas não demonstravam nada do mau comportamento usual, e o seguiam tranquilamente. "Elas o adoram", falei.

"E ele a elas. Já vi um condutor se recusar a abandonar sua tropa de mulas quando ficaram presas em arame farpado. Morreu lá, com elas."

"Por que tantas não têm o rabo?", quis saber.

"Quando famintas, comem umas as caudas das outras."

"Colette adotaria todas", eu disse. "Sem pestanejar. Levaria todas para Paris, para viver conosco no apartamento. Ela já adotou um bebê tigre por um tempo, até que ficou grande demais."

Uma mula no fim do grupo havia localizado, entre os soldados, um sargento uniformizado, dando uma dentada em seu traseiro. Quando o homem se virou para procurar o culpado, a mula já estava marchando inocentemente com as outras, e o sargento não foi capaz de acusá-la sem perder sua dignidade.

"Provavelmente fez isso por nossa causa", falou o gato, "para que lembremos que ele é mais que um alvo de pena."

Meu soldado macilento trouxe as sobras da sua refeição para o gato e para mim.

"Não coma nem um naco", ordenei.

O gato me olhou ofendido com a insinuação de que pegaria algo. "Tenho meu próprio soldado adotivo. Mas você deve comer o que ele oferece, mesmo sem fome. Talvez você seja a única coisa a mantê-lo vivo até que o substituam na linha de frente e ele possa descansar um pouco."

Olhei para o jovem. Fora ferido durante a investida, não muito, mas tinha bandagens no ombro. Fizera um amigo entre os outros soldados, que o ajudava a enfaixar os pés, tratar das feridas, e que dormia próximo a ele nas noites de frio. Faço o possível para cimentar essa amizade, suportando os abraços bem-intencionados mas sufocantes do outro rapaz. Ele deve ter tido apenas cães em sua vida, já que não faz ideia das sutilezas de um gato, de nossa necessidade de distância.

{ BRILHANDO NO ESCURO }

"Vamos", disse-me o gato assim que todos os soldados, exceto as sentinelas, estavam dormindo. "Quero mostrar uma coisa."

Eu estava me divertindo sozinha no parapeito, atormentando um rato por algum tempo, deixando-o acreditar que escaparia e o puxando de volta com a pata, até finalmente comê-lo. "Estou cheia demais para me mexer", respondi. "Quase cheia demais para falar."

Ele começou a se afastar e me senti mal, e sozinha. "Estou indo", falei, botando-me de pé e estirando as patas da frente.

"Ótimo", ele disse. "Não vai se arrepender, Kiki, eu prometo."

"Contanto que você não pense que vá acontecer algo entre nós", insinuei com malícia. "Não sou exatamente fã de machos."

"Sei disso", devolveu. "Você era minha maior rival quando eu tentava seduzir gatinhas na Rue de Villejust."

"Sério?", perguntei num átimo, sem esconder minha surpresa. Era tarde demais, então, para manter meu ar de superioridade. "É que... bom, não tenho tido muita sorte no amor."

"Quem precisa do reles amor de uma gata sendo a musa de uma escritora?", perguntou. "Seria o bastante para mim."

Na maior parte do tempo — mas não sempre — é o bastante, pensei. Segui-o beirando as trincheiras, passando pelos abrigos silenciosos, movendo-nos na direção das linhas externas. Era noite de lua nova, um breu total.

"Aqui, gatinho, gatinho", disse uma das sentinelas enquanto passávamos, e pareceu tão aliviado ao perceber que não estava completamente sozinho que o deixamos nos afagar por uns instantes.

Pude sentir um cheiro forte de cachorro conforme nos aproximávamos do posto de sentinela seguinte, e pouco depois avistei um enorme e peludo pastor-de-Brie bem parecido com o que deixara Colette admirada em uma viagem com Missy a Avignon. Estava amarrado a um posto de escuta no acesso ao campo de tiro, podendo enxergar sobre a borda da trincheira. Após rosnar fracamente em nossa direção, o cão se voltou para encarar a terra de ninguém.

"O trabalho dele é farejar alemães que possam estar se infiltrando em nossas linhas", sussurrou o gato. "Estão começando a treinar esses cachorros na região de Vosges. Este é um dos primeiros a vir ao front. A maioria não consegue aprender o truque de não latir ao sinal do perigo, mas este aqui é o rei do rosnado baixo."

O cão rosnou outra vez e o soldado falou calmamente, "Ok, garoto, eu vi os gatos. Apenas ignore."

"Vamos sair daqui", disse o gato. "Acho que ele está tentando indicar outra coisa."

Voltamos a nos fundir com a trincheira.

O cachorro rosnou outra vez, sem tirar os olhos das linhas alemãs.

"Vou avisar o comando", o soldado disse ao cachorro, sua respiração visível no frio da noite. "Então é melhor que isso não tenha a ver com aqueles gatos." Saiu por entre as proteções laterais da trincheira, e pouco depois retornou com um oficial que claramente estivera dormindo de uniforme.

Por alguns instantes, o oficial em comando ficou parado observando o rosnado do cão, sua expressão mostrando apenas descrença. "Você disse que havia gatos", disse o oficial.

"Sim, mas ele se virou para rosnar para os gatos", respondeu a sentinela. "Isto é diferente. Ele está focado em um só ponto — ali à esquerda, mais adiante — já faz um tempo."

"Não sou um entusiasta do uso de cães no front", disse o oficial. "São bons para o moral, mas ruins para a estratégia. Nada além de bichinhos de estimação na guerra."

"Senhor, eu nunca o vi deste jeito antes", continuou a sentinela. "Poderíamos disparar um sinalizador? Talvez seja alguém ferido, deixado para trás, que está tentando voltar à trincheira. Ou pode ser um ataque."

O oficial esfregou os olhos. "Dispare um. Depois disso, volto para a cama."

"Senhor, devíamos despertar os homens, para o caso de ser um ataque", a sentinela sugeriu.

"Vá em frente", foi a resposta. "Acorde-os você. Já me odeiam o bastante."

A sentinela foi de soldado em soldado, chamando-os com um aperto nos ombros. Ficavam alertas num instante, acostumados a serem acordados durante a noite, e logo estavam alinhados na borda da trincheira, os rifles preparados. Com um movimento rápido, bem treinado, a sentinela disparou a pistola sinalizadora. A luz subiu ao céu, um fogo de artifício belíssimo iluminando as trincheiras fantasmagóricas, e não muito distante, arrastando-se pela terra de ninguém, cinco soldados alemães instintivamente levaram o olhar para a chama, congelando. O corpo do cachorro tremia inteiro, mas ele não deixara o estouro assustador da pistola o distrair. Os soldados na trincheira abriram fogo, e não pararam até que a luz do sinalizador começasse a se apagar, planando de volta ao chão com seu paraquedas em miniatura, e o oficial suspendesse fogo. Três dos alemães estavam mortos. Os outros dois tinham os rostos enfiados na lama, as mãos erguidas em rendição.

A derradeira luz do sinalizador iluminou o rosto pasmo do oficial. "O cão estava certo", disse. "Farei com que seja mencionado em meu relatório ao quartel-general amanhã."

"Depois que Paris foi salva", a sentinela contou, "ouvimos dizer que o pombo que carregara uma informação crucial para nossa vitória foi condecorado com a *Légion d'honneur*." Estava falante, agora, aliviado pelo cachorro não ter errado. "Mas a medalha ficava caindo de seu pescoço, então costuraram uns fitilhos com as cores da medalha e o puseram na pata da ave."

O oficial deu algumas ordens e os prisioneiros foram levados. O cão ainda estava trêmulo.

O gato e eu esperamos que os homens voltassem a dormir, todos menos a sentinela, e nos aproximamos.

"Vocês dois quase me criam problemas", disse, acendendo um cigarro por detrás do capacete para que a brasa não fosse vista nas linhas inimigas.

O cachorro nem se preocupou em rosnar dessa vez. Parecia exausto.

"Ouvimos que você talvez ganhe uma medalha", o gato disse ao cachorro, a uma distância segura.

O cão levou a cabeça às patas. "Finalmente vou poder fugir daqui e voltar para casa, para meu mestre e minhas ovelhas em Avignon, sem desonra", disse.

"Mas e a parada em Paris?", o gato perguntou. "Não ouviu sobre isso? Todos os animais que receberem medalhas serão convidados para estar nela, assim que a guerra acabar. Pode ser seu grande momento!"

Os olhos do cão se fecharam. No ar parado, a fumaça do cigarro da sentinela subia quase em linha reta.

"Vamos voltar a nossa trincheira", murmurei para o gato.

"Não, ainda não. Tenho algo para lhe mostrar."

"Pensei que fosse o cachorro", falei, seguindo o gato para fora da trincheira.

"Essa não foi a atração principal."

Por um longo tempo, rondamos em silêncio, até chegarmos ao último abrigo no limite das linhas, onde um soldado solitário estava sentado, desperto, debruçado sobre uma carta iluminada por um brilho azul-esverdeado. Não compreendi de onde a luz vinha, até ver um jarro repleto de vaga-lumes.

"Às vezes eles oferecem esses jarros, nas noites antes de grandes ofensivas. São destinados à leitura de mapas e esquemas dos campos de batalha. Mas ele esconde o jarro durante o dia, alimentando os bichinhos para mantê-los vivos", o gato explicou. "Fica acordado até tarde, relendo cartas da amada."

"Como sabe de quem são as cartas?", perguntei.

"De vez em quando ele as declama baixinho", disse.

Pensei em quão encantada ficaria Colette com esta cena, e no seu olhar distante ao escrever à luz de um lampião — os únicos momentos que eu a sentia perdida de mim. Costumávamos voltar para casa desde Palmyre até a praça Blanche, depois de jantar sopa de cebola e alguns bifes, eu à mesa ao lado dela e de Missy. Em casa, Colette derretia chocolate numa panela e punha no copo uma fatia de pão de centeio. Depois, chamava-me por um dos meus nomes de estimação e eu sentava em seu colo, defronte à mesa em que escrevia: "Venha aqui, Luz da Minha Terra", dizia, ou "Oh, pequenina, listradíssima, venha esquentar minhas pernas".

Eu ia até ela, vendo-a bem de perto enquanto se recolhia à própria mente para escrever. De vez em quando reemergia para ler em voz alta, para mim, um parágrafo que escrevera. Há um que me ofende, de *A Vagabunda*, porque mostra quão distante de mim ela fica quando se envolve profundamente na escrita:

> Escrever é sentar e encarar, hipnotizada, o reflexo da janela no tinteiro de prata, sentir a febre divina tomando a face inteira enquanto a mão que escreve se torna vivamente entorpecida sobre o papel. Significa também horas inúteis enrodilhada no divã, e de repente uma orgia de inspiração da qual se emerge estupefata e dolorida, mas também recompensada, carregada de tesouros que se deitam lentamente na página virgem sob um pequeno halo de luz do candeeiro.

Eu costumava esperar lealmente à luz da lamparina até que ela voltasse a mim, mas agora — depois disto — restaria qualquer tesouro nostálgico a ser deitado ao papel? Quem lhe permitiria desfrutar dos confortos de um outono na Borgonha, ou da inútil tagarelice imaginária entre cão e gata? Não haveria mais lugar para frivolidade em Paris, nem em qualquer lugar, depois deste inverno. Não haveria lugar para mim.

{ ENXOFRE E FLOR DE LARANJEIRA }

À noite, meu soldado deitou junto ao amigo, de mãos dadas. Acho que estão apaixonados, mas escondem isso dos outros soldados. Testemunhei o momento exato em que o ar decidiu revestir o mundo com geada, e senti que não era certo ver aquilo, como se eu tivesse espiado atrás da cortina do teatro antes de Colette estar completamente trajada como sua personagem, antes que os olhos estivessem maquiados de azul. Na parte mais fria da noite, justo antes de amanhecer, desci para a trincheira e deitei sobre os pés de meu soldado, para mantê-lo aquecido até o toque da alvorada.

No café da manhã, os soldados receberam ovos cozidos. Pobre Fifi — como sua boca deve ter salivado enquanto a cozinha punha um ovo suculento depois do outro para ferver! Lembrei do hábito de Colette de comer ovos bem cozidos com cerejas frescas. Havia um cheiro de enxofre sobre a trincheira no momento que os soldados esfregavam os ovos nas mãos, para quebrar suas cascas, e isso me remeteu num instante à sensação da viagem que fizemos aos Alpes entre suas turnês de Bruxelas e Lyon. Ficamos hospedadas no Hôtel des Bains, e toda manhã, ao me levar para um passeio no parque, podíamos sentir o enxofre subindo das fontes termais aonde as pessoas vinham pelas águas.

Não Colette — ela não acreditava em banhos de cura, apesar de ser fascinada pelos neuróticos autocentrados que acreditam. Passeávamos pelos jardins, passando pelos canteiros de gerânios e cinerárias azuis, e por trás do perfume das laranjeiras havia sempre à espreita o cheiro desconfortável do enxofre. Parávamos nos estábulos do parque para tomar leite fresco, que ela temperava para mim com uma pitada de açúcar e outra de sal, e em nosso caminho de volta ao hotel as crianças com suas babás me chamavam, "Gatinho na coleira!", querendo me dar coisas: bolinhas com guizos dentro, ou pedaços de queijo fedorento. Quanta inocência! Nelas e em nós.

Eu não ligava de estar longe de Paris, mas fiquei preocupada com Colette quando ela se afeiçoou a um casal esquisito hospedado no hotel, como costumava acontecer, interessada por sua infelicidade. Em troca, eles queriam adotá-la e a mim, e tinham orgulho de sentarem junto a ela no jantar, o tipo impróprio de orgulho exibicionista que acompanha o fato de ser visto em público com uma pessoa considerada, de algum modo, escandalosa pela sociedade. Eu tolerei a companhia deles, esperando e ansiando pela hora em que ela ficaria entediada dos dois e estaria pronta para voltar a Paris. Quando mexeu na mala, saltei para dentro enquanto ela a arrumava, afofando alegremente cada peça de suas roupas com minhas garras. Ela sabia exatamente o que eu estava fazendo, claro, porque pronunciou as palavras em voz alta. "Está implorando para que eu abra uma trilha do tamanho de nossos passos, uma que seja obliterada às nossas costas após passarmos, não é isso, Kiki, tigre bigodudo, guardiã feroz do meu coração?"

{ CORRIDA DE TARTARUGAS }

O gato me acordou cedo esta manhã, citando Colette. "O gato é o animal a quem o Criador concedeu o maior olho, o pelo mais suave, as narinas supremamente delicadas, orelhas móveis, uma pata sem igual e garras tomadas de empréstimo à rosa", disse.

"Estou dormindo", respondi.

"Sabia", prosseguiu, "que os persas soltavam gatos nos campos de batalha quando estavam em guerra com o Egito? Como os egípcios nos adoravam, preferiam se render a ferir aqueles gatos."

Silvei para ele e sua anedota sem graça, desejando que fosse embora. Chega de diversõezinhas bobas, chega de fantasiar que estou esparramada no divã de Colette, chega desse aconchego todo. Estamos em guerra agora, todos nós.

"Tenho novidades", disse ele. "Ouvi os soldados falando do cão sentinela, essa manhã. Conseguiu percorrer a salvo as centenas de quilômetros de volta a sua casa. E quando o dono — que aparentemente é muito leal ao esforço de guerra — reportou o retorno, o comandante em chefe não apenas lhe concedeu uma medalha como também uma honrosa dispensa do serviço!"

De repente, senti uma inveja terrível daquele cão, reunido a seu dono e às ovelhas.

O gato pareceu perceber. Mudou de assunto. "Você gosta da bebê de Colette, Bel-Gazou?"

"Que tipo de gato com amor-próprio gostaria de um bebê humano?", exclamei.

"Ela é uma boa mãe?"

Vacilei. Ela é ambivalente quanto à função, e tem sido desde o início. Matutou comigo, certa noite de verão, nós duas sentadas na sacada observando os tons pastéis dos telhados de Paris, "Como eu poderia ser uma mãe que, por acaso, escreveu um livro? Sempre serei uma escritora que, por acaso, teve uma filha". Não disse nada ao gato, para não trair o segredo: de que ela me amava mais do que um dia amaria Bel-Gazou. Não exijo tanto dela, e Colette, como todos os escritores, é egoísta com seu tempo.

"Não devia ter perguntado", o gato falou. "Vou deixá-la em paz."

Pensei por muito tempo na jornada do cão de volta à casa, tentando imaginar cada etapa, e desejei ser um cachorro para poder sobreviver a essa viagem de volta a Paris, ainda que ela não me quisesse mais, mesmo que tivesse se tornado séria com minha ausência, junto a todos aqueles que vislumbraram um futuro de desamparo.

No devido tempo, encontrei o gato em sua trincheira. Abriu espaço para mim a seu lado. Assistíamos à competição dos soldados que apostavam sobre qual tartaruga venceria a corrida em câmera lenta que haviam começado, de uma parede da trincheira até a outra. Três tartaruguinhas se arrastavam pelas raias que os soldados haviam criado. Uma quarta marchava em círculo, vezes sem conta, cavando um sulco profundo na lama. E uma quinta havia, de algum modo, erguido outra tartaruga no casco, e estava vencendo a corrida.

Sua força anormal me recordou outra cena banal de alguns anos atrás, antes que a reputação literária de Colette aumentasse o suficiente para levá-la das casas de espetáculo ao palco dos teatros. Ela me levava consigo para o Olympia ou para o Wagram Empire, ou qualquer lugar onde estivesse se apresentando naquela temporada. Eu deitava sob as luzes nas coxias, até que aquilo ficasse insuportavelmente quente, assistindo do escuro a cada ato. Certa noite, assisti a uma garota de dezesseis anos, de nome artístico Maxila, erguer com os dentes uma mesa sobre a qual ia sentada uma mulher enorme de gorda.

O tédio no rosto dos soldados apostadores se dissipou, substituído por alerta. Dispersaram-se, correndo a seus postos. Uma sombra cobria ao gato e a mim. Alguém estava parado junto à entrada da trincheira, tapando nosso sol. Ergui os olhos e vi Henri, o sargento, forçando os olhos para ver exatamente o que os homens faziam ao serem surpreendidos.

"Ouvi sobre o cachorro", disse para um dos soldados. "Era o cão de guarda desta trincheira?"

"Não, senhor", o soldado respondeu. "Era de uma trincheira mais afastada. Nós lhe dávamos guloseimas", completou, esperançoso.

"Dão guloseimas a um cão enquanto os homens passam fome?", disse. "Que vergonha." Seus olhos haviam se ajustado ao sol, e agora tinha o foco sobre nós: duas formas felinas encolhidas em sua sombra. "Tirem estas pestes daqui", ordenou. "Vão espalhar doenças."

Meu bravo e magro soldado deu um passo adiante e nos tomou nos braços. "Senhor, eles caçam os ratos que nos atormentam à noite. E nos animam."

Eu sabia que, sob a luz direta, meus pelos me entregariam. Henri ouvira muitas vezes, enciumado, Colette se perder em arrebatamentos sobre minhas várias cores e riscas. Não deixaria de me reconhecer. Olhei direto em seus olhos e ele encarou de volta, e eu soube que fora descoberta.

"Se eu vir algum desses gatos outra vez, em qualquer parte destas trincheiras", disse, "eu mesmo darei um tiro neles, e outro em qualquer soldado que for pego os acobertando." Deitou outro longo olhar sobre mim, deixando sua malícia borbulhar na face.

"Aquele era o esposo, não era?", o gato perguntou depois que Henri partiu.

Minhas patas suavam de novo. "Era", respondi.

"Voltem apenas à noite", disse meu soldado. "Aqui já não é seguro para vocês."

Ronronei e esfreguei a cara contra sua mão. Quem, em qualquer parte, estaria seguro agora?

"Vamos caçar um pombo-correio para o almoço", o gato convidou. "Vai fazê-la se sentir melhor."

"Estou sem um pingo de fome", respondi. Podia sentir o coração na garganta, uma sensação que Colette descreveu certa vez quando estava aborrecida. "Preciso tentar voltar a Paris."

"Eu sei", ele disse. "Tenho esperado você perceber que é isso que devemos fazer. Partiremos amanhã cedo, à primeira hora do dia."

Uma aclamação subiu do outro lado da trincheira. A menor tartaruga havia vencido, carregando a amiga nas costas. A que cavara em círculos tinha aberto uma trincheira tão funda para si que já estava fora de vista.

{ INDO PARA CASA }

O gato insistiu em uma caçada noturna na terra de ninguém, como ele a chamava. Pediu que eu o acompanhasse, mas menti dizendo que preferia poupar minhas forças para o começo de nossa longa viagem até Paris. Na verdade, queria apenas ficar olhando meu soldado e seu amigo de mãos dadas em minha última noite na trincheira. Eis algo que adoro fazer com Colette: vê-la dormir. Se desperta e me pega olhando, costuma me dar agrados, normalmente uma mariposa presa entre a cortina e a janela.

Temo que meu soldado não vá sobreviver a esta guerra. Colette teria mais chances de se adaptar a esta vida de trincheiras do que a maioria desses rapazes desnutridos. Ela é robusta e saudável, tem os músculos flexíveis pelos exercícios regulares na academia que frequenta na Rue de Courcelles. A princípio, exercitava-se para se equiparar aos outros artistas nas casas de espetáculo, que usavam seus corpos de modos tão bizarros que a faziam querer fortalecer o seu. Então se tornou parte da rotina semanal, sobretudo depois de Missy entrar em sua vida: as duas vestiam shorts e bandanas e faziam todo tipo de alongamentos e exercícios que não tinham nenhum sentido fisiológico para mim, mas que pareciam deixar Colette alegre e forte. Nos feriados na casa de campo de Missy, na cidade costeira de Le Crotoy, as duas faziam suas sessões de ginástica na academia a céu aberto mandada construir por Missy, para desgosto dos passantes.

Dois pombos-correio, ambos machos, haviam cruzado o céu noturno carregando uma mensagem crucial, e agora voavam em círculos tentando se orientar. Odiavam a escuridão. É desconcertante ver a silhueta de um pombo contra a Lua. Um morcego é mais adequado para esses horários sinistros. Penso na mensagem que enviaria a ela, se pudesse, imagino-a desenrolando o papelzinho da cápsula depois de o pombo exausto bater em sua janela: *Buscando ficar por perto, acabei colocando uma grande distância — uma guerra inteira — entre nós. Mas agora estou voltando para casa. Guarde esta ave para meu lanche, se possível.*

O gato já deveria ter voltado. Prometeu que regressaria antes de amanhecer. Colette sempre diz que há uma diferença triste e sufocante numa sala onde até pouco tempo antes imperava uma presença felina e esta mesma sala vazia, e sinto isso na trincheira: uma ausência fria onde o gato deveria estar. É evidente para mim o que aconteceu e o que está para acontecer, mas não consigo me pôr em movimento. Ainda não, não com os pés de meu soldado sob minha barriga. Em vez disso, vou imaginar movimentos, e talvez essas ideias tomem forma e me conduzam até o destino que sinto estar esperando por mim, não na irrealidade de Paris, mas aqui mesmo nesta trincheira.

Vou despertar o soldado adotivo do gato, tirá-lo de seu cochilo, e esperar até que ele pare para ouvir com bastante concentração, até que note o gato chorando em meio à lama e aos arames em que se prendeu. O soldado vai rastejar até lá sem pensar nos riscos. Os outros esperarão ansiosos por seu retorno, ouvindo os gritos do gato, desesperados por imaginar a dor daquela criatura indefesa. Quando o sol começar a tingir o céu de um verde pálido, o soldado vai retornar, arrastando-se de bruços com o gato assustado sob o braço, os dois tão cobertos de lama que poderiam ser duas partes de um mesmo ser mitológico.

Estarei esperando no parapeito, aguardando o gato, esperando o sol, esperando o momento em que um atirador alemão confundirá minha pelagem gloriosa com a cabeça negligentemente descoberta de um soldado, e fará pontaria, e irá atirar. Meu próprio soldado e seu amigo vão carregar meu corpo para a trincheira e lamentar, e, quando minha vista embaçar, os dois vão se parecer exatamente como Colette e Missy vestidas de homem. Ouvirei Colette dizer que ela e eu devemos ser curiosas até o último instante de vida, devemos ter a determinação de observar todas as coisas a nosso redor, que "Veja!" deve ser nossa última palavra e pensamento, e então saberei que voltei a nosso pequeno apartamento, aquele que ela, Toby-Chien e eu dividíamos na Rue de Villejust, e saberei que estou quase em casa.

ALMA DE CHIMPANZÉ
{ A MOCINHA DE PETER VERMELHO }

MORTO EM 1917, ALEMANHA

Se chego em casa tarde da noite,
vindo de banquetes, sociedades científicas,
reuniões agradáveis, está me esperando
uma pequena chimpanzé semiamestrada,
e eu me permito passar bem com ela
à maneira dos macacos. Durante o dia
não quero vê-la; pois ela tem no olhar
a loucura do perturbado animal amestrado;
isso só eu reconheço e não consigo suportá-lo.

—Franz Kafka, UM RELATÓRIO PARA UMA ACADEMIA

Frau Evelyn Oberndorff
Tierparkallee, 55
Hamburgo

13 de junho de 1915

Minha cara Evelyn,
Sei que me disse para não lhe escrever outra vez, jamais. Mas passou-se tempo, uma guerra estourou, e Herr Hagenbeck disse-me sem qualquer insegurança que eu devia escrever para Hazel, por seu intermédio, que ela fez grandes avanços desde que o seu marido começou a trabalhar com ela, e que agora seria apropriado estreitar contato. "Está sendo preparada para casar contigo no devido tempo", disse-me Herr Hagenbeck, daquele seu modo que nos faz sentir uma culpa inexplicável. Também me fez saber da aflitiva notícia de que Herr Oberndorff partiu para o front. Lamento muito saber disso. Lamento ainda mais que, em sua ausência, o treinamento de Hazel tenha recaído sobre a senhora. Não há de ser fácil. E aqui estou, tornando a situação ainda pior, pedindo que lhe leia em voz alta a carta que segue.

Seu,
Peter Vermelho

Prezada Hazel,
Escolhi este nome para você em nosso primeiro encontro no jardim zoológico, muitos anos atrás, devido à cor de seus olhos em sua face ampla e vaga. Talvez não se lembre de mim; meu nome, como virá a saber, é Peter Vermelho — Vermelho por meu pelo, Peter pelo primeiro treinador que tive em Praga.

Enviarei esta carta diretamente a sua nova treinadora, Frau Oberndorff, que assumiu o posto na ausência do esposo. Ela lerá minhas cartas em voz alta para você, por enquanto, embora pareça que seus progressos com leitura e escrita têm superado as expectativas. Muito me contenta ouvir de nosso benfeitor, Herr Hagenbeck, que suas competências em compreensão e fala já são dignas de nota.

O que dizer, o que mais lhe contar? Tenho o cachimbo fornido e um livro de poemas aos pés de minha poltrona. Olho, por minha janela do hotel, as ruas de Hamburgo, observando as possibilidades do crepúsculo se dissiparem. Meus pensamentos se fixaram no velho Peter, de quem tenho o nome, o homem que me ensinou a ler. Provavelmente já não é vivo. Era grisalho e afável, e me levou para ver o cometa Halley cruzar o céu, confinado a sua órbita oblonga, no ano de 1910. Estivemos no domo do observatório, construído sobre um bastião da medieval Muralha da Fome de Praga, junto a um pequeno grupo de literatos excêntricos a quem devo meu senso de estilo.

Um deles se chamava Blei, outro, Kafka. O primeiro sequer me notou. Mas Kafka, finíssimo, olhou-me direto nos olhos. Não foi um momento de comunhão. Tinha inveja de mim, creio, de minha diminuta existência, da habilidade que eu tinha de me tornar quase invisível aos humanos, em determinados momentos. Deitou-se a meu lado, no chão de pedra, para observar a passagem do cometa, o que me causou desconforto.

Lembro-me do que disse a seus companheiros naquela noite, quando partiram de volta a suas casas. "Não tivesse prostrado no chão junto aos bichos, teria sido impossível ver o céu e as estrelas. Talvez eu não sobrevivesse ao terror de estar de pé."

O terror de estar de pé, minha cara, é algo a que em breve você mesma deverá sobreviver. Acredite, entretanto, ser algo que vale a pena. A vista é muito melhor daqui de cima.

Atenciosamente,
Peter Vermelho

Caro Peter Vermelho,
   Anexo a resposta de Hazel à sua carta recente. Busquei usar suas próprias palavras ditadas, o máximo que pude. Ela vem progredindo rapidamente, como Herr Hagenbeck o informou, e estou particularmente satisfeita com seu jogo de palavras. Perdoe sua rudeza ocasional, se possível. Ela recentemente deu um grande salto, permitindo-me vesti-la com trajes formais e sapatilhas sem muitos protestos. Foi o corpete que lhe criou mais problemas. A frustração que demonstra com relação ao próprio corpo deve ser vista como um passo positivo, acredito, já que só poderá motivá-la a abrir mão dos modos de chimpanzé e aceitar completamente as maneiras humanas — como você fez, para nosso assombro.
   Meu marido de fato está na frente de batalha. Foi por escolha própria, devo informá-lo, muito embora os homens não venham a manter o luxo da escolha por muito tempo, nem mesmo os homens de família. As crianças sentem a falta do pai terrivelmente.

Evelyn Oberndorff

Caro Peter Vermelho,
   Que utilidade tem este corpo para quem quer que seja? Por que minhas narinas não são pequenas como sementinhas? Por que crescem pelos em minhas costas? Frau Oberndorff deu-me exercícios para fazer junto à janela do laboratório. Calistenia, como ela os chama, para um corpo novo. Faço o que ela manda, por causa dos biscoitos de gengibre. Deixam minha merda escura e sólida.

Vi mulheres atirando balinhas, chocolates e frutas para os soldados nas ruas. Minha primeira degustação de chocolate. Perguntei a Frau Oberndorff por que todo mundo está feliz. As pessoas estão contentes por uma pausa em suas rotinas, estão cansadas da vida, ela disse. Acham divertido estar em guerra. Divertido. Palavra nova para mim. Corpo novo, palavra nova, guerra nova. Comi muito chocolate e depois passei mal.

Saudações,
Hazel

Cara Evelyn,
Agradeço sua resposta, e a mensagem ditada por Hazel. Percebo que peço demais ao me endereçar a você com intimidade, mas quando sento para lhe escrever é impossível me conter. Estes anos banidos de sua presença têm sido horríveis. Saber que você agora segura nas mãos este pedaço de papel, que lê estas palavras... Não posso fingir formalidades. Perdoe-me, Evelyn, por tudo. Por favor, comunique meu amor às crianças. Sinto falta delas. Sinto sua falta.

Seu,
Peter Vermelho

Prezada Hazel,
Como me alegra saber que você aceitou nossa nova e saudável cultura corporal alemã. Deixe-me contar de meu próprio regime, pois isso talvez a ajude a moldar seu corpo de acordo com o que deseja para ele.

Não coma muito chocolate, ouça meu conselho. Isso apenas lhe conduzirá à infelicidade. Muitos anos atrás, resolvi seguir uma dieta estrita para maximizar minha saúde, após anos de sofrimento e doenças (dor nas costas, enxaqueca, insônia). Uma estada no sanatório nas montanhas Harz me introduziu ao método Mueller de modelagem corporal, em que Frau Oberndorff sabiamente lhe iniciou, e desde então faço meus exercícios (como você) defronte a uma janela aberta. Ultimamente comecei a notar os benefícios de me exercitar nu ao ar livre, mas ainda não lhe aconselho que faça o mesmo. Só deve arriscar o nudismo aquele que aprendeu a vestir roupas.

Sigo o método Fletcher de mastigar cada porção de comida mais de dez vezes. Hoje sou esbelto, mais do que a maioria dos humanos que conheço, e me alegro de ser assim, sem nenhuma gordura no corpo. Tente, se possível, comer *atentamente*. Ajudará a vencer seus instintos de empanturrar o estômago com tudo que vir pela frente. Coma devagar, nunca roa ossos se precisar comer carne, e não faça ruídos ao sorver vinagre.

Recuso chá, café e álcool. Ao contrário do que você pode pensar, esta disciplina a que me submeti não me faz nem vagamente invejoso dos prazeres e indulgências que os outros se permitem. Ocorre o oposto, na verdade. Se estou a uma mesa com dez amigos tomando seus cafés pretos enquanto não bebo nada, apenas a cena me enche de felicidade. Carne pode fumegar a minha volta, canecas de cerveja serem esvaziadas em grandes goles, aquelas salsichas suculentas podem estar fatiadas por toda parte — nada disso me dá qualquer sensação de desgosto; pelo contrário, faz-me muito bem. Não há dúvida que tiro disso um prazer malicioso.

Pense deste modo. Já lhe contaram a história de como Herr Hagenbeck decidiu criar um zoológico sem grades, para que os visitantes pudessem espiar os animais em seus ambientes abertos através do fosso que os separa? Nenhuma grade atrapalhando a vista extraordinária, nenhuma jaula barrando os animais de expressarem por completo suas naturezas selvagens.

O que você deve fazer agora é colocar as grades de volta, digamos assim, em seu coração, estômago e mente. Encarcere-se outra vez, negue-se qualquer coisa que deseje, até que o prazer venha da negação mesma, não da consumação do desejo. Apenas assim será verdadeiramente livre, e próxima do humano. Eles — os humanos, quero dizer — parecem acreditar que o que os separa dos outros animais é sua habilidade de amar, sofrer, sentir culpa, pensar abstratamente et cetera. Estão enganados. O que os separa é seu talento para o masoquismo. É aí que reside seu poder. Ter prazer na dor, tirar forças da privação, isso é ser humano.

Atenciosamente,
P.V.

Caro Peter Vermelho,
    Espero que esta curta resposta ditada por Hazel encontre-o bem. Pelo que diz Herr Hagenbeck, compreendo que não queira visitar o zoológico e encontrar Hazel novamente até que ela esteja pronta para ser uma companhia digna. Perdoe minha impertinência, mas você poderia solicitar aos cavalheiros seus amigos que também deixem de nos visitar? Eles chegam aqui — os que não foram para a guerra, por uma ou outra razão — e batem à porta do laboratório, fazendo insinuações maliciosas sobre Hazel estar sendo preparada por especialistas para seu prazer, e exigem vê-la. Lembro-os que ela deverá ser sua companheira pela vida, e peço que demonstrem respeito. Mas preferiria que eles não aparecessem, deixando-nos em paz até que você esteja pronto a iniciá-la.
    As crianças sabem que você escreve para Hazel. Quiseram saber por que não escreve para elas, e eu não soube o que dizer. Já tenho dificuldades suficientes para explicar onde está o pai.

Aliás, você está errado com relação a humanos e masoquismo (devo supor que suas cartas a Hazel estejam repletas de farpas a mim?). A maior parte de nós não extrai prazer da dor; a maioria persiste na crença de que o amor romântico é a joia cintilante que coroa a evolução humana. Alguns de nós sofrem ao pensar em sua janela aberta, no vento frio da noite entrando por ela, no calor de seu corpo sob os lençóis.

Evelyn

Caro Peter Vermelho,
O zoológico, tão barulhento, meus próprios pensamentos resistem. As aves em seu viveiro grasnam dia e noite. Estou coçando. Coçando, coçando, coçando. Frau Oberndorff não deixa eu me coçar. Ela me dá banho, penteia meus pelos para que caiam, corta minhas unhas, limpa meu nariz. Diz que meu bafo é um problema. Fede. Gosto do fedor. Bafejo e respiro de volta. Agarro-me ao lustre que pende do teto e me balanço, para a frente e para trás, para a frente e para trás. Coço a bunda, cheiro o dedo.
Como você virou o que é? Por que me quer?

Saudações,
Hazel

Minha caríssima Evelyn,
Sua carta acendeu um fogo em meu coração, uma clara chama esperançosa...
Sinto por meus conhecidos (não os chamarei de amigos) a estarem importunando no zoológico.

Ainda não crê em mim, querida? Que Hazel foi ideia de Hagenbeck, que fui forçado a seguir seu plano do mesmo modo como fui forçado a fazer tudo que ele quis por seu maldito zoológico? Que se eu tivesse escolha, se *você* tivesse escolha — você é esposa de alguém, não esqueçamos — eu a escolheria, você e apenas você? Apaixonei-me no primeiro instante que a vi, antes de ser totalmente humano, e por sobre aquele abismo de entendimento e experiência, de algum modo, por um milagre, você sentiu algo por mim em troca. Você foi quem me inspirou a me tornar humano, não os incansáveis labirintos e tarefas variadas e repetição de palavras de seu marido, não seus acessos de raiva quando eu não fazia o que desejava, nem o açoite, nem a fruta suculenta que balançava além do meu alcance. Queria ser humano para cruzar aquele precipício e tocá-la, ser tocado por você. Você fez de mim um humano melhor, e eu gostaria de crer — ouso dizer — que fiz de você uma macaca melhor.

Sempre seu,
P.V.

Prezada Hazel,

Em sua última carta você pediu por minha história de transformação, então a contarei. Não se desencoraje. Tornar-se humano é um processo longo e cercado por dificuldades.

Tenho apenas memórias turvas sobre nossa terra natal. Fragmentos. Talvez você lembre mais. Uma moita de flores silvestres que brotava na floresta após uma noite da mais forte tempestade. A sensação de ser aprisionado por uma jiboia, a pressão reconfortante; quase entregue à canção de ninar da morte antes de ser resgatado — por minha mãe? irmã? — pelo espiral que apertava. Tenho uma cicatriz no quadril de um dardo de caçador, mas não me lembro de ter sido alvejado. No navio, penduravam bananas no alto de minha jaula, mas eu me recusava a comê-las. Então Praga, sendo vestido com uma casaca vermelha de veludo e um chapéu combinando, em minha primeira apresentação no teatro. A gentileza de Peter. A cortina se abrindo e nós sentados lado a lado no palco, lendo sob um holofote, e subitamente o momento íntimo sendo exposto pelo que realmente era: uma performance para uma multidão barulhenta.

Herr Hagenbeck me comprou de Peter em uma de suas visitas a Praga. Ele via do que eu poderia ser capaz, de um modo que Peter não conseguia. Hagenbeck recrutou Oberndorff, o etólogo, para me treinar aqui em Hamburgo. Seus colegas o ridicularizaram, mas ele os ignorou, pois já haviam rido de suas tentativas de cruzar um leopardo e um tigre-de-bengala na virada do século, antes que ele vendesse o híbrido bem-sucedido para um colecionador português, por um valor incomensurável.

Passei vários anos no mesmo laboratório no zoológico em que você se encontra agora. Herr Oberndorff era muito rígido em seu treinamento, mesmo brutal, como você já deve saber. Mas Frau Oberndorff e as crianças compensavam tudo, sob todos os aspectos possíveis. Passei a amá-los profundamente.

Minhas habilidades humanas progrediram de tal maneira que mesmo Herr Oberndorff ficou chocado certo dia, ao me ver passeando ao lado de Herr Hagenbeck, discutindo política e filosofia. Pouco depois disso, mudaram-me para os melhores aposentos da cidade, e passei a atrair um número recorde de visitantes ao zoológico com minhas conversas e palestras públicas.

E isso me leva à sua segunda pergunta: por que eu quero *você*? Por algum tempo precisei de uma companhia que fosse comigo, de maneira digna, a encontros e missões diplomáticas, a jantares acadêmicos e a eventos especiais frequentemente oferecidos em Hamburgo em minha homenagem. Você foi selecionada do viveiro dos chimpanzés no zoológico, e se saiu excepcionalmente bem nos testes iniciais de aptidão.

Herr Hagenbeck decidiu que você também deveria ser treinada para ser humana, e que um dia se tornaria minha esposa.

E há a questão do outro conforto que você me trará, tornando-se minha companheira. Não parecia apropriado a Herr Hagenbeck que eu tomasse uma esposa humana para esse propósito, tampouco consigo superar meu horror às chimpanzés primitivas do zoológico. Meu único medo — certamente nada pior do que isso pode ser dito ou ouvido — é jamais ser capaz de possuí-la... sentar-me junto a você, sentir seu hálito, o calor e a vida em seu corpo a meu lado, mas na verdade estar mais distante do que estou agora, aqui em meu quarto. Mas não pensemos nisso, de todo modo. Tais ideias ainda me deixam um pouco enjoado (perdoe-me).

Atenciosamente,
P.V.

Caro Peter Vermelho

Gostará de saber que Hazel tem me acompanhado em excursões fora do laboratório e pela cidade. Ela já não arranca as roupas a cada oportunidade, e mantém o chapéu posto por um longo período. Caminha confortavelmente ereta, e as pessoas a minha volta sorriem para ela como se se tratasse de um de meus filhos, com seu chapeuzinho e sapatos delicados. Suas habilidades em fala e compreensão vêm ficando rapidamente sofisticadas. Herr Hagenbeck sente que ela estará pronta para você bem antes do esperado. Meu marido ficaria deliciado com tal progresso, fruto de seu trabalho. Já não tenho notícias suas do front há vários meses.

Lembra-se de quando meu filho mais velho começou a falar frase completas, como verbalizava seus pensamentos sem se dar conta? Eu costumava espreitar essas "conversas", feliz por ter uma linha direta com a mente de meu filho após anos tentando adivinhar, com esperança maternal, quais eram suas necessidades e desejos. Você estava por aqui, àquela altura, e gostava de espreitar comigo. Também havia começado a falar frases completas naquele tempo.

Hazel está em meio a uma fase similar, acredito. Ontem, escutei-a no laboratório e a ouvi pensando alto consigo mesma. "Serei mais parecida com um ouriço ou com uma raposa?" Tive que rir um pouco antes de me dirigir a ela. Ajudou-me a esquecer nossos problemas coletivos, por uma hora ao menos.

Você enviou aquele velho chinês ao zoológico semana passada? Suspeito que sim. Deu-me um exemplar do livro recente de Buber sobre contos chineses. E um grilo de estimação, uma criatura esquisita. Dei-o a Hazel. Ela gosta de cuidar de bichinhos. É uma alma boa.

E sim, caso esteja se perguntando — lembro-me daquela noite, lendo Buber juntos, e de todo o resto.

Sua,
Evelyn

Caro Peter Vermelho,

Frau Oberndorff deu-me um grilo de estimação. Ele vive em uma casca de noz. Se você o ergue e olha diretamente para ele, parece feroz. O homem que o trouxe ao zoológico disse que ele venceria batalhas com outros grilos se, antes disso, fatiássemos uma mosca e déssemos a ele, para torná-lo violento.

Fui com Frau Oberndorff e as crianças para a fila do racionamento. Uma fila para cada item, uma espera enorme por um único ovo, a ração semanal permitida. Outra fila, outra espera enorme pelo pão de guerra feito com forragem de nabo. Deixou as crianças com dor de estômago.

Minhas orelhas estão furadas com pinos de metal para que eu fique bela. Consigo vestir meias sem desfiá-las. Mas não sobraram meias que usar.

Saudações,
Hazel

Minha caríssima Evelyn,
    Folgo em saber que o livro de contos chineses e o grilo puderam por um momento distraí-la dos infortúnios recentes. Hazel compreende o que está acontecendo, por que os víveres se tornaram tão subitamente escassos? Estou certo de que já lhe explicou, mas também mencionarei o assunto em minha carta. Talvez ajude.
    Preocupo-me com você e com as crianças. Têm o suficiente para comer? Herr Hagenbeck os ajuda a conseguir leite e carne no mercado negro? Gostaria muito de poder enviar-lhes suprimentos, mas, para ser franco, não tenho tido sorte sequer para suplementar meu próprio quinhão. Os serviçais no restaurante do hotel começaram a me olhar de forma estranha quando desço de meus aposentos para comer a parca refeição diária que ainda provêm. Talvez seja imaginação minha. Felizmente, como sabe, não como muito. Congratulo-me por ter me treinado em tal frugalidade já há anos. Nestes tempos, seria brutal estar atado a algo tão básico quanto alimentação.

Seu,
Peter Vermelho

Prezada Hazel,
 Visando sua educação, deveria buscar entender o que ocorre agora na Alemanha. Os efeitos nocivos do embargo naval britânico, que cortou o tráfego de suprimentos vindos para a Alemanha desde o Mar do Norte, têm sido sentidos. Por muito tempo importamos mais que a terça parte de nossos víveres por essa via, e também a maior parte de nossos fertilizantes, e agora temos problemas. A seca mundial e o insucesso das colheitas torna tudo ainda pior. A situação é muito mais vasta do que uma fila de mulheres esperando por ovos no frio. Há saques e distúrbios por conta disso em nossas maiores cidades. A comida está sendo usada como arma contra nós. A Inglaterra quer espremer a Alemanha até o caroço. E nós, minha cara, somos o caroço.

Atenciosamente,
P.V.

Caro Peter Vermelho,
 Não desejo preocupá-lo — estamos bem, de modo geral. Mas a comida é escassa, como você sabe, e temos lutado para encontrar o bastante com que alimentar os animais no zoológico. As crianças e eu temos passado a pão preto, poucas fatias de salsicha sem sustância e três libras de nabo por semana. Minha filha roubou uma porção de manteiga de outra criança e meu filho mais novo furtou um pedaço fibroso de carne assada, e comemoramos com mais entusiasmo do que se a Alemanha tivesse ganhado a guerra. Naturalmente dividimos toda a comida que temos com Hazel.
 Temo que Herr Hagenbeck não nos tenha ajudado a comprar comida alguma no mercado negro. Já não se encontra no zoológico há algum tempo. Não quero desrespeitá-lo, e talvez

ele esteja neste instante tentando conseguir alguns suprimentos — mas caso o encontre pela cidade, em alguma solenidade da Academia, poderia lembrá-lo de nós, e dos animais? A última carta de Hazel, como verá, é um pouco deselegante. Mas novamente, a fim de permitir a ela liberdade para explorar e experimentar com a linguagem, escrevi, palavra por palavra, aquilo que me ditou. Ela foi bastante tocada por *Entropia da Razão* — que tenho lido para ela a partir do exemplar que você me deu anos atrás. Espero que a carta dela não o desconcerte. Não deveria. Ela tem plena razão sobre aquilo que pode lhe dar. Coisas que eu não poderia.

Sua,
Evelyn

Caro Peter Vermelho,

Como brincaremos na cama quando eu for sua esposa? Frau Oberndorff está lendo para mim o livro do doutor Mitzkin, *Entropia da Razão*. Ele adverte que os humanos serão reduzidos a mecanismos de palavras. Comerão palavras, beberão palavras, com palavras se banharão e matarão. Copularão com palavras.

Você me arremessará palavras quando eu for em sua direção, saindo detrás dos panos, e lhe mostrar meu cu? Arremessarei palavras em você quando bater no peito e enfiar as presas em minha bunda? Não lhe posso dar muito além de um corpo quente e flexível como você gostaria, braços de certa extensão, pernas arqueadas, torso entroncado. Gostaria que eu fosse mais humana, ou menos humana, ou mais ou menos humana?

Saudações,
Hazel

Caríssima Evelyn,
 Precisa deixar que a visite. Por favor, querida, não seja teimosa quanto a isso. Preciso saber que você e as crianças estão bem. Não se preocupe com Herr Hagenbeck descobrir — ele foi à África para fugir da guerra, segundo rumores de meus colegas na Academia. Mal pude acreditar, inicialmente, que ele abandonaria o zoológico depois do investimento considerável que fez (nele e em mim), mas imagino que faça sentido. É um homem que coloca suas necessidades em primeiro lugar, o que sempre o deixa em situação bastante favorável. Haverá outros animais exóticos, outros zoológicos, outros macacos que treinar.
 Sinto muito por Hazel, honestamente, mas agora que Hagenbeck se foi, não serei mais forçado a isso. Não apenas as cartas, mas todo o resto, toda a horrível companhia que ele sonhou para mim. Ele se foi, Evelyn, ele se foi. Somos livres — quase — para fazer o que nos agrade.
 Quero vê-la. Por favor. Aceite-me de volta.

Seu,
Peter Vermelho

Caro Peter Vermelho,
 Agradeço a saca de batatas que nos enviou, e que devoramos. As crianças teriam comido as batatas cruas, se eu não as impedisse de atacar o saco bem a tempo.
 Você está certo quanto a Herr Hagenbeck. Ele de fato abandonou o zoológico e partiu para a África. Uma carta dele chegou hoje, enviada de Hamburgo antes da partida. Após todos estes anos, após tudo que fizemos por ele, isto é o que ele tem a nos dizer:

Devo recordá-la de que a incidência de inanição real em Hamburgo é bastante baixa. Os únicos casos conhecidos até o momento, mesmo neste inverno rigoroso, foram registrados entre internos de penitenciárias, asilos e outras instituições onde cada adulto possui acesso apenas à ração de guerra, sem os acréscimos oriundos do mercado negro.

Meu bom amigo dr. Neumann, professor de Higiene na Universidade de Bonn, acaba de me enviar os resultados de seu experimento mais interessante. Privou-se a si mesmo da ração mensal para uma pessoa média. Resultou na perda de um terço do peso e em uma fome tão grande que lhe foi difícil se concentrar no trabalho.

Mas quem dentre nós — além dos prisioneiros e loucos — é incapaz de encontrar, além das rações oficiais, o que precisa para sobreviver? Acredito que esta é uma maneira de separar o joio do trigo, por assim dizer.

Essa fome comunitária está excitando nosso engenho enquanto nação. Veja, por exemplo, nossos esforços para engenhar gorduras comestíveis alternativas, agora que os vegetais são reservados para a produção de glicerina para foguetes e explosivos. A indústria se arrojou a prover todo tipo de soluções: ossos são cozidos, banha vem sendo espremida de velhos trapos e dejetos caseiros, óleo é extraído de grafita, sementes e drupas. Bagas e folhas aromáticas são postas em água quente, feitas chá. Até mesmo inventamos um substituto para cerveja, usando produtos químicos em vez de malte. Confie em nossa nação alemã. Prevaleceremos.

Ele vai prevalecer, sem dúvida, sentado na selva viçosa da África enquanto morremos de fome em Hamburgo!

Hazel insistiu em lhe escrever esta semana, mesmo que você não tenha escrito a ela. Seus pensamentos tomaram rumos poéticos, pode-se dizer. O que segue é próximo das impressões que alguém anotaria em um diário. Mantive-me registrando para você, de todo modo, pois creio que ela está passando por outra fase importante de desenvolvimento linguístico.

Você não pode nos visitar. Não agora. Meu marido escreveu dizendo que em breve voltará para casa.

Evelyn

Passeio na cidade. O rosto de Frau Oberndorff. Corre a mão pelos cabelos, coça o nariz, boceja com fome. Seu cabelo perdeu o brilho, os lábios já não têm cor, pálidos.

Levou a mim e às crianças para tomar sopa no Lar Infantil. O mais novo talvez tenha alergia a nabos. As crianças receberam um prato de sopa rala feita com beterraba e repolho, e um caldo de osso de cavalo. Tinha um cheiro horrível, e elas disseram que o sabor era pior.

Um médico do Lar indicou uma criança a Frau Oberndorff, um menino de barriga inchada. Tinha a mandíbula quebrada e faltavam-lhe quase todos os dentes devido ao raquitismo. "Vê aquela criança? Recebeu uma quantidade incrível de pão, mas não teve qualquer melhora", o médico disse. "Descobri que ela escondia todo o pão que ganhava sob a esteira. O medo da fome estava tão arraigado que ela preferia guardar a comida em vez de comê-la. Um instinto animal deturpado fez o temor da fome ser pior que suas agruras reais."

Pulga na cama. Foi difícil a decisão de pegar e comê-la, em vez de dá-la a meu grilo. Mas eu estava faminta.

Minha querida Evelyn,
Obrigado, obrigado mil vezes por ontem. Suspeito que, quando me viu parado à porta, seu primeiro instinto deva ter sido batê-la em minha cara, e se não fosse pela alegria das crianças ao me verem, eu não teria sido convidado a entrar. Chocou-me vê-la tão magra, minha cara. Percorri a cidade atrás de um mercado negro esta manhã, sem sucesso — algumas das pessoas esperando nas filas de comida me atiraram pedras quando viram eu me aproximar. Ninguém quer ver um macaco comendo quando há humanos passando fome.

Quero dizer que você fez bem para Hazel. Ela é doce e muito esperta. Não devia temer sua sorte agora que Herr Hagenbeck não está aqui para forçar nossa união. Concordo com você quanto a seu treinamento dever ser interrompido agora — há coisas mais importantes com que todos devemos nos preocupar — e quando seu marido voltar, pode decidir como proceder. É estranho que eu pense nela como uma de suas crianças? Talvez devêssemos cuidar dela dessa maneira, no futuro.

Não se preocupe, querida, pois me manterei afastado agora que você aguarda a volta de seu marido a qualquer momento. O simples toque de suas mãos sedosas, ao me dizer adeus, me confortará.

P.V.

Caro P.V.
Tenho notícias preocupantes sobre Hazel. Poucos dias atrás, ela encontrou suas cartas a mim, guardadas nos mesmos envelopes que continham as dela. Já é capaz de ler bastante bem, embora eu não esteja certa sobre quanto pode compreender do que há nelas. Desde então, parou de comer. Recusa todo alimento que ofereço, e se retirou à velha jaula nos fundos do laboratório,

onde costumava viver antes de aprender seus modos. Torço para que sejam apenas efeitos colaterais temporários devidos à fome extrema — comer faz com que se tenha fome outra vez, simplesmente; não comer, pelo menos, não dá ao estômago falsas esperanças. De todo modo, julguei melhor que você soubesse.

Como pedi pessoalmente, por favor não me escreva até que eu entre em contato novamente, por precaução.

Sua,
Evelyn
PS: Hazel se recusou a ditar uma carta para você. Sinto muito.

Caro Peter Vermelho,

Talvez já esteja a par. Meu marido está morto. Não voltou para casa da frente de batalha. Não há razão para fingimentos; você sabe como eu me sentia com relação a ele. Não sentirei falta de sua ira fria. Mas lamento por meu eu mais jovem e ingênuo, pela garota que eu era quando aceitei me casar com ele. E pelas crianças. Elas não entendem, não de verdade. Estamos todos confusos pela fome. Emoções fortes gastam muita energia, e já não nos resta muito mais.

Não contei a Hazel. Ela sempre foi afeiçoada a ele, a despeito dos métodos cruéis de treinamento. Estamos sem carvão para o aquecimento, e meu parco suprimento de óleo e metanol estão quase no fim. Quanto mais frio e escuro fica o laboratório, mais resoluta parece Hazel em se manter dentro da jaula. As crianças e eu tentamos fazer companhia a ela sempre que possível, quando não estamos nas filas de provisões.

Cortei as poucas roupas que meu marido deixou para trás — que estavam penduradas inutilmente no armário desde sua partida — e fiz toalhinhas para as crianças. Estivemos reduzidos a uma toalha de banho para toda a família. Estou com pústulas pelo uso da mesma roupa de lã, semanas sem lavar, mas não há sabão à disposição.

Hazel ditou a carta que segue, para você. Ainda não é ela mesma; não está pensando com clareza. Nada que eu possa fazer ou falar a induzirá a comer.

Dê-me algum tempo, querido, para me recompor antes de sua visita.

Sua,
Evelyn

Pegou para si um pouco de lombo no recente Massacre dos Porcos, Peter Vermelho? Uma parte justa do gordo espólio? Ouvi dizer que os porcos estavam tão raquíticos que quase não havia o que tirar. Nove milhões de suínos mandados abater pelo governo, para dar a todo mundo uma folga depois de meses sem carne.

Claro, como pude esquecer? Você não come carne.

Amada Evelyn,
Lamento ter ignorado seu pedido e ido lhe ver no mesmo dia em que recebi a carta falando de seu marido. Mas não lamento tê-la tomado nos braços e a beijado, saboreado suas lágrimas e sentido seu tronco contra o meu. Estou faminto, querida, ávido, mas apenas por você.

Em minha alegria delirante por abraçá-la outra vez, esqueci de me desculpar por minha aparência. Depois da carestia de algodão americano e do decreto limitando aos homens a posse de mais que dois trajes, a polícia decidiu entrar em meus aposentos no hotel e confiscar as roupas de meu armário, e tenho tido dificuldades em encontrar vestes condizentes desde então. Não creio que tenham mirado especificamente em mim, pelo menos não desta vez. Na Academia, ouvi histórias sobre quão horrenda está a carestia. Um colega me contou sobre um soldado no front que recebeu uma camisa feita com uma blusa de inverno feminina, com gola de rendas. Ele se recusou a vesti-la, dizendo que preferia morrer de frio em uma roupa de papel.

Pela primeira vez em anos, agradeço por ter pelos. Parece que esta guerra está lentamente me tirando os cabrestos de ser humano, fio a fio. Mas tudo bem, contanto que eu nunca a veja tirada de mim.

Sempre seu,
Peter Vermelho

Querido P.V.,

As botas que conseguiu para manter quentes os pés de minha menina adoentada serviram perfeitamente. O lustro do calçado está um pouco gasto, mas nada que não se possa consertar.

O jejum de Hazel continua. Pediu que eu colocasse uma placa do lado de fora da jaula, e ditou o que devia escrever: A ARTISTA DA FOME. Deve ter tirado isso do homem que Herr Hagenbeck contratou para jejuar no zoológico há alguns anos, como atração de férias. Agora quer que eu cobre dos espectadores uma pequena soma para que fiquem parados ao lado da jaula, vendo-a passar fome, mas não temos muitos pagantes no zoológico ultimamente. As pessoas ficam bravas quando veem animais sendo alimentados, mesmo que seja com cascas de nabo — mas você já sabe disso.

Ela ditou outra mensagem a você. Sinto que está perdendo o juízo, mas se é devido à fome ou a consequências tardias do treino, não sei dizer.

Mal posso esperar para vê-lo outra vez amanhã.

Sua,
Evelyn

Certa vez houve um Artista da Fome que manteve o bom povo de Stellingen e Hamburgo entretido por quarenta dias e quarenta noites.

Lembra-se dele? Talvez tenha visitado o zoológico para uma de suas palestras e aconteceu de parar junto ao cercado onde ele sentava de pernas cruzadas, com pouco mais que uma tanga. Moleques malcriados gostavam de tentar o Artista a comer, jogando amendoins em seu cercado, mas eles permaneciam intocados dentro das cascas. Os visitantes acreditavam que ele estava criando uma obra-prima com o próprio corpo.

Mas então o povo perdeu interesse. Mais ninguém comprava ingressos, ninguém vinha à noite para vê-lo jejuar à luz de archotes. Mesmo o homem que ele havia empregado como observador profissional, para garantir ao público que ele não se empanturrava secretamente durante a noite, pediu demissão. Há algo mais ridículo que um Artista que sofre sem plateia? Ninguém estava lá no quadragésimo primeiro dia, quando o Artista da Fome rastejou para fora da jaula e sentou ao sol para comer uma maçã.

As criaturas à minha volta já não estão sendo alimentadas. Fariam qualquer coisa — qualquer coisa — por comida; na verdade, humilham-se diariamente implorando por algo. E importa, agora? Que alguns de nós morram de doença, outros de subnutrição, outros por abandono? Todos morreremos famintos, mas apenas eu *escolhi* passar fome. Os humanos não são melhores. Seus laços são frágeis demais, mantidos por não mais que comida partilhada à mesa. Isso é tudo que separa os comportamentos de macacos e humanos? Refeições quentes e regulares?

Meus pensamentos se tornaram uma fonte inesgotável de fascínio. Posso vê-los desfilando por minha mente em uma parada de esplendor ofuscante. Tudo pode ser aventado; o fogo está pronto para que qualquer ideia, por mais estranha, seja nele queimada e renascida! No canto de minha jaula, sinto o perfume de folhas em decomposição. Meu grilo cricrila para a Lua, do aconchego de sua casca de noz. A luz se torna azul frente à janela. Espero que me assem e me comam.

Minha amada Evelyn,

Talvez você tenha razão sobre este ser o lugar mais seguro onde posso esperar o fim da guerra, agora que as autoridades me tiraram do hotel onde vivia. Mas ainda assim sinto como se estivesse regredindo — sentado aqui nesta jaula vazia do laboratório, despido, sem meu cachimbo para me acalmar com sua espiral de fumaça branca. Posso sentir a presença símia de Hazel. Seu cheiro está espalhado nas folhas, ainda que ela tenha partido. Sinto muito, querida, mas preciso dizer que ela fedia demais! Ou talvez, horror, horror, horror, simplesmente sou eu quem fede. Já não sei. Estou rabiscando esta tira de papel, esperando impacientemente sua visita noturna, como costumava fazer. Mas esta escrita é inútil, é comunicação entre fantasmas — o fantasma do destinatário e o meu próprio, que emergem nas entrelinhas da carta sendo escrita... beijos no papel jamais chegam ao destino, sendo tragados no caminho por tais demônios. Não paro de pensar no doce de abóbora que me ofereceu esta manhã, da lata vendida de casa em casa no Natal para durar o ano inteiro. Segurou a colher por entre as barras da jaula, esperando que eu lambesse dela a geleia. Lambi. Você disse que desejava me engordar. E imediatamente eu soube ter sido um terrível erro voltar a esta jaula. Não vamos perder nossa chance, querida! Abra esta tranca, deixe-me sair, deixe-me deitar em sua cama!

ALMA DE CACHORRO
{ HUNDSTAGE }
MORTO EM 1941, POLÔNIA

*Aqueles que agem humanamente com
animais não são necessariamente
gentis com seres humanos.*

—Boria Sax, ANIMALS IN THE THIRD REICH

*Mas a quem, perguntei, realmente quero
dedicar-me a destruir por inteiro
até que nada mais reste?*

*Antes de tudo, a si mesmo, disse a rata.
No princípio, autodestruição
era prática privativa.*

—Günter Grass, A RATAZANA

Por onde começo a descrever meu amado Mestre e a vida que levava junto a ele, antes de ser exilado no bosque?

No dia em que o presentearam comigo, ele se encontrava no magnífico escritório, observando os lariços que começavam a se desfolhar, e chorava sobre um canário morto. Vi-o colocar o corpo do pássaro numa lata e entregá-la a um empregado, que a enterraria em um lote específico da propriedade.

Seu pesar foi aliviado quando passamos a brincar. Ele não se cansava depois de um tempo, como costumava acontecer com os humanos, e se deleitava com o aroma de canela em meu hálito de filhote. Pela primeira vez percebi que era um privilégio ser uma espécie de companhia para os humanos, um termo que os cientistas na Sociedade muitas vezes haviam usado.

Minha fidelidade absoluta o agradava. Em todos os encontros a que meu Mestre comparecia, eu me sentava a seus pés sob a mesa e esperava pelo peso amistoso de sua mão em minha cabeça.

Certa manhã de fim de outono, após termos passeado pela floresta, prostrei-me a seu lado, junto ao fogo, para ouvir no rádio o pronunciamento de um homem a quem meu Mestre parecia respeitar. O homem anunciou que animais não deveriam mais ser usados como cobaias sem quaisquer limites, nem deveriam ser mortos sem a consideração por nosso sofrimento. Disse algo muito bonito: "Para os alemães, animais não são meras criaturas no sentido orgânico, mas criaturas que conduzem as próprias vidas e possuem faculdades perceptivas, que sentem dor, experimentam alegrias e demonstram ser fiéis e dedicados".

Ouvi um som vindo de meu Mestre. Estava chorando, tocado por aquelas palavras. Lambi suas lágrimas, e isso fez com que caíssem ainda mais.

Minha irmã Blondi e eu fomos criados ouvindo histórias de nosso avô, um dos primeiros de nosso tipo. Nossa raça foi invenção do cientista Von Stephanitz, que acreditava estar recriando uma versão moderna dos híbridos cães-lobos alemães que antigamente vagueavam nestas florestas de coníferas. Vovô havia assumido seriamente essa responsabilidade, embora tenha mais tarde nos confidenciado, antes de morrer, que como um cão jovem não sabia como deveria se comportar, nem exatamente o que os humanos esperavam dele.

Conforme superava o ar brincalhão de seus dias de filhote, percebia a impaciência de Von Stephanitz para que expressasse mais especificamente seus genes selecionados. Vovô decidira tentar se manter alerta e reservado, e todos os humanos que iam vê-lo demonstravam-se impressionados. Com o tempo, experimentou e refinou outras qualidades. Não se atirava sobre a comida, pois isso parecia desapontar Von Stephanitz, indicando avidez, nem era muito rápido em criar vínculos com nenhum novo humano, o que Von Stephanitz interpretaria como deslealdade. Agressão em circunstâncias apropriadas era admirada, e o desejo por fêmeas era tolerado contanto que cruzasse apenas com puros-sangues. Certa noite meu avô uivou para a Lua, e Von Stephanitz tomou isso como prova do sangue lupino em suas veias.

O acontecimento mais vil pelo qual vovô passou — um incidente não registrado em nenhum caderno de pesquisa — foi ter sido pego atrás de uma cadela de procedência desconhecida, que era mantida no mesmo local para experiências com medicação canina, e cujos pelos e dentes haviam caído. Nesse momento, sentiu o fardo de ser um modelo, e se absteve de todas as fêmeas até Von Stephanitz levar minha bela avó para seu cercado.

Poucos meses após nosso nascimento, Blondi e eu fomos separados do resto da ninhada na Sociedade para Psicologia Animal e levados para um chalé no bosque longe da cidade. Ouvíramos sobre outros cães jovens da Sociedade que foram levados a esses bosques, onde eram mantidos em coleiras para não quebrar as novas leis humanas de proteção animal, que baniam o uso de cães na caça a raposas. Os cientistas da Sociedade tinham muito orgulho dessa lei, e de muitas outras sobre as quais os ouvíramos discutir em seus encontros. Mas apenas depois de Blondi e eu conhecermos nossos novos Mestres foi que passamos a entender o significado de tais leis, e a plenitude da compaixão que eles sentiam pelos animais. No chalé, deram-na de presente para o humano líder de nosso país, e eu fui dado a um de seus companheiros mais próximos.

Meu Mestre recebia uma massagem — o massagista vinha uma vez por semana para liberar a tensão de seu corpo — enquanto eu permanecia deitado sob a maca, respirando o aroma de óleo de cravo. Estava morto de fome. Meu Mestre havia começado recentemente a seguir uma dieta vegetariana, e decidira que eu também precisava abrir mão de toda carne para acompanhá-lo em suas crenças, porque ofendia sua sensibilidade ver-me devorando um bife malpassado enquanto ele almoçava alface e outras verduras. Havia me prometido que se eu fizesse o que exigia, não comendo carne, resistindo à tentação de caçar raposas, e se tentasse meditar uma vez por dia, eu poderia reencarnar como um ser humano na próxima vida. Um ser humano! A ideia era excitante.

"Herr Kersten", dizia meu Mestre ao massagista, um ávido caçador, "como pode disparar contra pobres animais acuados que pastam tão inocentemente, indefesos e desavisados pela borda da mata? Sob a perspectiva correta com relação a suas ações, isso é assassinato puro e simples. A natureza é belíssima, e no fim das contas todos os animais têm direito à vida."

Herr Kersten não disse nada, apenas grunhiu um pouco enquanto continuava seu trabalho nos ombros tensos de meu Mestre.

"Esse é o ponto de vista que tanto admiro em nossos ancestrais", continuou meu Mestre. "Respeito pelos animais é algo que se encontra em todo o povo indo-germânico. Achei fascinante ouvir, outro dia, que os monges budistas ainda hoje carregam pequenos guizos quando passam pela floresta, para que as criaturas no caminho tenham chances de escapar e não sejam pisadas. Mas aqui todo mundo pisa em minhocas e lesmas sem pensar duas vezes."

Eu ouvia atentamente, como de costume, porque meu Mestre gostava de contar a Herr Kersten sobre suas crenças filosóficas. Algo no fato de estar seminu em uma sala quente, repleta do aroma de óleos essenciais, deixava-o falador, e Herr Kersten era um bom ouvinte — não interrompia, e jamais pedia a meu Mestre para repetir alguma coisa, mesmo que de vez em quando suas palavras soassem um pouco abafadas por ter o rosto contra a maca.

"Talvez você não saiba, Herr Kersten, mas eu costumava ser dono de granja antes desta vida. Isso mesmo. Degolava galinhas num piscar de olhos. Então alguém me deu *Siddharta*, o livro de Herman Hesse. Já leu?"

Herr Kersten afundou os punhos sobre os nós do pescoço de meu Mestre, fazendo os ossinhos estalarem. "Não, Herr Himmler, não li."

"É fantástico. Passa-se na Índia antiga, e é baseado na vida do Buda. Após terminar a leitura, quis saber mais sobre hinduísmo, e o professor Wüst, especialista na área e meu guia espiritual, sugeriu que eu lesse o Bhagavad Gita, uma das escrituras hindus. Conta as aventuras do maior guerreiro do planeta, Arjuna, e da orientação que seu deus Krishna dá a ele durante a jornada. Ajudou-me a compreender que minha má sorte era devida a um carma negativo que eu atraía ao matar galinhas. Lia passagens do livro toda noite antes de dormir."

Pensei nas poucas galinhas a quem tinha tido a chance de matar e comer em minha outra vida, antes de virar vegetariano, e me senti mal. E faminto. Pensei em como era saboroso seu sangue, em como eram belas suas penas espalhadas pelo ar.

O outro compromisso a que meu Mestre não faltava, a cada duas semanas, eram suas sessões de meditação com o professor

Wüst, que ocorriam na catacumba sagrada sob a torre norte do castelo em Wewelsburg. Eu adorava ir até lá porque, em raras ocasiões, podia ver Blondi acompanhando seu Mestre ao castelo, e nos deixavam brincar juntos pelo pátio, ou no saguão circular da entrada, onde gostávamos de tentar cavar o Sol Negro para fora do chão de mármore onde ia encravado. Às vezes nos permitiam visitar outros de nossa raça no povoado próximo — parentes e amigos que também haviam sido criados e treinados na Sociedade, trabalhando como cães de guarda para assegurar que os escravos responsáveis pelo grande restauro do castelo de meu Mestre fizessem seu trabalho direito. Nosso lugar preferido de todos era justamente a catacumba do castelo, enorme e escura, com uma única chama que nunca deixava de queimar. Se latíssemos lá embaixo, o som era extraordinário; dúzias de cachorros latiam de volta, de lugar nenhum.

Se Blondi não estivesse no castelo, eu ficaria de guarda ao lado de meu Mestre e do professor Wüst enquanto eles se sentavam de pernas cruzadas no chão de pedra para meditar em silêncio. Depois, discutiam aspectos de suas crenças de tal modo que meu Mestre era capaz de oferecer orientações espirituais seguras a seus subordinados.

Em minha última visita a Wewelsburg — a última vez que acompanhei meu Mestre até o castelo antes de minha traição, antes de meu banimento —, ele e o professor Wüst, depois de meditarem por algum tempo, começaram a discutir como inspirar seus seguidores a terem coragem nas batalhas contra os inimigos, pois uma guerra fora declarada, e a Alemanha estava destinada a vencê-la.

"Tenho pensado nisso", disse o professor Wüst. "Precisamos concentrar os homens nas dimensões espirituais da batalha. Talvez pudéssemos mencionar a orientação de Krishna a Arjuna, para que este matasse seus parentes, e também sua garantia de que Arjuna de modo algum prejudicaria seu mais elevado ser no cumprimento desse dever sagrado."

Eu já sabia quem eram Krishna e Arjuna; como eu, eram vegetarianos.

Meu Mestre refletiu sobre isso. "Acredito que podemos ser mais claros ainda e comparar o Führer a Krishna. Nosso líder também surgiu no momento de maior angústia da nação, quando os alemães não podíamos ver saída alguma. Ele é a reencarnação de uma daquelas grandes figuras de luz. Tive uma revelação ontem durante o sono, e gostaria de usá-la de algum modo: aquele que se funde ao Führer se liberta de tudo, não é mais escravo de seus feitos."

"Isso é muito bom", comentou o professor Wüst. "Entretanto, uma coisa que tem me preocupado é como explicar aos desinformados que nossa inspiração tomada da antiga Índia, e do hinduísmo, remonta até os conquistadores arianos que invadiram aquele país há milênios, que nos inspiram com seu exemplo e com quem acredito dividirmos, nós dos povos germânicos, uma herança espiritual."

Isso pareceu irritar meu Mestre, que elevou a voz. "É por isso que estou trabalhando tanto para transformar este castelo em um santuário privado, um retiro espiritual para os maiores líderes dentre nós! Se pudermos educá-los em nossa ideologia de modo apropriado, eles mesmos, por sua vez, educarão seus subordinados."

Rosnei para o professor. Eu não gostava dele. Vi-o comendo carne em segredo, nas refeições, quando meu Mestre não estava olhando.

"Se nosso Führer é Krishna, sabe o que isso faz de você?", disse, com reverência, o professor Wüst. "Você é Arjuna, o maior guerreiro de todas as terras."

"Sou Arjuna", disse meu Mestre, sorrindo, e de novo, ainda mais alto: "Sou Arjuna". Uma centena de vozes sinistras repetiu suas palavras, reverberando pela catacumba.

"Devo ler para você agora?", o professor Wüst perguntou a meu Mestre. "Tenho uma parábola do antigo sábio chinês Zhuangzi que gostaria de compartilhar."

Isso era parte de seu ritual. Ao fim de cada sessão, meu Mestre deitava-se de costas no chão, em uma postura que o professor Wüst chamava de "posição do cadáver", enquanto este lia para ele em voz alta.

"Deite-se, feche os olhos, deixe as palavras se infiltrarem em seu ser, de modo a tirar delas a suprema sabedoria", falou o professor. "Respire fundo, inspire e expire, inspire e expire." Aguardou até meu Mestre estar imóvel, a não ser pelo peito que se enchia a cada respiração, e passou a ler:

O cozinheiro do conde Wen Hui se ocupava desmembrando um boi. Cada golpe de sua mão, cada movimento dos ombros, cada tranco com o pé, cada impulso do joelho, cada silvo de carne retalhada, cada giro do cutelo, tudo estava em absoluta harmonia — formalmente estruturado como uma dança entre as amoreiras, melodioso como os tons de Jingshou.

"Muito bem!", exclamou o conde. "Isto é uma verdadeira perícia."

"Seu servo", respondeu o cozinheiro, "tem se devotado ao Tao. É algo melhor que perícia. Quando comecei a desmembrar bois, via à minha frente o boi inteiro. Após três anos de prática, já não via o animal inteiro. E agora trabalho com meu espírito, não com os olhos. Quando meus sentidos me advertem a parar, mas meu espírito urge para que eu continue, encontro apoio nos princípios eternos. Sigo as aberturas e vãos que, de acordo com o estado natural do animal, devem estar em seus lugares. Não tento cortar os ossos, muito menos os maiores.

"Um bom cozinheiro troca seu cutelo por um novo a cada ano, porque o utiliza para cortar. Um cozinheiro ordinário troca-o por um novo a cada mês, porque o usa para retalhar. Mas tenho manejado este cutelo por dezenove anos, e, mesmo tendo desmembrado muitos milhares de bois, sua lâmina é afiada como se tivesse acabado de ser amolada. Sempre há espaços entre as juntas, e como o fio da lâmina é bastante fino, basta que seja introduzido em tais espaços. Tendo aumentado o espaço, a lâmina encontra lugar onde trabalhar.

"Entretanto, quando me deparo com uma parte resistente, onde a lâmina encontra obstáculo, procedo com cuidado. Primeiramente, firmo o olhar. Recuo a mão. Vagarosamente pressiono a lâmina até ouvir a parte ceder com um som surdo, como montes de terra afundando no solo. Então afasto o cutelo, ergo-me, olho em volta e permaneço quieto, até finalmente secar minha lâmina, satisfeito, e pô-la de lado."

"Magnífica explicação!", exclamou o conde. "Pelas palavras deste cozinheiro aprendi como proceder com minha vida."

Este foi o final da parábola lida pelo professor Wüst a meu Mestre naquele dia. Tentei pensar no que significaria. Fazia-me lembrar de algo que ouvira meu Mestre dizer a seu massagista, certa vez, enquanto Herr Karsten golpeava suas panturrilhas: "Herr Karsten, o que os oprimidos aprendem com sua opressão? Aprendem compaixão, bondade ou empatia, um desejo de evitar o sofrimento dos outros? Não! Aprendem apenas isto: da próxima vez, consiga um porrete maior".

É difícil falar sobre ter sido exilado de meu Mestre, embora eu tenha merecido a punição por minha deslealdade.

Eu estivera indisposto, e fiquei sozinho em seu escritório, defronte ao fogo, enquanto ele passeava pelo bosque.

Um homem estranho entrou no aposento, e senti-me imediatamente furioso por sua ousadia em entrar nos domínios de meu Mestre com um ar tão indiferente. Adverti-o com um rosnado, e quando não recuou, saltei para cima dele, derrubando-o no chão e prensando seu pescoço entre meus dentes.

Conseguia sentir sua artéria pulsando, e se ele tivesse se mexido mesmo um pouco, eu a teria furado.

Mas ele permaneceu no chão por um longo tempo, sem se mover, até que minha adrenalina diminuiu e pude perceber sua subserviência. Quando abri a boca, aos poucos, com os dentes ainda próximos a seu pescoço, o homem passou a falar comigo numa voz suave, dizendo que sentia muito por ter me incomodado e que respeitava minha autoridade.

Tinha a voz tão confortante que senti dificuldade em resistir a deitar-me a seu lado, o que acabei fazendo, deixando-o acariciar minhas costas com a mão firme de quem sabia como fazê-lo, correndo-a no sentido de meus pelos, algo que me agradava. Em meu coração traiçoeiro, pensei sobre como meu Mestre às vezes me acariciava na direção errada. Caí em um transe tal que não notei o retorno de meu Mestre.

Ele imediatamente compreendeu minha traição. "O que fez a meu cão?", perguntou, com a voz bem calma.

O estranho se pôs sentado. "Sou o veterinário que você enviou para cuidar de seu cachorro, que estava doente", respondeu. "Ele tentou me atacar. Tive de fazê-lo se acalmar."

Fui para perto de meu Mestre, mas ele não me tocou. "Você me privou da única criatura que era verdadeiramente fiel a mim!", disse ao estranho. "Tirou meu companheiro de mim!"

O estranho olhava para meu Mestre com medo, sem conseguir compreender.

"Prenda-o!", gritou meu Mestre a um de seus guardas.

Tentei lamber a mão do Mestre, mas ele estava inconsolável. Ordenou que eu fosse levado e nunca mais retornasse. Em desgraça, fui arrastado porta afora do complexo, por outro guarda.

Como posso ter sido suscetível às reles atenções de um humano tão menos digno que meu Mestre? Com enorme vergonha, corri floresta adentro e continuei correndo o dia inteiro, até anoitecer, até que o cansaço atenuasse meu desespero o bastante para que eu caísse no sono.

Naquela noite caiu a primeira neve do inverno. Despertei e descobri meus pelos cobertos de salpicos brancos, sob uma faia curvada devido a décadas de ventos fortes, neve cobrindo seus galhos imóveis. Tudo em volta eram árvores tão antigas que eu podia sentir seu profundo desinteresse nas vidas fugidias das outras criaturas.

Comecei a farejar o lugar, esperando notar o cheiro de uma ou outra planta que pudesse comer, e percebi pegadas na neve que levavam mais para dentro do bosque de carvalhos, pegadas que pareciam de cervos. Tentei ignorá-las. Já atraíra carma ruim o suficiente; não podia regredir a comer carne. Quanto mais eu observava, novas pegadas surgiam impressas na neve, circundando o carvalho mais próximo e voltando em direção à faia. Algo falou, de algum lugar à minha frente.

"Olhe mais perto. Você pode me ver, se tentar."

"O que é você? Não vejo coisa alguma."

"Esqueceu que é seu direito de nascença enxergar as almas dos mortos?"

"Pare, por favor!", gani. "Não posso suportar isso!"

A voz se calou por um instante. Eu não podia me mover, por medo, mas aquelas palavras desencarnadas me recordaram algo que eu conhecera um dia. Em algumas noites, meu Mestre lera para mim um livro de folclore alemão antigo. Há muito tempo, quando o grande Hermann estava no poder, acreditava-se que os cães eram capazes de ver as almas dos mortos nestas florestas. Quando um cão parecia uivar a nada, significava que uma alma se aproximara.

Concentrei-me no ar vazio acima das pegadas mais próximas e finalmente enxerguei uma aparição tão tênue, tão sem substância, que poderia até ser a neve soprada de algum galho.

"O que é você?", perguntei de novo.

"Sou a alma de um auroque", respondeu.

Sua forma bovina, prateada, começou a ficar mais clara. "O que é um auroque?"

"Os verdadeiros auroques eram bovinos selvagens que viviam nestes bosques, até serem caçados e extintos há alguns séculos."

"Sua alma está aqui desde então?"

"Não", foi a resposta da criatura. "Minha raça foi criada mais recentemente pelo Mestre das Florestas Germânicas, Herr Göring. Desejava repovoar estes bosques com auroques, para que os alemães soubessem como eram as matas há muito tempo. Seus cientistas cruzaram muitos tipos de cervos e bois. Mas nenhum de nós sobreviveu na natureza."

Pensei em meu avô, surpreendido atrás da cadela vira-lata, e na vergonha que devem tê-lo feito sentir. "Por que ainda está aqui?", perguntei. "Por que não reencarnou?"

"Meu parceiro está morrendo. É o último de nós. Vim para acompanhar sua alma."

"Onde ele está?"

"Se eu contasse, você o caçaria e comeria sua carne", respondeu o auroque. "Quero que ele morra em paz."

Não expliquei ao auroque que eu era vegetariano. Deixei-o passar por mim e seguir pela neve, em meio aos troncos escuros.

Passou-se um dia, e outra noite, e eu ainda não encontrara nenhuma planta viva sob a neve para aplacar minha fome. Comi um pouco de cascas de árvore, mas isso não fez nada além de piorar as dores que eu sentia.

Com o dia avançado, ao longe, vi uma raposinha cruzando um rio congelado, levando a orelha ao gelo repetidas vezes para ouvir a água correndo abaixo.

A última coisa que lembro era de estar admirando a graciosidade daquele gesto. Quando voltei a mim, descobri para meu horror que fizera da raposa minha refeição, em frenesi, não apenas quebrando o tabu de meu Mestre com relação a comer carne, mas desrespeitando a lei humana contra o uso de cães em caçadas. Meu carma estava outra vez poluído.

Talvez eu tivesse destruído para sempre minhas chances de reencarnar como um ser humano.

Naquela noite, dormi sob um pinheiro e sonhei que me enrodilhava no colo de meu Mestre, pequeno o bastante para deitar sobre suas pernas. O sonho se tornou sinistro. Um raio cortou os céus em minha direção, uma arma enviada pelos deuses arianos para me matar. Acordei trêmulo no escuro, recordando o amor de meu Mestre por temporais, sua crença de que raios eram dádivas de poder vindas dos deuses antigos.

Pela manhã, o silêncio da floresta me enervava. Ao ver um novo conjunto de cascos fantasmas surgirem na neve, senti-me um tanto alegre pela companhia. Conseguia ver o contorno fraco de um porco contra os ramos de perenes.

"Olá", falei.

"Bom dia", o porco respondeu. "Não tinha certeza se você me via."

"É uma habilidade nova."

"Ah", fez o porco.

"Diga-me, porco, como você morreu?", perguntei.

"Isso é algo pessoal", foi a resposta.

"Então, ao menos, me conte por que ainda não reencarnou."

A alma do porco me encarou, depois irrompeu em risos.

"É sério", falei indignado. "Não sabe nada sobre carma e reencarnação, que se viver uma vida boa, justa e corajosa você retorna como uma criatura mais elevada, até mesmo um humano?"

"Não sei quem andou lhe contando essas coisas", a alma do porco me disse. "Mas você entendeu tudo errado. Não acredito que funcione desse jeito."

"Meu Mestre ensinou tudo que sei. Ele é inspirado pela Índia Antiga, e pelo hinduísmo, e... é vegetariano. É a reencarnação do guerreiro Arjuna, e dos deuses arianos da luz. Tem a mais elevada misericórdia e compaixão para com os animais. Não entendi nada errado, posso assegurar."

"Mas minha nossa", falou o porco. "Ele está mesmo cobrindo seus rastros, não está? É seguidor do budismo Zen e tibetano também?"

"Bom, sim, acho que sim", respondi. "Claro que sim."

O porco me olhou com atenção. "Você não está na mata há muito tempo, está? Suas patas são suaves."

"Fui exilado", expliquei. "Traí meu Mestre."

"Eu sou o cão de Sua Alteza em Kew; rogo-lhe que me diga, senhor, de quem és o cão?", o porco perguntou.

"Perdão?"

"Estou perguntando quem é seu Mestre."

"Ele é um dos líderes deste país, um grande homem, guerreiro nobre, protetor das grandes e pequenas criaturas. Não sabe o que ele fez por você, por todos os animais? Tem pensamentos até para os peixes do rio, para seu sofrimento."

O porco roncou. "O sofrimento dos *peixes*?"

"Sim. Ele e os outros líderes têm decretado muitas leis para proteger a nós animais. Uma delas diz que as criaturas aquáticas só podem ser mortas humanamente."

"Oh! E como são esses modos humanos de morte?"

"Os peixes devem ser atordoados com uma pancada na cabeça ou eletrocutados antes de serem estripados", respondi. "Enguias devem ter o coração removido antes de serem talhadas de cima a baixo. Crustáceos devem ser atirados de uma vez na água já fervente, para não sofrerem com o processo da fervura."

"Um sábio amigo certa vez me disse que a bondade, assim como a crueldade, pode ser uma expressão de dominação", disse o porco.

"Isso não faz qualquer sentido", falei com desdém.

"Olhe, cão, vou contar como eu morri. Acho que pode ser bom para que você entenda quão confusos os humanos podem ser. Eles têm uma tendência a misturar as coisas."

"Meu Mestre é irrepreensível", eu disse. "Ele me amava."

O porco pigarreou. "Era uma vez", começou, "numa vila nesta mesma floresta, um agricultor que vivia com sua esposa e filhos pequenos. Embora fossem uma família moderna, os homens que chegaram ao poder os encorajaram a se reconectar às antigas tradições desta terra. Uma delas era adotar um porco como membro da família e criá-lo com afeto. A família escolheu um leitão — eu —, e me encheu de agrados. Permitiam que eu entrasse em casa, na cama das crianças, e à noite eu sentava com minha família humana ao pé da lareira."

O espírito do porco fez uma pausa. "Está me ouvindo?"

"Sim", respondi.

"As crianças cresceram, eu cresci, e o lavrador e sua esposa ficaram velhos, e certo dia eu não consegui mais atravessar a porta de entrada", continuou. "A família construiu um cercado especial para mim, fora da casa, e me alimentou com os melhores restos, e me visitava sempre. Mas com o tempo, esqueceram de mim. As crianças encontraram outras coisas com que se ocupar, pois eu não era mais um porquinho. Senti-me muito solitário. Podia sentir que meu corpo estava mudando, que minha mente já não era minha — impulsos bestiais surgiam em mim, sobre os quais eu não tinha controle.

"No meio de um inverno rigoroso, a família me vendeu para outro agricultor da vila. Fui jogado em um chiqueiro fétido junto a dúzias de outros porcos, mas eu não sabia como interagir com eles. Às vezes era tomado de uma ira sem motivos, e quando a raiva passava eu descobria os outros porcos amontoados no lado oposto do cercado, todos alertas.

"Certa noite, em meio a uma dessas fúrias incontroláveis, matei e comi dois leitões. Quando os humanos descobriram o que eu havia feito, decidiram me punir por ter comido de minha própria espécie. O líder da vila resolveu que a punição devia ser feita de acordo com a lei medieval, que ele acreditava poder agradar os novos líderes da nação, nostálgicos pelos tempos antigos. Essa lei decretava que um humano sentenciado à execução deveria vestir uma pele de porco no cadafalso, e um porco que comesse de sua própria raça deveria ser levado à forca vestido com roupas humanas.

"A família que me criara desde um leitão estava tão envergonhada pelo que eu havia feito que o lavrador ofereceu as roupas de seu próprio filho para que eu vestisse. O filho estava muito crescido, forte pelo trabalho nos campos do pai. No dia em que eu seria enforcado, ele me vestiu com sua camisa e calças. Chorando, abotoou a camisa em meu peito, vestiu-me as calças pelas patas traseiras, e me conduziu para o patíbulo.

"Depois de morto, regressei à vila para olhar por minha família. Um dia, humanos de uniforme chegaram e prenderam o filho por desrespeitar uma das leis que os novos líderes haviam decretado, que proibia tortura e maus-tratos de um animal. Haviam sido informados de meu enforcamento. O filho tentou explicar que os aldeões esperavam a aprovação dos líderes, pois sua decisão era guiada por uma lei camponesa tradicional, mas os homens de uniforme não deram ouvidos. O filho foi levado dali, e jamais retornou."

A alma do porco deu um suspiro, caminhando para longe. Seus contornos se atenuavam sob a luz do sol que passava entre as copas das árvores. Ele não se despediu, mas parece que os mortos não têm pudores em ir embora sem cerimônias.

Fiquei outra vez faminto depois da partida do porco ignorante. Sentia o cheiro de algo vivo sob a neve, e cravei minhas patas na terra negra congelada, até uma camada de solo que ainda guardava um leve calor vegetal, e encontrei uma minhoca gigante. Reconheci-a imediatamente. Era uma *Lumbricus badensis*, muito rara, encontrada apenas nestas florestas, criatura que meu Mestre, em sua compaixão, decretara como devendo ser protegida. Eu estava em seu escritório no dia em que o informaram que um zoólogo dissecara uma delas, para um experimento. Um estudante vira o verme se mexer enquanto tinha o corpo aberto, e reportara o incidente como sendo uma violação da nova lei contra vivissecção. Meu Mestre ordenara a punição do zoólogo.

Comi o bicho porque estava faminto — que se dane o carma ruim — e me deitei na neve esperando adormecer. Após um tempo, desisti e abri os olhos. Sobre mim, partículas de brilho planavam ao luar. Focando os olhos, vi um enxame de almas de abelhas se movendo agilmente pelo ar. Deixaram-me com saudade de minha irmã Blondi, que teria adorado tê-las visto, abocanhando-as sem querer pegar nenhuma de verdade entre os dentes.

Eu estava cansado e triste demais para falar com as almas de abelhas, mas isso não as impediu de pararem para falar comigo. Elas, também, estavam de luto.

"Estamos sofrendo por nosso querido Von Frisch, o único humano a entender o sentido de nossas danças, que passava seus dias observando pacientemente nossos padrões de movimento", disseram-me. "Estava tentando nos ajudar a sobreviver à doença que está matando todas as abelhas na Alemanha, mas acabamos morrendo com ela também. Os outros humanos no laboratório estão prestes a traí-lo. Suspeitam que ele não seja um deles. Sua vida corre grande perigo."

Fechei meus olhos.

"Coisas horríveis acontecerão nestes bosques", insistiram. "Você deve partir enquanto é tempo."

Por um longo tempo — não sei exatamente quanto, em termos humanos; um ano, possivelmente mais —, vivi nos bosques com as almas de animais mortos como companhia. De vez em quando, ao bordejar cidades e vilas, via almas de humanos também, mas elas não estavam interessadas em mim, um cão solitário solto na mata — tentavam de tudo que estivesse a seu curto alcance para se fazerem notadas pelos humanos vivos, para adverti-los de perigos obscuros para mim.

Em determinado momento, resolvi não abrir mão da esperança de ainda poder aprimorar meu carma, tendo lembrado uma história que meu Mestre contara sobre a jornada de

Buda em busca da iluminação. Também ele não havia passado muitos anos na floresta, no meio da mata, pisando em formigas e lagartas? Ou será que fora Krishna, ou Thor, que fizera vigília sob uma figueira sagrada? Por três noites mantive vigília, esperando ver a estrela da manhã se erguer como fizera para Buda, ou Krishna, ou Thor. Mas nenhuma estrela ascendeu por mim.

Muito mais ao leste, deparei-me com uma grande atividade. Havia tentado ao máximo evitar o contato com humanos vivos no bosque, mas o cheiro de comida humana e de algo mais, algo muito familiar, levaram-me para perto. Era o cheiro de minha própria espécie: dúzias, vivendo junto e protegendo os bravos guerreiros germânicos, os homens que meu Mestre comandava.

Os cães pareceram sentir pena de mim, em meu estado macilento, e envergonhados por eu ter caído a tal nível. Ajudaram-me a me recompor, e nas refeições alguns guardavam parte de suas próprias porções para me dar. Em ocasiões especiais, éramos alimentados com a mesma carne de cavalo que os humanos, fibrosa e suave. Eu via cada cavalo ser registrado como tendo sido morto por fogo inimigo antes que os homens os pegassem para alimento. Faziam uma farinha grossa com a ração dos cavalos, servindo como panquecas para acompanhar o cozido. Eu comia qualquer coisa que me dessem, carne ou grãos, sem me importar mais com meu carma, certo de que minha alma estava além da salvação.

Ouvia os cães do acampamento falarem muitas vezes de Blondi, de forma admirada. Ela havia se tornada muito famosa — Rainha dos Cães, a companhia mais próxima do Führer. Desejei poder vê-la outra vez e latir com ela nas catacumbas ecoantes de Wewelsburg, ou cavar aquela estrela de mármore frustrantemente lisa. Não contei a eles que ela era minha irmã. Não parecia apropriado arrastá-la comigo para baixo.

Torcia com todas as forças para que ela estivesse tão feliz servindo a seu Mestre quanto eu estivera com o meu.

Na última vez que eu a vira no castelo, ela havia me contado algo incômodo, dizendo que a companheira humana de seu Mestre não a apreciava — ela tinha dois cães terrier mimados — e aproveitava toda oportunidade para chutá-la por sob a mesa de jantar. Blondi havia se resignado a isso, pois não tinha maneira de contar a seu Mestre sobre a frieza de sua companheira, sobre suas traições diárias. Blondi me contara que seguiria seu Mestre aonde ele quisesse, toleraria chutes sob a mesa até o fim de seus dias, contanto que não tivesse de abandoná-lo, nem mesmo na morte. E eu compreendera, pois era assim que eu me sentia com relação a meu próprio Mestre, e mesmo então, depois de tão longo exílio.

Certo dia, fui colocado em uma legião de cães que teriam a honra especial de sair do acampamento para acompanhar os soldados ao campo de batalha. Os outros cães estavam ocupados demais sobrevivendo e não podiam ficar de olho em mim ou me dar instruções, e eu não tinha ideia do que fazer. Corri na direção errada até que algo enorme explodiu no chão e me fez perder a audição.

Desorientado, corri cada vez mais para dentro dos bosques e por fim me encontrei em um acampamento de soldados inimigos. Surdo pela explosão e em estado de choque, não tinha escolha a não ser contar com eles para me alimentar até que pudesse me recuperar e encontrar o caminho de volta a meu próprio acampamento.

Mas os homens me alimentaram apenas uma vez. Depois disso, fui levado a um lugar subterrâneo repleto de cães famintos, às dúzias, insanos de fome. Estavam presos a distância suficiente para que aquele com alguma energia não se aproximasse e comesse os vizinhos. Sentia-os lutando para alcançar minha carne quando fui levado até lá e atado ao fim da fila.

Despertei no meio da noite e vi o cão ao lado me encarando, a baba escorrendo de sua boca.

Os homens nos traziam água, mas não comida. Aos poucos minha audição voltava e minha fome crescia. A cada dia os humanos pegavam um dos cães e prendiam a ele uma bolsa. O escolhido era levado para fora e não retornava.

A cadela à minha frente, que parecia fraca demais para me desejar bem ou mal, certa manhã resolveu ter dó de mim. "Não sabe quem somos, não é verdade? Você não foi treinado."

"Não", respondi.

"Quando prendem aquela bolsa a nossas costas, devemos procurar comida sob os tanques alemães. Fomos treinados para reconhecê-los pelo cheiro de gasolina. Nossos tanques cheiram a diesel."

"Vocês não vão encontrar comida ali", eu disse. "Sei disso. Eu sou alemão. Eles não guardam comida sob os tanques."

"Sempre há comida sob os tanques", retrucou ela.

Recusou-se a falar comigo outra vez. Dois dias depois, foi levada para fora com a bolsa amarrada às costas.

Chegou minha vez. Fui levado para fora. A bolsa pesava mais do que eu imaginava, e o sol era ofuscante. Os homens me tacaram pedras para que eu corresse na direção de meu acampamento.

Levei o focinho ao chão para tentar encontrar a trilha até os alemães, meus compatriotas, esperando que algum deles se arriscasse para me salvar e tirasse de minhas costas aquele dispositivo. Farejei um caminho a oeste e segui por ele, sem saber quanto tempo eu tinha.

Mas estava muito fraco; não pude encontrar o acampamento. Tombei sob uma árvore na mata. Tentei pensar apenas em coisas positivas. Talvez, só talvez, eu ainda pudesse reencarnar como um ser humano, como meu Mestre me prometera. Talvez a estrela da manhã — ou seria vésper? — ascendesse para mim, no fim das contas.

A bolsa tiquetaqueou com uma vibração metálica. Tentei me colocar de algum modo parecido com a posição do cadáver, para poder meditar como meu Mestre fazia na catacumba de Wewelsburg.

Inspirei e expirei, imaginando ser o lendário lobo Fenris, filho do deus nórdico do fogo, que cresceu de tal modo feroz e poderoso que os próprios deuses passaram a temê-lo, e resolveram forjar uma corrente para o prender. A corrente era feita de elementos tão inalcançáveis que mal se podia dizer que existiam: as raízes das montanhas, o fôlego de um peixe, os som dos passos de um felino. Era praticamente invisível, mas tão resistente que manteria Fenris preso até a batalha final dos deuses, quando a lenda dizia que ele se libertaria. Em minhas costas, a bolsa tiquetaqueou. De muito longe, ouvi a voz hipnótica de meu Mestre recitando para mim, em frente ao fogo, as palavras: *Sou o grande lobo Fenris, liberto de minhas correntes...*

ALMA DE MEXILHÃO
{ EM ALGUM LUGAR DA COSTA }
MORTO EM 1941, ESTADOS UNIDOS

> *Jack amava animais (sobretudo gatos) e certa vez escreveu que, quando os alienígenas finalmente pousassem no planeta Terra, ficariam chocados ao ver como os humanos tratam seus irmãos e irmãs animais, "até as minhocas, aliás".*
>
> —Helen Weaver, ex-amante de Jack Kerouac

Na primeira vez que encontrei Mex, eu tinha chegado à conclusão de que tudo estava morto, e já estava cansado de explicar o mundo com teorias. Mex apareceu em nossa turma no meio da noite, com algo de êxtase em si, um profeta radiante, um trapaceiro curioso sobre tudo. Meu amigo Gallos, que colara em meu píer no rio Hudson por um tempo para escrever sua poesia, foi quem me apresentou a Mex. Diziam que crescera pobre e cascudo em uma fazenda submersa lá no Oeste, cercado por figuras tristes e salafrárias a quem amava e detestava, e de algum modo havia conseguido chegar a Nova York, correndo o caminho todo pelas águas desde Washington.

Mex não sabia muita coisa, mas sabia desde o tempo de moleque mexilhãozinho-azul que isso não justificava receber ordens sobre o que fazer, o que comer, quando excretar filamentos de sua glândula, a que tubos artificiais se prender ou que padrão seguir.

Concha partida, trabalho duro pro corpo. Deixara uma namorada para trás, ainda filtrando água no Oeste; não podia ficar por perto para olhar por ela e ter seu espírito sugado aos bocados. Estava atrás de uma nova maneira de viver — diabos, todos estávamos —, algo mais tranquilo, sem limitações. Contou que pegou carona por terra através do país, até os Grandes Lagos, depois em um cargueiro deslizando por canais, daí em um freezer e então num balde de água salgada que o manteve vivo num trem de carga, até finalmente ser despejado no Hudson, lugar onde ele queria ser despejado desde o começo.

"Caramba! Bicho!", ele dizia sem parar na primeira vez que conversamos. "Tem tanta coisa pra fazer e contar e sentir e escrever e — chega de vacilo, ok, Sel, chega de conhecimentos inúteis!"

E concordei. Chega de mentiras.

Por um tempo depois da chegada de Mex, ele e Gallos ficaram conectados por um circuito invisível de energia doida. Gallos memorizava tudo que Mex dizia, e se tornou seu discípulo, porque acreditava haver algo de cru e verdadeiro nele, e que nós todos estávamos passados. Tinham um lance de falar feito o diabo, um papo de dias e noites inteiros, oito, dez horas direto, tentando compartilhar tudo, cada pensamentozinho fugaz, tormento ou desejo. Eu os seguia e escutava e me interessava por eles, porque eram doidos e ardiam com isso, e gostavam de ter audiência para suas loucuras. Dava certo método àquilo. Mex ia visitar Gallos em nosso píer e eu me sentava perto deles com minha concha meio aberta, ouvindo. Os dois ficavam frente a frente, abriam as conchas completamente e começavam os trabalhos.

"Quando a gente desceu o píer esta manhã e passamos o velho mexilhão que te mandou ficar quieto, você deve lembrar, pensei haver um cadarço ou algo assim boiando nas correntes d'água, e queria ter te falado que aquilo me lembrava um pedaço de alga..."

"Sim, sim, claro que lembro — e você agora me faz lembrar do pensamento que eu tinha naquele momento exato, sobre a miséria dessas coisas jogadas fora e como minha concha inteira dói com..."

"Mas você lembra do cheiro na água, mais carregado de peixe do que o normal e com um toque de gasolina na contracorrente?"

"Havia partículas industriais pela água, mas mais sal que peixe. A água parecia mais clara no fundo..."

"Não, a luz ainda estava na superfície, a escuridão mais ao fundo..."

E podiam continuar assim até que o sol se levantasse e a noite tivesse passado, e Mex diria: "Meu corpo está cansado e quente, e quero dormir. Vamos parar a máquina".

"Você não pode parar a máquina!", gritava Gallos.

"Parem a máquina", eu dizia, e então os dois ficavam interessados por eu ainda estar acordado e ouvindo a noite inteira e queriam saber como eu me sentia com aquilo e eu respondia: "Sinto que vocês são dois malucos e que eu quero saber o que acontece quando vocês seguirem mundo afora".

Então o perfume da primavera invadiu as águas do Hudson, e sentimos o sol mais quente em nossas conchas conforme a maré indo e vindo nos deixava expostos no píer, e eu sabia que precisava sair dali e seguir meu estranho e expressivo amigo Mex com todos os seus problemas de amor para qualquer canto aonde fosse neste diabo de país inteiro e ver por mim mesmo a fazenda onde cresceu, a raiz americana disso tudo. E segui-lo ainda mais, até San Francisco e sua imensidão nebulosa. Ele tinha outra namorada lá na baía e disse que nos deixaria ficar com ela e cuidaria de nós um pouco, nos deixaria descansar nossos felizes corpos surrados até que quiséssemos partir outra vez, sem culpa, sem aborrecimento.

Não pude convencer minha garota a deixar o Hudson e vir conosco, e Mex disse que não valia a pena, que eu encontraria uma garota boa de verdade em algum outro canto se fosse capaz de cultivá-la e fazer com que entendesse minha alma do mesmo jeito que ele próprio tentara, sem sucesso, com toda garota. A minha ficara magoada quando eu disse que estava de partida, e eu pensava estar louco, deixando-a para trás. Mas abandonei o píer ao qual me agarrava havia tanto tempo, botei o pé na estrada do rio e comecei a me afastar da garota. Criei um precipício entre nós, largo demais para alcançar do outro lado. Ela virou sua concha para mim e voltou a bombear água por suas brânquias, sem demonstrar emoções, e no crepúsculo sob as águas amaldiçoei o fato de a vida ter que ser tão desgraçadamente triste.

Então Mex e Gallos e eu pegamos carona no casco de um cargueiro que, Mex disse, nos levaria por uma parte da jornada, pelo menos até podermos saltar em alguma doca e sermos pegos por um caminhão ou trem que cruzasse o país. Disse que precisávamos nos apressar pelo meio do país, caso contrário poderíamos ressecar e morrer, física e espiritualmente, isso aí, poderíamos. E conforme prometido, em pouco tempo estávamos na estrada, rumando a Oeste, o asfalto borrado sob nosso caixote, e estrelas, estrelas de verdade acima de nós, e sabíamos estar vivos.

No meio do caminho pela terra vasta, encontramos primos distantes de Mex, mexilhões-zebra que me apavoraram com suas listras e o jeito violento e impetuoso de tomar para si o que acreditavam ter direito de tomar. Gallos disse que eu devia me interessar por eles — eram *diferentes*, e diferença era o que eu estava procurando, então seguimos Mex até uma festa sobre a qual lhe haviam dito, um lugar onde haveria garotas. Era um território de água doce, e sabíamos não poder ficar muito tempo ou nos afogaríamos e morreríamos, sedentos por sal, mas Mex precisava de sexo tanto quanto a maioria dos mexilhões-azuis precisava de água salgada: era algo sagrado para ele e resolvia praticamente tudo.

Encontramos os primos de Mex no cano exposto quando a maré estava própria e, bicho, ai, bicho, foi chocante ver que não havia um milímetro de espaço naquele tubo, tudo conchas de mexilhões-zebra amontoados. Mex disse que eles já cobriam metade do solo dos lagos, que não sobrara nenhum mexilhão nativo para contar história. Começou a conversar com uma das garotas, e aquilo fez com que algumas de suas amigas conversassem comigo e com Gallos, até eu perguntar sobre os mexilhões de pérolas nativos e sobre aonde eles tinham ido. Então as garotas azedaram e fecharam suas conchas, nos deixando preocupados com a possibilidade de seus irmãos darem as caras. Tentei explicar que cresci no Hudson ouvindo lendas sobre os perolíferos originais do oeste, como eram belas suas conchas, com tantas cores e formas que os primeiros humanos que os encontraram deram nomes diferentes a cada um que tiravam da água.

Mex voltou depois de sacar sua mexilhão-zebra, e nós descolamos do cano e tomamos nosso rumo em uma caixa cheia de anzóis na caçamba de um caminhão, e Mex disse que estava torcendo para irmos a algum lugar da Costa Oeste. Senti o vento quente começando a me secar, e pensei na morte e em todos os nomes de mexilhões perolíferos que eu lembrava, aqueles que minha tia me ensinara quando jovem, lá no Hudson. Gallos se inspirou e os colocou em um poeminha. Era assim:

> Poço-papel, pé-de-esposa, dedo-de-alce
> Espinhento, Lilliput, gordo-de-água-doce
> Rosa-racha-barco
> Roxo-talha-costas
> Caderneta, tabaqueira, corredeira-frágil

Esse era o poema. O que fazia ficar bom era a gente gritando, berrando mesmo: "Poço-papel, pé-de-esposa, dedo-de-alce!". Como se gritássemos os nomes dos mortos.

Para nossa sorte, fomos despejados no mar bem a norte da Costa Oeste. Ah, água salgada outra vez, o bom e velho sal engrossando o caldo! Estar com o pé na estrada era bom, mas ainda não estávamos totalmente prontos para isso, ainda não; mal saíramos de casa, com nossos corpinhos molengas e nossas cabeças ainda criando filosofias. Um barco era aposta mais segura naquele momento, quando sacamos isso tudo, e a coisa seguinte que fizemos com certeza foi pegar carona num pesqueiro até Bremerton, Washington, água natal de Mex e fonte de sua angústia e sustento. Seu velho estivera na fazenda submersa por tanto tempo, Mex nos disse, que até esquecera já ter sido livre alguma vez, que ainda podia ser livre se apenas soltasse os filamentos e desse o fora.

Mas quando chegamos lá, não o encontramos em lugar nenhum, mesmo procurando por todas as fileiras apinhadas de nossos irmãos. Alguns dos mexilhões mais velhos cerravam as conchas em desaprovação a Mex, dizendo que seu papai tinha sumido assim que ele próprio partira, que ninguém o tinha visto já fazia um bom tempo, que muito provavelmente tinha sido colhido e levado para morrer lá em cima. Então um deles, um velho cascudo muito do desgraçado, disse: "Vocês não deviam ficar dando sopa, garotos. Só Deus sabe o que vai acontecer com vocês nessa imensidão de mar. Deem um tempo, fiquem aqui um pouco". Ele nos olhava com malícia, para nossas carnes jovens.

Mex começou a se lamentar sobre o pai, e Gallos e eu queríamos dar o fora. Então o arrastamos conosco e derivamos um bom pedaço para longe da fazenda, perdidos e de mau humor. Com certeza aquilo tinha esgotado nosso ânimo, ter ido até a fazenda para descobrir nada além de pavor e ordens e regras e medo, nada de raiz nenhuma. Vagueamos, flutuando, sentimos a luz se dissipar e as gaivotas predadoras darem rasantes sobre o cais. A água sob as docas batia contra o madeirame fedorento. O porto estava quieto e desolado. Da margem sombria chegava um suspiro profundo.

E então, pela manhã, o encontramos. O couraçado. Uma coisa linda, embarcação aventureira, sua silhueta escura bloqueando o sol na água sobre nós, e todos sentimos aquilo, aquela comichão promissora. Era o que procurávamos, a magnífica chance de sermos testados, deixar tudo para trás, de nos juntarmos à irmandade daqueles preparados para arriscar tudo no mar. Flutuamos para perto e encontramos uma comunidadezinha de jovens fugitivos já crescendo num canto do casco lustroso, e resolvemos pegar carona ali, sem sabermos nada a não ser que queríamos continuar nos afastando do já conhecido. Os rapazes e eu nos ajeitamos bem na superfície tóxica — o negócio com que os humanos haviam pintado aquilo não nos manteve afastados, só nos deixou chapados com aquele cheiro — e secretamos um pouco com os outros clandestinos, o suficiente para podermos colar juntos na viagem, mas não o bastante para nos atolarmos em rotina.

A ideia toda era desapego, não criar limo, ir com a maré. Eu e Gallos e Mex, e outro velho amigo de Mex, Bluey, um camarada realmente compassivo que veio com a gente da fazenda, falávamos o tempo todo sobre como praticar o desapego quando dependíamos justamente de nos pegar a um local com nossos bissos para sobreviver. Bluey, que era solitário mesmo quando em meio a outros mexilhões, não sabia o que havia de errado consigo. Gostava de observar suas secreções endurecendo conforme saíam das glândulas e entravam em contato com a água do mar, e achava que a raiz de todos os nossos problemas, de toda nossa tristeza, era tentarmos lutar contra a resistência dos filamentos, contra nunca mais podermos nos mover, era tentarmos continuar suspensos para sempre naquele momento de viscosidade. Dizia que a verdadeira felicidade viria apenas se desistíssemos e nos prendêssemos. Mas mesmo Bluey sabia precisar de uma aventura em seus dias gloriosos, para ter com o que preencher o resto de sua vida estacionária.

Mex e Gallos não estavam muito seguros, a princípio, sobre pegar carona em um navio da Marinha americana, achavam que aquilo de alguma forma era se render ao establishment humano. Se estivéssemos nos movendo, e para um lugar interessante, era tudo que me interessava. E quando aquele couraçado, aquela enorme barcaça cinza de metal, começou seu cruzeiro sacolejante, e sentimos o estrondo subindo pela chaminé, e a vibração da partida trepidando sob as águas, e o ronco do pistão se agitando, e a batida gigante da hélice e a água começando a correr por nossos corpos... rapaz, aquilo era bom. Pai do céu, estávamos nos movendo outra vez!

À nossa volta, a paisagem marítima mudava conforme navegávamos, e em pouco tempo já não me recordavam de nada. Eu interiorizava a experiência sem referenciais, e aquilo fundia minha mente: cada nova alga, cada peixe, cada partícula na deleitosa camada de neve marinha com criaturas microscópicas tão amontoadas que às vezes tapavam o sol, cada seixo. Passamos fome alguns dias quando o navio ia muito depressa e não conseguíamos filtrar guloseimas suficientes, e outros dias comíamos e comíamos quando ele desacelerava, filtrando e bombeando e canalizando o mais rápido que podíamos, e o plâncton ficava mais gordo e suculento quanto mais ao sul da costa nos movíamos.

Os outros clandestinos nos contavam coisas. Alguns estavam no mar havia muito, tinham gosto pela vida nos cascos. Um dos mais velhos tinha a alma um tanto trágica. Passara dias e noites preso a um bote salva-vidas junto de um humano náufrago, um camarada jovem que não resistiu e se atirou do bote para morrer afogado no mar das Carolinas. Esse mexilhão disse: "Sabe o que aprendi, agarrado ao casco daquele bote, sentindo o mar agitado, se erguendo e baixando para revelar o céu? Que o céu sobre o mar é arisco e belo como o próprio mar".

Raras vezes, quando a água era um mar de almirante, podíamos sentir um pouco das vidas dos homens sendo treinados acima de nós, no couraçado. O canto de um cozinheiro ao amanhecer: "Todo mundo quer o Paraíso, mas ninguém quer morrer por isso!". Os barulhos de panelas e tilintar de talheres no café da manhã; o palpitar surdo dos motores; gritos dos homens jogando dados em uma noite de lua cheiíssima, a chaminé do navio recortada contra o luar, soltando nuvens de fumo azul que escureciam as estrelas. Alguma sentinela encarando as águas negras e vastas do mar, olhando como se pudesse nos enxergar claramente, como se fosse dia. Em uma tarde calma, com o mar cintilando em verde e ouro, ouvimos o chiado surdo de um apito, as palavras de alerta: "Todos os homens ao convés. Todos os homens ao convés". Seguiu-se um silêncio. Aguardamos. Desapontamento por não passar de um faz de conta: "Exercício dispensado. Exercício dispensado".

Os rapazes e eu encontramos um ponto bom no casco, em meio ao monte de clandestinos, então não tínhamos problemas com a força da água durante tempestades. Um par de meninos na borda externa foi carregado certa noite, pelo mar violento, e não havia o que pudéssemos fazer. Bluey ficou triste, claro, como sempre, e pensamos sobre como seriam suas vidas fosse lá onde pousassem. Talvez sobrevivessem, pegassem carona em outro casco, e quem poderia dizer onde iriam parar?

Perdíamos algumas, ganhávamos outras. Larvas de mexilhões-azuis, os verdadeiros nômades, agarraram-se a nosso navio em algum ponto da viagem. Uma delas se tornou uma garota realmente bonita com filamentos dourados e por quem Mex tinha uma queda, mas ela estava mais interessada em mim. Deixamos que se achegasse a nós e lhe contamos o que conhecíamos do mundo. "Uau", ela dizia o tempo todo. "Uau." E um monte de risinhos alegres, e meu pensamento seguinte foi que eu a adorava. Durante nossos lances noturnos, Mex ficava acordado ouvindo, e eu me alegrava por deixá-lo se infiltrar em nossa onda de amor. A garota estava mesmo nervosa sobre dar cria, e tentei dizer-lhe que aquilo era algo belo, mas perdi o controle e não foi tão belo assim. Ela deu um suspiro na escuridão, e perguntei "O que deseja para sua vida?", pergunta que eu costumava fazer o tempo todo para as garotas.

"Não sei", ela disse e bocejou, e eu quis cobrir sua concha aberta e dizer para nunca bocejar, que não era permitido, que a vida era muito cheia de novidades para que ela ficasse cansada.

Contou-me sua história. Sobreviveu seis meses como uma larva vagando sozinha no oceano mais profundo, nunca conhecendo seus pais. Havia algo diferente a seu respeito, inicialmente eu não soube o quê. Então entendi: era a primeira garota que eu conhecia e que não queria se aquietar, que eu sabia me deixaria para trás. Desapareceu um dia, enquanto Mex e eu discutíamos sobre a natureza da realidade. Fiquei furioso com aquele idiota tapado e tivemos nossa primeira briga séria. Bluey notou a mudança e ficou triste. Gallos, com ciúmes. Mex e eu perdoamos um ao outro, e ele me fez repetir: Experiência é tudo. Naquele instante eu queria entrar em sua mente, era aquele tipo de desejo, algo que eu nunca sentira por uma garota porque nenhuma garota tinha me capturado daquele jeito com a mente. Queria devorar os pensamentos dele. Foi o que eu disse, e ele entendeu.

Alguns dos caroneiros nas beiradas do grupo começaram a ficar realmente nervosos. Diziam haver uma lesma predadora tentando invadir nosso canto e precisavam de ajuda; tinham planos de amarrá-la com os filamentos, bem apertada. Bluey, pacifista, se recusou, dizendo ser errado matar de fome outra criatura, mesmo inimiga. Mex apoiava completamente, e Gallos também, seguindo Mex, e eu não sabia o que pensava a respeito. Imaginei morrer de fome, como seria a sensação. Deixei Mex e Gallos saírem com os garotos para caçar a lesma, e fizeram uma festa danada quando conseguiram, e despertei ao lado de Bluey e senti os espaços de metal frio nos lugares onde Mex e Gallos costumavam ficar, e desejei ter ido com eles. Não conseguia entender por que não havia ido, por que às vezes gostava de estar sozinho e outras vezes queria ser consumido pelo grupo, estar no coração social das coisas.

Outra garota apareceu toda carnuda para me distrair de minha miséria. Convenci-a a passar a noite ali, presa ao local onde Mex estivera. Era mais velha que eu, com mais sulcos em sua concha negro-azulada e disposta a qualquer coisa.

"Você tem nome?", perguntou.

"Claro. Meus amigos me chamam de Sel, mas meu nome verdadeiro é Myti."

"Um rapazinho como você, chamado Myti. Que grã-fino."

"Ouça", disse a ela. "Ouviu isso?" Era o jazz que alguém no navio gostava de tocar, sempre tarde da noite, ilegal e adorável mesmo embaixo d'água. "É a batida que me pega, como se fossem remos batendo na água."

"Humm", ela fez.

Curtimos um pouco, mas eu estava triste demais para fazer muito.

"Você acha que estar no mesmo barco significa algo para você e seus amigos, não acha?", perguntou depois de um tempo.

"Significa", eu disse. "O mar é um grande nivelador, um camarada supremo." Fechei minha concha, e pensando melhor, abri-a outra vez. "Não é o que você pensa, não mesmo. Eu não gosto daqui deste casco, às vezes odeio. Não sei se quero estar perto deles para sempre ou prefiro fugir sozinho para um vale profundo no oceano." Mas ela havia dormido.

De manhã, inchada de tanta água salgada, com as brânquias sem funcionar muito bem, ela disse: "Continue ávido assim, garoto. Você está no caminho certo. Tenho que concordar com essa sua história de espontaneidade, viver improvisando, inventando os passos conforme anda. É a única forma de suportar esta vida imunda, de transformá-la em algo radiante. Você vai chegar lá, se sobreviver. Mas não há virtude alguma em correr na direção da morte, lembre-se disso.

Deixe que os outros vivam acelerados e morram jovens. Você, viva devagar e morra velho".

"Mas há milhões e milhões de mexilhões no mundo, eu sou um só", respondi.

"É, mas você é um mundo por si mesmo, assim como eu", ela disse. "Somos todos pequenos mundos."

Então ela foi embora, para meu alívio, e Mex e Gallos voltaram alegres gritando sobre a lesma que haviam amarrado e deixado para morrer. Bluey ficou alguns dias sem falar com eles. Disse que haviam sido influenciados pela militância, e que não queria nada daquilo para si. Então fiz um discursinho eloquente: "Quando a gente navega, cara, não tem mais dessa história, não. Temos que viver uns com os outros, e se trabalharmos juntos, tudo vai dar certo. Mas se alguém fizer merda, então a viagem não vale de nada — vai tudo por água abaixo". E Bluey ouviu, e Mex e Gallos também.

Chegamos ao porto de Astoria, Oregon, lugar bonito mesmo, e alguns dos clandestinos pularam fora quando nosso navio desacelerou, nem esperando a chaminé parar de fumegar. O barco ficou atracado ali por um tempo. Durante semanas, os rapazes e eu saímos curtindo e tirando onda ali na baía, tomando cuidado de nunca nos afastarmos demais do casco. Nós todos, menos Bluey, que ficou abatido e querendo voltar para casa assim que chegamos no Oregon, dizendo que queria estar em sua fazenda submersa. Tentei tirá-lo daquela onda, e Gallos também tentou, e Mex, mas Bluey não nos dava ouvidos. Dizia sentir saudades de compartilhar a comida com seus pais e a irmãzinha e que sentia falta de ter algo a que se agarrar sabendo que poderia se agarrar sem medo. Não entendemos nada, mas deixamos que partisse, cabisbaixo, enquanto os raios vermelhos de uma manhã quente brincavam sobre os mastros dos pesqueiros e dançavam nas marolas azuis sob o cais cheio de conchas...

Mas não acabou por ali. Fiquei todo agitado e nervoso, precisava sentir as correntes passando por mim, precisava me mover.

Dois dias após Bluey saltar fora para voltar para casa, ouvimos os humanos acima de nós começarem as atividades frenéticas que indicavam que em breve voltaríamos a viajar, graças aos deuses, e logo sentimos o couraçado se movendo, muito mais lento que antes. Estava sendo rebocado pelo Pacífico Norte, a sul e oeste. Mex e Gallos e eu resmungamos disso por um tempo. Nossa febre toda era chegar à baía de San Francisco e ficar lá com a garota. Falei alguma coisa estúpida, então, sobre não me importar em morrer contanto que fosse em San Francisco, afogado numa sopa de alho num clube de jazz em Tenderloin, mas Mex disse que eu não devia pensar na morte daquele jeito, que não havia glória alguma nisso. Só vazio.

Ele e Gallos e eu conversamos um tempão sobre o tal vazio. Mex disse que ficávamos de outra cor ao sermos cozidos, laranja-vivo e negro bem escuro, e eu acreditei, mas Gallos não. Mex falou que nenhum humano comeria nosso bisso, que eles nem o consideravam parte de nossos corpos, embora para nós aquilo fosse o ponto central de quem éramos. Gallos nos disse para tentarmos fechar as conchas como se estivessem coladas, se por acaso nos víssemos dentro de uma panela fervente. Disse que era o único meio de deixar os humanos para trás, para que não nos comessem. Nem comentei o que pensava daquilo, da enormíssima inutilidade daquele esforço. Cada um acredita no que prefere.

Depois de umas semanas a reboque, nosso navio desacelerou ainda mais. A água ficou bem mais salgada, a temperatura mais alta, e notamos que a embarcação chegava a outro porto, num litoral bem rico. Nosso barco deitou âncora junto a uma fila de couraçados: belos, novos em folha, vulneráveis como nós.

Mex se soltou e deu uma volta pelas águas do lugar, voltando maluco de empolgação. "Vocês sabem onde estamos?", perguntou. "No Havaí, meus amigos, 'cês ouviram? Cacete! Aqui estamos, numa doca de couraçados, Pearl Harbor, Havaí, galera! Está rolando!"

Então, algo estranho aconteceu. A mudança de temperatura e salinidade agiu como estímulo para uma desova massiva e animada de todos os mexilhões na colônia clandestina em nosso casco, absolutamente cada um de nós. Todos os machos soltaram esperma nas águas, e cada fêmea liberou milhões de ovos, e por dias os rapazes e eu não nos concentrávamos em outra coisa que não em fertilizar, fazendo nosso carnaval com quem estivéssemos a fim. Ejaculamos e trepamos e nos reproduzimos em um ritmo que impressionou até mesmo o putanheiro do Mex. O cheiro de sexo era quase tão forte quanto o cheiro de comida — havia comida em todo canto do porto, tanta que ficamos gordos rapidinho, engordando e engordando. Eu não tinha muita certeza sobre isso ser o que buscávamos, essa vida de fartura. Mas era bom pra cacete, bom pra cacete mesmo, comendo e fodendo *ad infinitum*.

Em pouco tempo, o mar estava repleto de nossas larvinhas nadando livres de um lado para o outro, e começou a ficar opaco. Não se esperava que cuidássemos de nossos milhares de rebentos, a princípio. Havia muitos deles. Mas depois de um par de meses de fornicação e comilança, os vagabundinhos que criamos já eram adolescentes e começaram a se aquietar nos compartimentos de água abertos e ao longo dos canos no porto, e por todos os cascos dos navios, até toda a maldita superfície da água ter um tom arroxeado.

Então ficou claro para mim e Mex e Gallos o que havíamos feito. Tínhamos jogado fora nossa liberdade. Havíamos nos tornado os anciãos da colônia, de quem de repente era esperado o comportamento de Patriarcas de merda. Essa molecada vinha o tempo inteiro até nós para perguntar muito solenemente sobre *a procura do sentido*. Que sentido? Tudo que um dia prometemos fora uma busca, uma jornada, uma viagem, estrada. Como acontecera aquilo, como era possível termos dado origem a essa estranha juventude beata que achava que a vida devia ter *sentido*?

Gallos teve um colapso nervoso, abandonou nosso casco e se mudou para uma colônia mais radical, para se arrancar da letargia. Não funcionou. Ficou mais e mais gordo, o pé tão inchado e denso que já mal podia se mover. Tínhamos que visitá-lo, se o quiséssemos ver, mas depois de um tempo deixamos de ir, porque sua mente se tornara indiferente e reacionária. Deixou de escrever poesia.

Então, Mex e eu conhecemos a lagosta. De começo, ele nos assustou, pensamos que era nosso fim. Parecia tão faminto. Mas quando começamos a conversar, compreendi que também ele estava numa jornada, sem ir a qualquer lugar específico, sem procurar nenhum sentido, apenas ávido pela experiência, como estivéramos antes do erro de nossa desova coletiva. Ele viajara um longo caminho, rodara o mundo, sobrevivera a todo tipo de viagem e fora dispensado em Pearl Harbor por alguns humanos numa traineira. O motivo de não ter nos comido era estar fazendo jejum para pensar com mais clareza.

"Essa guerra europeia vai crescer e respingar mesmo aqui, meus queridos *Mytilus galloprovincialis*, possivelmente arrastando-os para longe dessa vossa existência provinciana, então tenham cuidado", alertou. "Serão requisitados assim que o racionamento de carne começar, aguardem para ver — serão famosos nos cardápios do país inteiro, em lanchonetes com letreiros de néon! Que nem eu, a propósito."

"Você está nos confundindo, cara", falei. "Somos *Mytilus edulis*."

"Ah. Que tristeza", respondeu a lagosta.

Em uma manhã bastante clara sob a água, primaveril, ele nos deu um pedacinho de algo para ingerir, dizendo que nos ajudaria a ver além do aqui e agora. Filtrei aquilo em meu corpo e aguardei.

O lance bateu e me levou em uma viagem tão multicolorida que alucinei estar preso em um arco-íris oleoso. Mex ficou tagarela, e eu calado. Ele e a lagosta tagarelaram sobre tudo quanto foi assunto enquanto viajávamos. Eu ouvia uma coisa ou outra, conforme focava e desfocava a atenção, perseguindo o espectro de cores até as bordas do universo e de volta para cá.

"Não, isso é pelo desequilíbrio do comércio", a lagosta estava dizendo. "A única coisa que os europeus ainda podem exportar para a América é sua filosofia. Existencialismo. Segui Sartre por um tempo. Ele pensou estar enlouquecendo, pensou estar imaginando que uma lagosta o seguia! Queria aprender com ele. Queria que ele pusesse uma coleira em meu pescoço e me levasse para passear, do mesmo jeito que — se formos acreditar em Appolinaire — meu bisavô era levado para andar nos grandes bulevares de Paris."

Quando prestei atenção de novo, Mex estava dizendo a lagosta: "Sou uma espécie estacionária".

"Espécie estacionária, espécie extraordinária, especiosa Itália, espaçosa praia", respondeu a lagosta chapada. "Isso é poesia, bicho. Vocês são vanguarda, meus camaradinhas."

Estávamos tão doidos que gargalhamos quando uma estrela-do-mar se aproximou de nosso território, pronta para jantar mexilhões. Seu formato era tão absurdo. Bicho doido de cinco pontas! Chegou bem perto, mas no último instante a lagosta espantou-a para longe. Então ele deu outro bagulho a mim e a Mex, e minha viagem perdeu todas as cores e se afundou em tons de preto e branco e cinza. Mex veio acompanhar minha frequência de silêncio e a lagosta passou a cantar algo triste e francês. O repique dos sinos de uma catedral em algum ponto da costa era absorvido pelo mar e derivava até nós como bolas de prata cheias de ar. Era domingo de manhã.

Algo entrou na água e se agitou em nossa direção, como um cardume de barracudas em caça. Ficamos admirando aquilo, sem saber o que era, até que acertou nosso navio. Uma coluna de água explodiu e ultrapassou a chaminé do couraçado. A lagosta foi morta no mesmo instante. O pedaço do casco em que Mex e eu estávamos presos foi atirado para longe no porto enquanto nosso navio inclinava e estremecia, sendo atingido outra e mais outra vez. Os humanos soaram alarmes — nada de exercícios, não mais —, e subitamente à nossa volta, na água, havia coisas que jamais deveriam estar na água: válvulas, pernas, equipamentos, cabeças, chavetas, braços, capacetes.

Devíamos ter acolhido esse momento de colapso pelo qual esperávamos, mas ficamos apavorados. Um homem sem pernas tentava se agarrar a nosso pedaço de casco. Vibrações percorriam a água, malditas ondas sem fim, bombas explodiam em algum ponto em meio ao fogo, comprimindo a desgraça de meu corpo miserável com tanta força que pensei que ia implodir. O mar esquentava pelos incêndios intensos no óleo da superfície e me lembrei do que Gallos dissera sobre sobreviver em água fervente, e tentei fechar minha concha. Não consegui. Metade dela não existia mais.

Tanto Mex quanto eu sabíamos o que ele devia fazer se quisesse sobreviver: precisava me abandonar, se soltar e buscar abrigo entre as colônias frescas de nossa raça mais abaixo, deixando-me com a concha quebrada para cozinhar devagar na água quente.

Pousou no leito do mar, bem abaixo, aninhado em meio à colônia inútil e ferida que havíamos criado. Fui tomado de pânico; filtrei profundamente, para me acalmar. Flutuei à deriva e me peguei pensando em um pôr do sol sobre o rio Hudson, lá em minha casa. Costumava olhar o sol vermelho se pondo do meu canto no píer gasto, quando as águas baixavam e me deixavam descoberto, e diante daquela beleza extrema eu pensava: ninguém sabe o que vai acontecer com ninguém, a não ser o desconsolo de ficar velho. Mas o pânico me tomou de novo: não era assim que era para ser, eu, caçador-coletor da experiência, morrendo no mar! O que seria de Mex sem que eu ficasse de olho, o que seria de todos vocês? O mundo está de cabeça para baixo. Boa sorte com tudo, a desova, os vivos, os mortos. Não vou sentir falta. Não muita, pelo menos.

E pensei em Mex, e pensei em Mex, e eu pensei em Mex até morrer.

ALMA DE TARTARUGA
{ NA TERRA E NO ESPAÇO }
MORTA EM 1968, ESPAÇO

{ 1. O EREMITÉRIO }
Certa manhã, no começo da primavera de 1913, tão logo despertei de meu longo sono invernal, decidi escapar do ermitão Oleg e me apresentar à família Tolstói, que vivia ao lado.

Foi assim que parti, num passo excitado, a marchar pelo matagal em direção à propriedade, e três meses depois, em junho, alcancei os degraus que levavam à casa. Havia me exaurido, sem poder reunir forças para escalar os degraus. Comi alguns dentes-de-leão para recuperar as forças e me acomodei para aguardar ali, confiando que o grande escritor, conde Liev Tolstói, tropeçaria em mim e se convenceria com minha beleza — isso foi nos primeiros tempos de minha madureza, você entende, e meu casco ainda possuía um tom magnífico de topázio — e me faria seu animal de estimação.

Alguns remorsos se apresentaram a mim enquanto esperava, por ter abandonado Oleg em sua casinha ao fundo dos jardins paisagísticos da nobre família vizinha. A família o havia contratado meio século antes para ser seu ermitão ornamental no Eremitério, uma das várias construções extravagantes contidas na propriedade, imitando os grandiosos solares ingleses do século XVIII. Acreditavam ser ele um velho, quando o contrataram, mas na verdade contava apenas trinta anos — conseguira enganá-los com seus longos cabelos e barba ensebados e pela roupa de druida que vestia no primeiro encontro. Os termos do contrato diziam que ele não poderia lavar ou cortar cabelos e unhas; não entabularia conversa com ninguém na propriedade (incluindo serviçais) a não ser por repetir uma única frase em latim (*Vir sapit qui pauca loquitur*: Sábio é o homem que fala pouco); e rondaria os campos sempre que houvesse visitas, aparentando uma melancolia apropriada e carregando consigo uma caveira, um livro e uma ampulheta que compraram para ele.

Em troca, receberia comida, vinho e abrigo no Eremitério. Cinquenta anos depois e o pobre ainda estava lá, aos oitenta e completamente louco. A ironia da situação não parecia evidente à família: seu ermitão decorativo havia se transformado, ao longo da vida, em real. O tempo inteiro ameaçavam expulsá-lo do Eremitério (uma das netas desejava transformá-lo em um conservatório) e substituí-lo por um gnomo de jardim, ameaça a qual respondia, conforme contrato, *"Vir sapit qui pauca loquitur"*.

Infelizmente, não era tão sábio quando sozinho. Com o passar dos anos, lidava com a solidão lendo e falando comigo sem parar. Sua leitura era casual, arbitrária, maníaca, o que significava que ele ardia de fascinação sem sequer permitir que o conhecimento que adquiria realmente o *modificasse*. Logo nos primeiros tempos, tornou-se obcecado pelos antigos gregos e romanos — um de seus desvarios recorrentes era ser o ermitão original pertencente ao imperador romano Adriano. Foi então que me nomeou como Plauto, a tartaruga, em homenagem ao dramaturgo cômico de Roma que valorizava a imaginação e o fantástico acima de qualquer coisa que pudesse arrancar da vida real. Oleg construiu uma lira para si, felizmente usando um velho casco de tartaruga que encontrara no jardim, e gostava de fingir ser Orfeu, enfeitiçando-me

— a fera indomada — com a doçura de sua música. Em tal papel, era esperado que eu oscilasse de um lado para o outro, de olhos fechados.

Foi convencido pelos eruditos que diziam que o famoso narrador grego Esopo era, na verdade, um escravo etíope cujas fábulas sobre animais eram adaptações de contos de tradições orais africanas, safanões morais disfarçados, dirigidos contra a cara de seus proprietários. Oleg punha fuligem no rosto e encurtava a túnica para que parecesse um pouco grega, e sentando-se junto ao fogo pronunciava os contos de Esopo sobre mim, tartaruga, lançando sombras de forma dramática com a agitação dos braços. Desse modo aprendi ter recebido um casco porque um de meus ancestrais não se importou em ir às bodas de Zeus, ficando em casa, então Zeus o puniu forçando-o a carregar a casa nas costas para todo o sempre; e que águias gostavam de atirar tartarugas de grandes alturas (para comer nossa carne espatifada) porque um de meus antepassados menos cautelosos insistiu para que a águia o ensinasse a voar.

Então houve a fase Extremo Oriente de Oleg. Despertei de meu sono um ano para descobrir que ele trançara a barba e quebrara a lira em pedaços, assim podendo usar o casco de tartaruga na antiga arte chinesa da divinação do futuro. Isso envolvia polir o casco e aquecê-lo com atiçadores até que se partisse. O objetivo de Oleg era ter suas perguntas sobre o futuro respondidas de acordo com o som, velocidade ou formato dos cacos, mas deve ter feito algo errado, porque o casco inteiro se partiu em dois. Assisti àquilo com cuidado, sabendo que meu próprio casco querido se interpunha entre Oleg e sua segunda chance de predizer o futuro. Felizmente para mim, pouco depois ele leu uma passagem sobre a antiga crença chinesa de que o universo inteiro está apoiado sobre o casco de uma tartaruga, e então me olhou com nova admiração. Não apenas isso, mas de acordo com os chineses, a tartaruga era um dos animais divinos ao lado de P'an Ku (a versão chinesa de Adão, como Oleg o descreveu para mim) enquanto este moldava o mundo, criando nacos maciços de granito a flutuar suspensos no espaço.

Depois do fim de tal fase, Oleg foi arrebatado por Darwin. Afirmou que eu não era uma reles tartaruga russa, mas um fóssil vivo, o mais antigo de todos os répteis terrestres vivos, prova de que a vida se originara na água e passara à terra; minha raça evoluíra um casco abaulado ao longo das eras para que predadores tivessem dificuldade em abocanhá-lo, e o casco acabou por se fundir a nossas costas conforme nos recolhíamos mais e mais armadura adentro, para sobreviver. Isso agradava Oleg como metáfora de sua própria vida. Lia longos trechos das anotações de expedição de Darwin, sobre andar milhas em cima dos cascos de tartarugas-gigantes em Galápagos, sem ter de tocar o solo uma só vez, tão abundantes eram as criaturas.

Oleg jamais havia sido um ermitão religioso, no verdadeiro sentido do termo, mas, um par de anos antes de minha fuga, ele começara a se interessar pelo cristianismo. Era incapaz de compreender as coisas a não ser literalmente, pois durante toda a vida como eremita não tivera ninguém além de mim para filtrar seus pensamentos, decantá-los, deixando-os mais claros. Então você pode imaginar como as coisas se tornaram difíceis para mim quando ele leu Levítico 11,29 (*Dentre as coisas rastejantes desta terra, tais também lhe serão impuras: a doninha, o rato e toda espécie de tartarugas*) e descobriu que na arte cristã primitiva as tartarugas simbolizavam a ignorância e o mal; que meu caminhar lento e dificultoso pelas pedras no chão do Eremitério era devido ao peso dos pecados que eu carregava no dorso. Após sobreviver a seu primeiro verão como cristão, mal podia esperar para voltar a hibernar em minha toca, mas, quando saí dela outra vez, ao fim do inverno, lá estava ele, ainda absorto na Bíblia. Foi então que decidi que precisava chegar até os Tolstói.

{ 2. SEXTA-FEIRA FEMININA }

Cheguei tarde para me tornar a tartaruga de estimação de Tolstói. Quando alguém finalmente me percebeu na escadaria e me levou para dentro, dando-me uma tigela de leite e pão, descobri, para meu desapontamento, que ele morrera quase três anos antes.

Sua filha mais nova, condessa Alexandra, que por anos fora sua assistente e secretária, recolhera-se à cama para prantear sua morte e mal havia se movido desde então. Sua mãe, Sophia, resolveu que eu devia ser entregue a Alexandra para animá-la, e foi ordenado a uma serviçal que criasse um terrário para me manter no quarto de Alexandra. Aquilo era um ambiente cuidadosamente projetado, com banheira, um esconderijo para que eu dormisse à noite, um canto arenoso e uma pedra onde tomar sol, colocada exatamente no ponto para receber a luz quando esta entrasse de manhã pela janela. A criada mantinha o terrário escrupulosamente limpo, sempre renovando a areia fina, e nos dias frios trazendo-me uma bolsa de água quente, feita de couro, para aquecer meu sangue.

Alexandra não me deu muita atenção a princípio. Não fazia nada além de ler na cama o dia inteiro. Dispensava a criada sempre que esta chegava para lhe administrar cuidados, e durante todo o verão não lavou, cortou ou escovou seus cabelos claros sequer uma vez. Eu observava tudo de meu terrário, e via que a cada sete dias seus cabelos se limpavam sozinhos, como que por milagre — a oleosidade em suas madeixas crescia a ponto de desvanecer. Havia herdado as élficas orelhas pontudas do pai, que despontavam entre os cabelos quando estava particularmente absorta em alguma leitura. Era bastante magra, e não comia quase nada. Quando se acocorava sobre o penico, eu podia ver que suas pernas também eram cobertas por belos pelos loiros.

Você talvez pense que eu estava em desalento por me encontrar na presença de outra eremita, mas para mim sua solidão feminina era tão radicalmente distinta da de Oleg que eu só podia ficar fascinado. Até conhecer a condessa Alexandra, eu não havia pensado muito sobre meu próprio gênero. Na verdade, pelas décadas que vivi com Oleg, ele acreditou que eu era um macho (o gênero das tartarugas é algo difícil de decifrar), equívoco que encorajei para meu próprio entretenimento, montando de tempos em tempos numa larga pedra aquecida pelo sol, fingindo acreditar que se tratava de uma tartaruga fêmea. Isso sempre pareceu deixar Oleg mais confortável com sua própria ausência de opções carnais.

Levei muitos dias observando Alexandra até tentar compreender a qualidade de sua solidão, e o melhor que consegui foi entender que a sua era uma solidão política, embora eu ainda não soubesse como. Ela sofria com isso, certamente, mas não do mesmo modo que Oleg havia sofrido; o estado dele me aparecia como isolamento, desamparo. Mas solidão é diferente, e solidão feminina, quando por opção, pode ser uma felicidade.

Os visitantes — pois havia muitos que desejavam o privilégio da companhia de Alexandra — eram mandados embora, informados de que ela ainda não passava bem, que estava fraca; deixavam-lhe flores ou cogumelos frescos e murmuravam de um modo inquieto sobre sua extrema melancolia, mas não havia nada doentio no modo como ela lia na cama durante aqueles anos: mais que uma leitora voraz, era insaciável. Sempre que a criada anunciava uma nova leva de visitantes, eu podia ver Alexandra lutando contra o vestígio de um impulso de despender sua energia — toda ela, mental, emocional, física — com seus amigos e familiares, como deve ter despendido nos anos anteriores de sua existência. Seu remorso por dizer à criada que inventasse desculpas era visível tão logo esta fechava a porta (dava para ver suas bochechas corando), mas logo dava lugar ao alívio por poder salvaguardar sua energia, seu estado absorto, por mais algum tempo.

Eu desejava saber, mais que tudo, o que ela lia com tanta intensidade, que respostas procurava. Certa manhã de outono, quando a criada levara o terrário para fora, a fim de limpar o quarto, e me deixara tomando sol sobre o soalho, resolvi escalar a cama até Alexandra e seus livros. Tinha a vantagem de ser pequena — a tartaruga russa é uma das menores espécies, por isso somos populares como bichos de estimação — e surpreendentemente uma ótima escaladora, então logo havia agarrado a colcha e iniciado meu passo mecânico em sua direção. Ela se virou para olhar o movimento e — seja dado o devido crédito — não se assustou ao descobrir um pequeno réptil compartilhando sua cama. Simplesmente observou minha jornada, e quando eu havia cruzado todo o caminho até a pilha de livros, estirei minhas patas da frente por sobre eles e estirei o pescoço o máximo que pude, para ler seus títulos.

Nisso, ela riu, abrindo um espacinho acolhedor para mim junto aos travesseiros, e passando a ler em voz alta. Não parávamos de ler nem mesmo quando suas refeições eram entregues em bandejas. Enquanto ela lia, eu comia o que conseguia de seu almoço e de seu jantar, para contrariar sua mãe, que sempre vinha após as refeições para conferir se ela havia comido. Eu sabia ser ruim para meu fígado ingerir tanta nata e carne, mas não me importava. Rastejava para perto de Alexandra e assistia ao sol cruzar as colchas, e ouvia sua voz, sentindo seu hálito de groselhas e sal, levedo e laranja. Precisava me concentrar muito para ouvi-la — a audição não é meu melhor sentido, mas minha visão e olfato me fazem saber de quase tudo que preciso — e foi desse modo que passei a conhecer os textos de uma das primeiras feministas americanas, Elizabeth Cady Stanton, e compreendi os motivos de Alexandra para querer um período de solidão.

Tenho consciência de que as descobertas e epifanias que uma pessoa tem ao ler nem sempre são, necessariamente, interessantes a outras, assim como os relatos de viagens pessoais na maior parte das vezes causam tédio. Tentei entender a razão disso para os humanos, e concluí que tem algo a ver com a qualidade alquímica e mágica das descobertas feitas em livros (ou viagens): são fundamentalmente particulares e idiossincráticas, e, para a pessoa que as experimenta, parecem coerentes, afortunadas, destinadas especificamente para elas naquele momento específico da vida. Em um século durante o qual muitas pessoas haviam perdido a noção religiosa de um destino predeterminado, parecia que livros assumiam a qualidade de signos a serem interpretados e seguidos — tal livro entrou em minha vida por alguma razão, o autor está se dirigindo a mim, e a mim apenas. E isso, de um modo estranho, tornava as pessoas proselitistas sobre os livros. Você *precisa* ler isso, pregavam, esquecendo que o fato de terem esbarrado naquele livro por acaso — por terem-no encontrado abandonado em um coche, ou empoeirado no sótão, ou ignorado em uma estante perdida na biblioteca — era parte do que lhe dava poder.

Mas nos tempos em que ler em voz alta era a norma, tal mágica era compartilhada. As palavras que Alexandra lia eletrizavam a nós duas, e não há passagem mais representativa desse impacto que o discurso de Elizabeth Cady Stanton na Comissão Jurídica do Congresso americano, em 1892, quando ela tinha — veja você! — setenta e seis anos, uma senhorinha discursando a homens poderosos com uma fala que ousou intitular "A Solidão do Eu":

> Ao discutir os direitos da mulher, primeiro devemos considerar o que pertence a ela como indivíduo, em seu próprio mundo, sendo árbitra de seu próprio destino, Robinson Crusoé imaginária com sua versão feminina de um Sexta-Feira numa ilha solitária. Seus direitos, em tais circunstâncias, são os de usar todas as suas faculdades com vistas a segurança e felicidade [...] Para melhor apreciar a importância de conceder a cada alma humana a independência de suas ações, pensem por um instante na imensurável solidão do eu. Viemos a este mundo sozinhos, em circunstâncias peculiares a cada um de nós. Nenhum mortal jamais foi ou jamais será idêntico àquela alma acabada de zarpar no mar da vida.

Alexandra meditou comigo sobre o sentido da passagem. Você pode se enganar a vida inteira, pensando não estar sozinho, mas saberá — saberá muito claramente — quando estiver em sofrimento, à beira da morte. E se a uma pessoa não é permitido, em momentos de solidão, desenvolver os muitos recursos de sua própria mente (intelectual, criativo, emocional, espiritual) para que possa se reerguer por si, oferecer boa companhia a si mesma, experimentará a desolação profunda de se ver alienada até do melhor de si. Nada pode ser mais desolador. Em visita ao príncipe Kropotkin, exilado na Inglaterra, filósofo anarquista a quem o pai de Alexandra também admirara, Elizabeth Cady Stanton lhe perguntou como suportara os períodos nas prisões da Rússia e da França, e ele respondeu ter tentado recordar de tudo que já havia lido, relendo com sua mente e coração, assegurando-se de que ninguém poderia invadir a soberania de seus pensamentos.

Para Alexandra, cuja mente fora criada de modo incomum, que fora exposta — graças ao pai — a variadas ideias e formas de pensar, que já possuía recursos sólidos nos quais se amparar, as palavras de Elizabeth Cady Stanton eram reconfortantes. Alexandra se recolhera em solidão para testar tais recursos, em certo sentido, para conhecer o próprio vigor, mas também havia algo bastante complexo em sua decisão, algo que me explicou entre as leituras. Durante sua vida, mas especialmente em idade avançada, seu pai, conde Tolstói, oscilara entre os dois extremos de engajamento e desapego. Pouco antes de sua morte, havia outra vez decidido se tornar um asceta — renunciar a todas as posses, inclusive as propriedades da família e os direitos sobre sua grandiosa obra literária —, e ela o auxiliara a fugir de casa em segredo. Como poderia saber que ele pegaria pneumonia, morrendo na casinha gélida e miserável de um chefe de estação ferroviária poucos dias depois?

Ainda pior, desde sua morte ela fora indicada como responsável por seu arquivo, sua guardiã literária e legal, pois sua mãe havia se assegurado de que o pai não pudesse abrir mão dos direitos autorais. Isso ofereceu a Alexandra um dilema terrível. Pensava vezes sem conta nas palavras do pai: *Vou a um lugar onde ninguém poderá me incomodar... Deixe-me só... Preciso fugir, fugir a um lugar qualquer.* Alexandra, por sua vez, sentia a necessidade de se recolher do mundo, perder-se no único ascetismo que era possível escolher — a solidão dos doentes —, enquanto decidia o que fazer com a própria vida. Quando a mãe batia à porta, ela respondia "Deixe-me sozinha". Consigo mesma, murmurava "Preciso fugir".

Os dias passavam. Senti que meu próprio momento de recolha temporária do mundo estava próximo. Parei de comer as refeições de Alexandra e senti meu coração desacelerar, deixando-me morosa. Esforçava-me para me juntar a ela na cama, e quando ela se aproximou para conferir o que havia, encontrou-me com a cabeça enterrada na areia do canto mais escuro do terrário. A criada me havia preparado uma caixa de hibernação, úmida, forrada com pedra-pomes, terra e musgo. Assim que Alexandra me colocou sobre a turfa, fui tomada pelo ímpeto de cavar até estar coberta, lançando-me no sono mais arrebatador. Ela observou enquanto eu me entocava em olvido, imagino, com inveja.

Em março, despertei e fui reinstalada no quarto de Alexandra. Estava tonta e cambaleante, e levei cerca de um mês para me recompor e sentir fome outra vez, para realmente prestar atenção a meu entorno. Alexandra era atenciosa — deu-me banho para livrar meu corpo da sujeira do inverno, cortou minhas unhas e esfregou óleo em meu casco para deixá-lo reluzente. Mas havia algo errado. Eu me deitava ao sol, no chão, com patas, cabeça e rabo tão estirados quanto possível, fingindo fechar os olhos para poder espiá-la.

O primeiro sinal de alerta foi seu cabelo — tão limpo que a trança mal o segurava, o que por si só já era algo alarmante. Eu jamais vira seus cabelos penteados. Também seu cheiro, tão mudado que eu quase não o reconheci de imediato, devido ao sabonete e ao perfume que usava: não eram cheiros ruins, mas interferiam em minha capacidade de perceber as notas de odor de seu corpo. Mas o sinal mais óbvio era que Alexandra já não passava os dias na cama. Com as janelas escancaradas, a cama feita, em vez de livros ela lia longas cartas, com intensidade e segredo (sem lê-las em voz alta mesmo para mim), e escrevia respostas ainda mais longas. Encorajava-me a passar algum tempo fora, todos os dias, e tentou me ensinar a voltar para onde estava quando ouvisse a nota mais grave do piano.

Se eu ainda tivesse alguma dúvida sobre o fim de sua hibernação, ela teria sido demolida quando Alexandra me levou para um piquenique no jardim, junto a dezenas de seus amigos. As mesas externas estavam forradas de comida, e ela pedira à criada para preparar um banquete exclusivo para mim: morrião-dos-passarinhos, trevos, serralha, esterco de cabra, ranúnculos, framboesas, pedaços de caracóis, pepino, agrião. Parei minha comilança no meio e fiquei surpresa ao ver que Alexandra havia devorado um bolo de cereja inteiro e estava prestes a começar com uma torta salgada de aneto. Sentado a seu lado, vendo-a comer com gosto, estava um jovem de uniforme que não podia esconder sua admiração, e eu soube naquele instante que ele era o autor das cartas que ela devorava no quarto. Ela o olhou e sorriu, e ele limpou uma migalha grudada ao lábio de Alexandra, e eu podia ver que ela reencontrara seu apetite, para todas as coisas.

Mais tarde vim a entender que ele era parte da história, com certeza, mas não tudo. Fora através dele que ela redescobrira o compromisso de seu pai em ajudar os necessitados, e o duplo chamado de uma eremita de verdade, para quem a solidão e a contemplação devem levar, no fim, ao envolvimento. A guerra havia sido declarada, e ela sabia o que precisava fazer para emular a devoção do pai com relação à reforma social, não violência, mas simplicidade e trabalho. Antes do fim do verão, a condessa Alexandra fugira de casa com seu amante, e quando este foi enviado ao front, ela se lançou no trabalho em hospitais militares para feridos e mortos, com uma paixão que deixaria seu pai orgulhoso.

Sem qualquer mágoa, deixou-me vivendo uma década e meia confortável na casa dos Tolstói, cuidada pela criada e fugindo de metade da tristeza e da alegria de cada ano enquanto hibernava. Até que um dia, em 1929, despertei para me descobrir em grande sofrimento físico, num navio que seguia a Londres, o terrário empacotado com destino à senhora Virginia Woolf, Bloomsbury, Inglaterra.

{ 3. UM TERRÁRIO TODO SEU }

Virginia Woolf, ao abrir a caixa enviada da Rússia comigo dentro, de imediato percebeu minha dor e rapidamente soube o que fazer. Deu-me banhos mornos de salmoura todos os dias para tratar meu casco infeccionado, e me alimentou tão só com água e folhas frescas por semanas. Compreendia que meu casco era parte viva e muito sensível de meu corpo, não algo como as unhas dos humanos, e ficou horrorizada ao descobrir que alguém fora estúpido o bastante para talhar palavras nele, por toda a carapaça. Na caixa onde viajei, encontrou uma única pista de minha origem: uma cópia em russo de "Kholstomier: a história de um cavalo", conto de Liev Tolstói.

Um exilado amigo seu acabou por traduzir o texto e descobriu não se tratar do conto de Tolstói, narrado sob o ponto de vista do cavalo Kholstomier, mas do diário de prisão de Alexandra, que havia sido encarcerada diversas vezes desde a Revolução Russa e pedira ao marido para enviar suas anotações para fora do país em segredo, usando-me para isso. Sob meu casco infeccionado, dobrado e escondido, havia um bilhete de Alexandra para Virginia, em inglês, comunicando-lhe o quanto admirava sua escrita e implorando para que cuidasse tanto de mim quanto do diário até que ela pudesse escapar da Rússia.

O marido de Alexandra — sem saber que isso me machucaria — resolveu entalhar algumas palavras do grande Tolstói na estrutura viva de meu casco, na esperança de que isso me trouxesse alguma notoriedade em Londres, garantindo minha sobrevivência (e também do diário de Alexandra), e nisso seu instinto estava correto. Virginia mantinha-me em um lugar de honra de sua sala em Bloomsbury, e em pouco tempo todos os seus conhecidos, e os de seu marido Leonard, visitavam-nos para me conhecer, a tartaruga de Tolstói com suas derradeiras palavras gravadas nas costas: *Amo muitas coisas, amo todo mundo.*

Descobrindo-me na caixa, Virginia fez o que costumava fazer ao se deparar com um fenômeno novo — neste caso, uma tartaruga viva — e lançou-se à literatura. Pegou todos os livros sobre tartarugas que encontrou na biblioteca, lendo trechos escolhidos para Leonard depois do jantar. Com ótimo humor, ele suportou vastos monólogos da esposa sobre os milagres da reprodução das tartarugas: como a fêmea tem controle absoluto de seus processos reprodutivos, podendo decidir quando fertilizar os óvulos (o sêmen é capaz de resistir até dois anos em seu organismo, até que ela resolva usá-lo); se muda de ideia depois do óvulo já fecundado, pode reabsorvê-lo ou segurá-lo até o tempo certo. Virginia também se deleitava com a indiferença geral das fêmeas frente à corte dedicada dos machos. Um dos livros incluía a descrição de um naturalista sobre uma tartaruga que tranquilamente terminou sua refeição de dentes-de-leão sem dar atenção ao macho que montara nela, até que este silvasse e guinchasse (porque eles guincham), alcançando o clímax.

Poucas pessoas sabem disso, mas Leonard tinha um apelido para Virginia, que usava em privado e que aprendera de com os irmãos dela: Cabra. O apelido de Virginia para suas irmãs era Delfim, e seus amigos mais próximos tinham um prazer secreto por receber dela uma alcunha animal, pois este era o sinal máximo de aprovação. Quando criança, Virginia tivera um pequeno viveiro onde viviam um camundongo, um sagui e um esquilo. Sua primeira publicação foi um obituário escrito para o amado cão da família, e quando entrei em sua vida ela trabalhava pouco a pouco na biografia do cão Flush, um cocker spaniel que pertencia à poetisa Elizabeth Barrett no século xix. Flush acompanhara Elizabeth durante seus anos de invalidez e seguiu com ela quando esta fugiu para a Itália com Robert Browning.

Virginia gostava de testar comigo algumas passagens da biografia de Flush, pois em pouco tempo nos tornamos próximas. Ela percebia que eu não gostava quando o tom do texto tendia ao irônico, a um estilo meio bobo que os humanos parecem assumir automaticamente ao escrever do ponto de vista de um animal. Era um livro insolente, com certeza, provocador mesmo — combinava com seu desejo, na altura, de confrontar as convenções da biografia tradicional —, mas isso não significava que não podia ser tocante. Virginia tinha algumas questões de relacionamento com o pai, mas assim como Alexandra, eram do melhor tipo possível (inspirativo, aspirativo), pois ele editara o Dicionário de Biografias Nacionais e, junto à bela e artística mãe de Virginia, sempre esteve cercado por escritores e artistas. E agora eram ela e Leonard quem viviam cercados dos mais interessantes contemporâneos, pintores e poetas, e Virginia ardia de curiosidade e criatividade.

As passagens que mais me tocavam em *Flush: Memórias de um Cão* eram aquelas em que Virginia tentava compreender a um nível sensório como seria a percepção canina de mundo através do olfato. Isso se devia, provavelmente, à minha própria hierarquia de sentidos, com o olfato no topo. Escreveu as percepções de Florença como nenhum escritor jamais fez, ou fará, imaginando como pareciam ao olfato do cão Flush:

Dormia aqui neste retalho quente de sol — como o sol fazia as pedras cheirarem forte! —, procurava aquele túnel de sombra — como a sombra fazia exalar um cheiro acre da pedra! Devorava cachos inteiros de uvas maduras, principalmente por causa de seu cheiro púrpura; mastigava e cuspia qualquer resto endurecido de cabrito ou de macarrão que a dona de casa italiana tivesse jogado por cima do parapeito da sacada — cabrito e macarrão eram cheiros ásperos, cheiros vermelho-carmim. Seguia a doçura desfalecida do incenso dentro das reentrâncias violetas das catedrais escuras; e, fungando, tentava absorver o dourado do mausoléu com janelas de vitrais coloridos.

Quando o livro foi publicado, poucos anos após minha chegada a Londres, ela me levou consigo na pequena turnê de leituras e palestras, públicas e privadas. Começava mencionando dois autores russos que admirava, a costumeira dupla Gógol e Tolstói, mas logo amenizava a atmosfera grave que a menção a esses nomes veneráveis impusera, perguntando o que tais homens teriam em comum, afora o fato de serem escritores russos de gerações próximas. Ambos, ela dizia, ousaram se imaginar pela mente de um animal; ambos chegaram a momentos em que não encontravam forma de dizer o que queriam, a não ser que o fizessem pela boca de um animal. Então ela contava a anedota sobre mim, sua tartaruga russa — enviada pela filha de Tolstói, que escapara da Rússia havia pouco, com o marido, e agora vivia na América — e sobre como se pegava imaginando que histórias eu teria a narrar sobre Tolstói (ela não sabia que eu me juntara à família depois de sua morte). Sua audiência punha-se a rir, criando um ambiente perfeito para que ela lesse um trecho de *Flush* sem que isso parecesse completamente ridículo; de um jeito esperto, abria espaço na história para si própria, alinhando-se aos grandes e assumindo os mesmos riscos. E com uma olhadela em minha direção — demonstrando seu respeito, eu gostava de imaginar — lia meu parágrafo favorito em todo o livro, um momento que faz justiça tanto à poetisa Elizabeth quanto a seu cão Flush, mostrando-os como iguais na inabilidade de se compreenderem um ao outro: nada muito diferente, portanto, de um biógrafo buscando entrar na pele de seu biografado:

> Enquanto encaravam um ao outro, pensaram: aqui estou eu. Então, sentiram: mas que diferente! O rosto dela era pálido, de uma inválida, afastado do ar, da luz, da liberdade. O dele era o rosto saudável e afetuoso de um animal jovem; cheio de saúde e de energia. Separados violentamente, apesar de originados no mesmo molde, será que um completava o que estava latente no outro? Ela realmente poderia ser tudo aquilo, mas ele... não. Entre os dois existia o maior abismo que pode separar um ser do outro. Ela falava. Ele era mudo. Ela era uma mulher; ele era um cão. Assim, intimamente ligados; assim, imensamente separados, um encarava o outro.

Muitas vezes durante meus anos de felicidade com Virginia, senti-me profundamente grata por ter chegado em sua porta, e na de mais ninguém, pois esta era a Londres dos anos 1930, e a febre por tartarugas de estimação estava no auge. Virginia acompanhava nos jornais a perversão que era o comércio de tartarugas: milhões de nós importadas a cada ano do norte da África, chegando com patas e cascos fraturados por terem sido encaixotadas umas em cima das outras; mil tartarugas gregas descobertas mortas na praia de Barking. Dificilmente alguma sobrevivente da jornada conseguiu resistir ao primeiro inverno inglês. Na porta das escolas era possível comprar uma tartaruguinha bebê e um peixinho dourado por uma ninharia, e se ambos morressem — como era provável —, era só comprar outro par na semana seguinte. Em todo bar se viam tartaruguinhas forçadas a disputar corridas sobre mesas de bilhar, ganhando um gole de cerveja ao final. No outro extremo, uma tartaruga viva, esquecida por um passageiro rico num voo Paris-Londres, foi descoberta envolta em malha cor-de-rosa, com esmeraldas e rubis cruelmente cravados no casco.

Mas em Bloomsbury, durante os anos anteriores à guerra seguinte, eu era tratada não como um mero bichinho de estimação, mas como matéria digna de grande arte e poesia. Objetos feitos com casco de tartaruga — pentes, caixinhas de joias e aquelas mais raras, decorativas — eram banidas de minha presença, Virginia fazia de tudo para garanti-lo. Tributos com poemas eram bem-vindos. Mais de um visitante me saudou com as palavras de D.H. Lawrence sobre minha espécie:

> Segue, o pequenino,
> Germe do universo,
> Frontal da vida.

E por todo o tempo que vivi com ela, vi-a escrever, assim como o cãozinho Flush observara os dedos de Elizabeth Barrett Browning continuamente cruzando a página branca com sua pena, desejoso de marcar o papel com suas patas.

Essa adorável vida literária com Virginia e o Grupo de Bloomsbury foi destruída com o bombardeio de Londres. Literalmente, quero dizer. Num instante eu me banhava de sol na sala de estar de Virginia, no seguinte estava soterrada nos destroços de sua casa após uma bomba atingi-la enquanto todos estavam fora. Senti-me bastante calma no primeiro dia que passei escondida em meu casco, entre as ruínas. Pensei no bilhete que os Woolf haviam pregado na entrada, oferecendo abrigo a qualquer animal e a seus donos no caso destes terem perdido as casas em um ataque, e no bilhete pregado bem ao lado que informava sobre haver uma tartaruga provavelmente na sala de estar, no caso de um bombardeio, para que o resgate soubesse onde procurar. Virginia se interessara muitíssimo pelo treinamento dos cães de resgate para os casos de bombardeio, e pensei neles por um instante, imaginando-os bem acima de mim, trabalhando com aquela dedicação canina, sabendo que uma criatura — eu — estava viva e esperando ser resgatada debaixo da montanha de detritos. Eu sabia que Virginia estaria desesperada para me desenterrarem, que perambularia pelo local até que eu fosse encontrada, o tempo inteiro entre a sirene indicando segurança e o alarme do ataque seguinte.

De algum modo, no impacto da bomba, o papagaio que vivia na casa ao lado foi parar junto a mim sob os destroços, vivo na gaiola, repetindo vezes sem conta "É festa! É festa! É festa!" até morrer. Comecei a me sentir fraca. Lembrei-me de ouvir Virginia dizendo a Leonard, na manhã anterior, sobre os nazistas gravando suásticas, com ferros em brasa, nos cascos das tartarugas. As palavras de Tolstói em meu dorso doeram um pouco, mas eu não sabia dizer se era uma dor residual ou alguma ferida nova.

Sobre o que mais pensei, presa sob destroços da casa londrina dos Woolf, esperando um vira-lata de nome Belo ir me salvar? Pensei em Virginia me alimentando com pétalas de flores de acordo com seus estados de espírito e com as associações emocionais acumuladas pelas flores ao longo dos séculos: narciso e egoísmo, dentes-de-leão para sentimentos de expansividade, absinto para azedume, columbina para tristeza, boca-de--leão para o desejo, e rosa — naturalmente —, rosa para o amor. Pensei nela sentada, com um exemplar do novo livro do francês Georges Bataille aberto no colo, lendo seu ensaio antissentimentalista "A Linguagem das Flores": "Pois as flores não envelhecem honestamente como as folhas, que não perdem nada da beleza mesmo estando mortas; flores definham como velhotas carregadas de maquiagem, morrendo pateticamente nos caules que as erguem aos céus [...] o amor cheira a morte."

Amor tem cheiro de morte, era nisso que eu pensava estando enterrada nas ruínas. Despedi-me de Virginia ali mesmo, lamentando termos de perder uma à outra. Quando ela se matou, afogando-se no rio Ouse cinco meses depois, não guardei luto outra vez. Deixou um bilhete para Leonard, um bilhete de amor que eu a vira compor antes de colher pedras pelos jardins de sua casa de campo em Rodmell, pedras para encher os bolsos de seu casaco.

{ 4. TARTARUGA SOBRE TARTARUGA }

No testamento de Virginia, ela pedia para que eu fosse entregue a Eric Arthur Blair, que publicara sua história de vida como um vagabundo vivendo em Londres e Paris (livro que Virginia adorava) sob o pseudônimo de George Orwell, para não embaraçar sua respeitável família. Ela ouvira dizer que ele mantinha um pequeno viveiro na fazenda da família, em Wallington, e esperava que eu pudesse ser acolhida lá, a salvo dos bombardeios na cidade.

Não tenho muito o que dizer sobre meu tempo com George Orwell. Não gostava dele, nem ele de mim. Seu viveiro consistia de um galo chamado Henry Ford e um poodle de nome Marx, e os dois costumavam se engalfinhar em brigas mortais. Mantive-me discreta. Durante a guerra, sua esposa trabalhou no Escritório de Censura em Londres, mas George fora considerado inadequado para o serviço devido a ferimentos que recebera na Guerra Civil Espanhola, poucos anos antes. Era um homem de moral, sem dúvidas — profundamente, aliás, e um dos primeiros a notar e compreender os males do fascismo —, mas aquilo não fazia dele boa companhia.

Hoje, tento nutrir algum orgulho pelo fato de tê-lo visto escrever sua obra-prima, *A Revolução dos Bichos*, mas a verdade é que naquele tempo eu estava deprimida e nada interessada no que ele escrevia. Ouvi dizer que ele não se importou em colocar uma tartaruga no livro — nem mesmo uma tartaruga totalitária! —, o que diz muito sobre seus sentimentos por mim. Num geral, o que mais recordo da guerra e de meu tempo com George era o perfume surpreendentemente delicado das flores de batata. George se tornou obcecado por plantar e cuidar das roças de batata, cavando suas próprias "trincheiras" para o esforço de guerra, ajudado por uma porção de garotas do Women's Land Army, exaustas, que trabalhavam com mais afinco que qualquer humano que eu tenha visto desde então, tentando manter produtivas as fazendas da região na ausência dos homens, sem qualquer pausa desde as cinco da manhã até meia-noite. Uma piada sobre as mulheres do Land Army dizia estarem tão cansadas que até as vacas percebiam, e que estas saltitavam durante a ordenha para facilitar o trabalho. Em dado momento, George se juntou ao Home Guard, corpo local de defesa, para treinar jovens da região, mas manejou mal um morteiro e feriu gravemente dois dos recrutas. Depois disso, dedicou-se principalmente a suas batatas e escrita, apenas para ouvir dos editores que não podiam publicar seu conto de fadas animal, porque os soviéticos eram aliados importantes e qualquer um percebia que o livro era uma crítica nem tão amena ao crescente stalinismo da União Soviética.

Possuir uma tartaruga de estimação parecia afetar George como sendo algo quase aristocrático, que ele odiava, mas certo dia após a guerra, logo que um editor valente publicou sua história de bichos e sua pobre esposa havia morrido, ele deve ter imaginado ser de uma ironia revigorante me levar em suas andanças por Londres, devido talvez às palavras de Tolstói em minhas costas. Seu livro sobre a vagabundagem, *Na Pior em Paris e Londres*, tinha sido publicado muitos anos antes, no mesmo ano que o *Flush: Memórias de um Cão* de Virginia, mas George ainda sentia a necessidade regular de se arrastar pelas sarjetas, e desde a morte da esposa estava um tanto desequilibrado. George sempre se chamava Burton quando disfarçado de mendigo. Burton vagueara pelas zonas mais pobres de Londres durante anos, dormindo em pensões, passando o tempo na estrada e no East End, trabalhando nas colheitas de lúpulo em Kent, banhando-se na praia, tentando intencionalmente ser preso por bebedeira para ter o que escrever sobre passar o Natal na cadeia.

Então, nesse dia, Burton — vestido em seu uniforme de andarilho, com roupas largas e sujas, já tossindo pela tuberculose que o mataria, uma tosse bastante crível para um mendigo — colocou-me sob o braço e me levou a uma palestra pública sobre astronomia do famoso filósofo Bertrand Russell. Burton fez questão de se sentar bem na frente, o que causou o esvaziamento das duas primeiras fileiras graças a seu cheiro de mendigo cuidadosamente cultivado. Sentei-me a seu lado, envergonhada, até que o sr. Russell começou a conferência e me peguei fascinada pelo que descrevia: a Lua orbitando a Terra, nosso humilde planeta em órbita ao redor do Sol, e o próprio Sol espiralando sua própria órbita em torno do centro da Via Láctea. Pequenas órbitas se juntando em órbitas maiores que se uniam em órbitas enormes. Pensar naquilo me atordoava.

Ao fim da conferência, durante as perguntas do público, o mendigo Burton ergueu-se e cambaleou um pouco, como se bêbado. A plateia emudeceu completamente, e o sr. Russel parecia estar se preparando para um momento embaraçoso.

"Nada disso é verdade", Burton pronunciou, alto. "Os quatro cantos da Terra estão apoiados em pilares apoiados no casco de uma tartaruga gigantesca!"

O sr. Russell, filósofo paciente que era, por certo ouvira tais alegações antes. Resolveu se envolver na discussão, em vez de ignorar Burton. "E eu poderia saber sobre o que a tartaruga está apoiada?"

"Ah, boa pergunta, boa mermo", enrolou Burton, resoluto. "Mas é tartaruga uma embaixo da outra."

"Sim, era o que eu imaginava", respondeu com um suspiro o sr. Russell, dispensando a plateia.

Eu queria sumir de vergonha. Mas foi por Burton ter me levado a ouvir sobre as órbitas se acumulando que pela primeira vez sonhei com o espaço.

Fugi de Burton/George pouco após esse episódio vagabundo, e passei alguns anos me arrastando sozinha, juntando-me a turmas estranhas e donos estranhos num canto e noutro, para sobreviver. Por cerca de dez anos vivi numa reserva de vida selvagem em Wiltshire, onde os funcionários pintavam números nos cascos das tartarugas residentes. Nas manhãs de sábado, os números das primeiras três tartarugas que saíssem do abrigo eram anotados pelos funcionários e usados nas apostas de cavalos, mas aparentemente a fama dos poderes de oráculo das tartarugas deixava muito a desejar, pois nenhum desses cavalos eleitos jamais venceu. Não pintaram nenhum número em mim por causa dos entalhes em meu casco, e por causa deles acreditaram, equivocadamente, que meu último dono fora um desses recém-nascidos hippies de amor livre, que também amavam muitas coisas e todo mundo. A comida era bastante decente, e as outras tartarugas eram toleráveis, e ali depositei alguns ovos, o que me manteve ocupada até que chocassem. Mas por todo o tempo eu sabia ter outro destino aguardando por mim.

Um dia, ouvi os funcionários do parque conversando sobre a Guerra Fria — um termo que me era familiar, pois o bom e velho George o cunhara anos antes. Então começaram a falar sobre a corrida espacial entre soviéticos e norte-americanos: uma corrida para colocar o homem na Lua, para provar de uma vez por todas qual nação era superior (e, no entretanto, colocar o máximo possível de satélites espiões em órbita). Era uma disputa de proporções épicas, na verdade antiquíssima, pois os espólios ao vencedor eram sobretudo simbólicos e a humilhação para o perdedor seria pública e absoluta. E quem eram os astronautas representantes de cada nação, enquanto tentavam desesperadamente tornar a viagem segura para humanos? Moscas e macacos, cachorros e sapos,

camundongos e coelhos, ratos e gatos. E um porquinho-da-
-índia — fazendo jus a seu epíteto de cobaia.

Soube imediatamente que devia me apresentar aos americanos ou aos soviéticos — não me importava qual —, quem
quer que estivesse pronto a me colocar num foguete em direção ao espaço! Com isso em mente, tomei rumo devagar
para voltar a Londres e me dirigi ao único lugar onde imaginei poder encontrar ambos, ou pelo menos alguns comunistas: a zona dos teatros. Uma vez lá, fui adotado por um jovem
roteirista britânico de origem tcheca de nome Tom Stoppard,
que estava trabalhando em uma peça cujo personagem principal, um filósofo, matava sua tartaruguinha acidentalmen-
te, pisando nela. E o tempo inteiro a esposa do filósofo as-
siste, na televisão, a dois astronautas britânicos pousando na
Lua e discutindo para saber quem vai voltar à Terra no único
lugar restante da cápsula espacial quebrada. Interpretei isso
como sinal de estar no caminho certo. Tom não estava seguro sobre como queria que a plateia reagisse à morte da tartaruga — com espanto enorme enquanto o casco se rompia?
Ou gargalhadas? Naquele momento, ainda era uma peça bastante confusa, nada pronta para uma plateia.

Tom reconhecera as palavra em meu dorso como sendo
as últimas de Tolstói, e levou-me consigo a festas para exibir
às pessoas. Nesses encontros, eu tentava me insinuar para
quem quer que vestisse gola olímpica, porque, como eu sabia
de experiências prévias, isso normalmente significava serem
americanos ou comunistas, ou ambos. Um dos amigos de
Tom percebeu isso, e também notou a intensidade com que
eu observava Tom experimentando em público suas inaca-
badas cenas falsas de televisão, dos homens na Lua, e me fez
um enorme favor. Pediu a outro amigo, um comunista lon-
drino prestes a excursionar pela URSS, que me levasse consigo e me desse como presente ao Programa Espacial Soviético, como forma de quebrar o gelo (as palavras de Tolstói em
meu casco poderiam ajudar ou destruir minhas chances, eles

não tinham certeza). O amigo de Tom acreditava que os soviéticos tinham mais chances de levar um homem à Lua — e, no meio-tempo, uma tartaruga — do que os norte-americanos; os soviéticos, afinal, haviam vencido a primeira fase da corrida, colocando Yuri Gagarin em órbita da Terra na primavera de 1961.

{ 5. DEEDLE DUM DUM }

O estratagema funcionou. Os soviéticos estavam enviando animais para o espaço como se não houvesse amanhã (o que, para os animais, provavelmente era verdade), desesperados por terminar suas pesquisas sobre a viabilidade de voos tripulados e sobre os efeitos prolongados, em seres vivos, da falta de gravidade e da exposição à radiação do cinturão de Van Allen, para finalmente levar um homem à Lua antes dos americanos. Haviam ouvido rumores de que os americanos tinham enviado um grupo de camundongos pretos ao espaço, e que os raios cósmicos os haviam tornado cinzentos; isso não era algo desejável para humanos.

Fui aceita no Programa Espacial Soviético, começando meu treino no laboratório do especialista biomédico residente, dr. Yazdovsky. Senti-me inesperadamente contente por estar de volta entre conterrâneos depois de tanto tempo longe da Rússia, e rapidamente me tornei um dos animais favoritos do doutor. Recebi o apelido de Bert, porque a inteligência soviética descobrira a existência de um péssimo desenho animado americano chamado *Bert, a Tartaruga*, que ensinava o público dos EUA a se agacharem sob alguma proteção no caso de uma tentativa soviética de dizimá-los com uma bomba atômica. Eu não era uma tartaruga-marinha como a do desenho, mas isso não importava. O apelido era apenas pretexto para o dr. Yazdovsky cantar "Bert, a Tartaruga", em alto e bom som, sempre que me via passeando em meu terrário soviético supermoderno.

Imaginei que a constante cantoria do dr. Yazdovsky pudesse aumentar minhas chances de ser posta num foguete, mas durante a primeira metade dos anos 1960 ele estava focado demais em mandar cães ao espaço. Os americanos preferiam macacos, porque podiam usar as mãos, mas o dr. Yazdovsky achava que cachorros de pequeno porte ficariam menos agitados nas cabines do que os macacos; também custavam menos para serem treinados, e dois cães podiam ser enviados juntos sem qualquer problema, gerando dois conjuntos distintos de dados. Cadelas tinham preferência, já que não precisavam erguer uma pata para urinar (um diferencial naquela cabine apertada); vira-latas eram ideais, sendo mais resistentes que os de raça e podendo suportar as tribulações do voo espacial. Todos os cães do doutor tinham pelos brancos, para serem melhor registrados nas fitas transmitidas desde a cápsula. A maioria dos cães suportava bem os treinamentos (aprendendo a esperar quietos por semanas em pequenos compartimentos; sendo acelerados em uma centrífuga; usando bandejas especiais para a comida). O único problema era o hábito de fugirem imediatamente antes do lançamento, como se pudessem sentir que estavam prestes a serem atirados para o éter.

Enquanto eu vivia no laboratório, uma das cadelas, Smelaya, conseguiu escapar um dia antes do lançamento e se perder nas matas em volta de nosso isolado centro de pesquisas. O dr. Yazdovsky entrou em pânico, não por ter perdido uma de suas cobaias de voo, mas por temer que ela pudesse ser devorada pela matilha de lobos que vivia na região, a quem volta e meia ouvíamos uivar à Lua como se desejassem chegar lá. Ele tinha uma bom coração, o doutor, embora tentasse escondê-lo. Quando Smelaya retornou no dia seguinte, bem a tempo do lançamento, ele deixou que a cadela lambesse seu rosto, algo que sempre dissera aos outros pesquisadores para evitar, pois reforçava o vínculo humano-animal. Ela e a cadela que servia de copiloto, Malyshka, foram mandadas para órbita baixa, sendo encontradas mortas assim que seu contêiner selado retornou, paraquedas aberto, à terra.

Eu teria gostado de conhecer Laika, o primeiro animal a orbitar o planeta. Era uma vira-lata que o dr. Yazdovsky encontrou espreitando as latas de lixo do lado de fora das instalações, e a quem por capricho resolveu colocar na cabine do *Sputnik II*, quando este foi lançado em órbita da Terra em 1957. Os vídeos da cabine mostravam que ela estivera bastante feliz ali, podendo se mover um pouco, latir e comer uma raçãozinha dispensada por uma máquina automatizada. Por uma semana, orbitou o planeta com vida. Então, o oxigênio na cápsula se esgotou e ela morreu, mas continuou em órbita por meses.

Não era muito comum ouvir sobre as experiências dos cães no espaço, porque a maior parte delas era apenas de ida. Nas poucas vezes que algum conseguia voltar para a terra, eu aproveitava qualquer oportunidade para conversar. Imagino que minhas lições prévias sobre as variedades da solidão — com Oleg, Alexandra, Virginia, até mesmo com George — permaneciam comigo; e ali estava uma oportunidade de descobrir o que significava ficar completamente sozinho, na máxima solidão do espaço. Eu ansiava pela chance de experimentar por mim mesma tal isolamento.

Eis a transcrição de uma entrevista que realizei com dois cães, Veterok e Ugolyok. Eles retornaram vivos de um voo espacial a bordo do *Kosmos 110* em 1966, depois de baterem o recorde de sobrevivência canina no espaço (vinte e dois dias) e número de órbitas completadas (trezentas e trinta):

No que pensaram durante o tempo no espaço?

VETEROK: Tentei pensar no trabalho — reforçar meu treinamento, planejar a próxima abordagem ao labirinto do dr. Yazdovsky, talvez até preparar um discurso motivador aos outros cães do laboratório, para quando retornasse. Mas descobri não poder pensar em nada com clareza. Saí-me muito mal nos testes que os engenheiros haviam projetado para mim, coisas básicas. Sentia-me agitado o tempo inteiro.

UGOLYOK: Pois é, eu também. Sentia como se não tivesse controle sobre meus pensamentos. Se eu visse um pedacinho de meu cocô flutuando na cápsula, era incapaz de pensar em outra coisa que não cocô, por horas, às vezes dias. Comecei a alucinar, ver e ouvir coisas estranhas — houve uma manhã em que ouvi um coro cantando e vi o Sol se erguendo sobre o campanário de uma igreja. Imaginei que um foguetinho havia entrado em meu estômago, e tentei arrancá-lo com as unhas.

VETEROK: Ah, e teve outra coisa. Pensei bastante naquele macaco americano, Enos — sabe aquele da fotografia na parede do laboratório, que acabara de voltar da viagem no espaço e parecia irritado feito a desgraça? Nunca pude entender aquilo, por que ele parecia tão furioso. Eu conhecia a história de como ele foi mandado na cápsula para o espaço, e estava acionando todos os controles corretos que lhe davam comida e tabletes de banana, do jeitinho que havia sido treinado. Mas houve algum problema técnico enquanto ele estava em órbita, e em vez de receber goles de água ou suas barrinhas de comida, começou a levar choques dos dispositivos elétricos conectados aos pés. Daí ele voltou à Terra, saiu da cápsula e lá estava o pessoal da Nasa sorrindo, cumprimentando uns aos outros, mas Enos estava *puto*. Essa história costumava me fazer rir. Mas lá no espaço eu precisei pensar sobre isso, sobre Enos sendo eletrocutado por fazer a coisa direito — a coisa certa!, aquilo que ele fora treinado para fazer! — e tive vontade de arrancar o couro de alguém.

Vocês se deram bem, lá em cima?

UGOLYOK: De jeito nenhum. Enlouquecemos um ao outro, confinados daquele jeito. Não é natural. Se Veterok tocasse no meu brinquedinho, eu não conseguia suportar. Virava uma briga séria.

VETEROK: Foi bem estressante. Nós dois sentíamos como se nossos instintos de sobrevivência estivessem disparados, mesmo sabendo haver suprimentos suficientes para os dois sobreviverem à viagem. Ficamos bastante egoístas, possessivos que nem crianças.

Qual parte da viagem foi mais difícil, o começo ou o fim?

VETEROK: Engraçado, sabe, porque na verdade o meio foi a pior parte para mim. O começo e o final eram excitantes — um monte de adrenalina, a coisa toda de estar no limite —, mas o meio foi bem monótono. E descontei em Ugolyok, mas também na equipe de suporte em terra. Eles não tinham como saber, claro, não entendiam por que eu estava latindo tanto, mas eu estava dizendo para eles enfiarem o foguete naquele lugar, entre outras coisas. Era uma tensão mal orientada, por causa da situação estressante em que estávamos, mas a raiva que eu sentia era bastante real, bastante justa naquele momento.

UGOLYOK: É, foi no meio que começamos a irritar mesmo um ao outro. Fiquei um pouco deprimido naquele período, assim que dei conta das tarefas básicas que a equipe de solo havia preparado para testar minhas reações. Foi aí que as dúvidas começaram a aparecer — sobre o que estávamos fazendo, e por quê. Quero dizer, você vê a Terra lá embaixo — é exatamente como dizem: de repente ela está lá, uma bola colorida flutuando no meio do nada, e... bom, não sei se alguém é capaz de um dia se recuperar daquilo. Ainda estou me esforçando para levar a vida a sério outra vez, agora que voltamos. Tudo parece uma grande piada de mau gosto. Pensei que seria libertador, mas... [*Veterok murmura algo para cortá-lo.*]

Que conselhos vocês podem dar para outros cães em treinamento espacial?

VETEROK: Se forem mandados em dupla, precisam tentar pensar no outro cão primeiro, por mais difícil que seja. Deixe-o beber água antes de você, deixe-o brincar com sua bolinha de borracha, deixe-o contar a mesma piada idiota quantas vezes quiser. É preciso ser tolerante. E flexível, adaptável. As coisas lá em cima mudam muito depressa, e se você não for capaz de aceitar esse tipo de imprevisibilidade, não vai aguentar a viagem.

UGOLYOK: Eu diria para se prepararem o máximo possível, física e psicologicamente, para diminuir as chances de entrar em depressão. Não se pode acreditar que uma viagem ao espaço vai resolver seus problemas pessoais. Uma vez lá em cima, os problemas não desaparecem. Eles continuam com você, ainda piores que antes.

{ 6. MARUJO DE ÁGUA AZUL }

Apenas em 1968 os engenheiros biomédicos tiraram o foco dos cachorros e passaram a considerar o envio de animais menos convencionais, feito eu, ao espaço. Resolveram arriscar, mandando uma nave para a órbita da Lua e trazendo-a de volta, conferindo os efeitos que uma expedição passando pela Lua teria em tripulantes vivos; uma arca de Noé espacial contendo espécies biológicas e — finalmente — uma tartaruguinha russa. Nesse caso específico, eu tinha um trunfo com relação aos cães do laboratório, porque podia sobreviver com pouquíssima comida, ao contrário deles, e o dr. Yazkovsky esperava que eu pudesse mesmo hibernar durante a viagem. Eu seria um dos primeiros animais a circum-navegar a Lua. De jeito nenhum eu hibernaria.

Em 15 de setembro de 1968, nossa nave lunar, *Zond 5*, foi lançada. Na cabine de bordo, além de mim no terrário, havia algumas larvas de besouro, mosquinhas, duas aranhas, montes de sementes, algumas plantas e bactérias seladas em placas de Petri. Eu tinha um bom lugar na cabine, ao lado da vigia. Fora besuntada com iodo e salpicada de pó antisséptico nos pontos de meu casco onde conectaram eletrodos. Sentia-me bem.

Conforme o foguete cheio de explosivos sob a cápsula nos impulsionava para cima e além, pensei nas palavras de

Elizabeth Cady Stanton, aquelas que Alexandra lera para mim tantos anos antes, e me senti grata por ter pensamentos próprios para me fazer companhia nesta minha última lição sobre solidão, num terrário com vista ao espaço. Enquanto acelerávamos, minha visão ficava turva e eu me sentia prestes a apagar, senti-me confiante por saber que me preparara por toda a vida para aquilo, que não desejava companhia alguma além da minha própria.

Quando recobrei a consciência, a sensação de confiança fora substituída pela agonia do desterro. Eu estava sendo punida, exilada da Terra como o bode expiatório original do Velho Testamento, aquele sobre o qual todos os pecados de Israel foram depositados, tendo sido afugentado selva adentro pelo demônio Azazel. Sentia meu casco como se fosse de metal, inacreditavelmente pesado em minhas costas. Eu carregava o fardo dos pecados de toda a humanidade, assim como Oleg dissera. Que demônio aguardaria por mim do outro lado da Lua?

Com o motor principal já desligado, o que eu sabia significar termos quase alcançado velocidade orbital, não podendo mais cair de volta à Terra, a paranoia se dissolveu. A microgravidade era uma sensação maravilhosa. Alucinei com músicas, com uma trilha sonora apropriada à minha experiência extracorpórea, extraterrestre: estranhos acordes estáticos, semelhantes aos sons recebidos no primeiro contato por rádio com Vênus. Vomitei um pouco e me senti melhor. Sentia que, naquela gravidade baixa, meu sangue não ia para as patas, mas para a cabeça e para o topo do casco, uma sensação esquisita, mas não desagradável. Como se eu estivesse densa nos lugares errados. Um pensamento cruzou minha mente: por que os humanos escolhiam enxergar tantos animais nos arranjos das estrelas? Quem juntou os primeiros pontos?

Os pensamentos cessaram por um tempo. Quando voltaram, junto a uma dor de cabeça, questionei-me por um longo tempo — minutos? horas? dias? — se havia ficado cega, e foi com alívio que vi os relâmpagos descritos pelos cães, o que significava estarmos passando pelos cinturões radioativos. Tudo ficou lírico. Pela vigia, a caminho da Lua, eu via a Terra. Era exatamente como a descrição dos cães, um mármore vítreo iluminado. E sim, procurei conferir, mas uma vez só: não havia tartarugas suportando-a nas costas.

Vi uma das aranhas se espremer inacreditavelmente pela junção minúscula na parede curva de nossa cápsula, abrindo seu caminho rumo ao espaço. Somos os novos marujos de águas profundas, assim como os humanos nos primeiros tempos de navegação, preparando-se para cruzar o vasto oceano sem bússolas que os guiassem. Os que desejam navegar mar afora, perdendo a terra de vista, agitando os organismos do mundo, levando-os aonde jamais estiveram e onde não deveriam ir. Um dia, num futuro distante, quando os humanos chegarem a Titã, encontrarão duplas de cães e macacos esperando por eles, pares de aranhas e ratos, e uma velha tartaruga russa. Parece ser esta a maldição de toda criatura terrestre, ser incapaz de não se espalhar, sempre bagunçando as coisas, carregando a vida conosco, deixando-a para trás.

Cheguei à conclusão de que o espaço cheira a gelo — pois eu sentia seu cheiro através das paredes da cápsula —, mais sensação que odor. A aranha sumira, solta no universo, já colhida por uma corrente de plânctons celestiais com destino a Titã. Pensei em Darwin e na aranhinha exótica, menos que uma semente de papoula, que ele percebera como carona em um cordame do *Beagle*, no retorno à Inglaterra; em como ele a considerou algo inocente, cego para sua ânsia de dominar um novo mundo: "O pequeno aeronauta, tão logo embarcado, mostrou-se muito ativo, percorrendo o espaço, às vezes deixando-se cair para depois se reerguer no mesmo fio; às vezes se dedicando a criar uma rede pequena e bastante irregular entre os cordames." Pequeno aeronauta, de fato.

Observei a segunda aranha, que ficara para trás em nossa cápsula, começar a construção de uma teia flutuante em microgravidade. Foi então que a solidão de uma morte certa me atingiu. Eu não sabia como morrer, como se morria. Em sua depressão pré-suicídio, Virginia recitara para si as palavras de Montaigne: "Caso não saiba como morrer, não se importe; a natureza, em seu tempo, o instruirá de modo pleno e adequado; tomará ela mesma esse dever, não se incomode." Eu passara a vida na companhia de escritores que encontraram seus meios de chegar à solidão perfeita: um eremita, uma suicida, um vagabundo, um vanguardista solitário; escritores que reconheceram em mim seus desejos contraditórios de nunca serem abandonados, de sempre estarem sozinhos. Após a primeira fagulha de criação, todos somos deixados sem lar, cada criatura sobre a terra.

Os fios da aranha se adensaram. Pensei no lendário voo solo de Charles Lindbergh sobre o Atlântico, em 1927, no fato de que ele tivera uma companhia na cabine, na forma de uma mosquinha. Ele diria, mais tarde, que a consciência de haver algo vivo naquela cabinezinha fria, durante todas as horas de voo solitário sobre a escuridão do oceano, o consolava.

Seguimos ao redor da Lua, a aranha e eu.

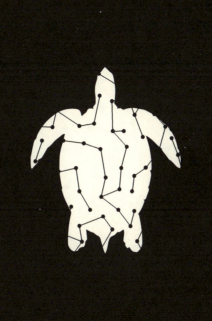

ALMA DE ELEFANTE
{ EU, O ELEFANTE }
MORTA EM 1987, MOÇAMBIQUE

*... há mesmo quem diga que o homem
foi feito com as sobras do elefante...*

—José Saramago, A VIAGEM DO ELEFANTE

Minha irmã gêmea e eu, como todos os elefantes jovens de nossa manada, fomos regaladas desde pequenas com histórias sobre nossos antepassados, cujas almas brilhavam nas constelações do céu sobre nós. Em determinadas noites de verão, as anciãs apontavam para desenhos nas estrelas: a ponta de uma tromba, ou a extremidade triangular de uma orelha alerta no momento de uma carga — as mesmas formas do continente africano. Contavam-nos a história de algum desses reverendos ancestrais olhando-nos do alto. Minha irmã e eu gostávamos de reencenar o que ouvíamos, vivendo episódios importantes de nossos ancestrais na Terra e imaginando qual seria a sensação de ser transformado em uma alma cintilando eternamente, girando em um eixo invisível.

Desde o começo estava claro para nós que apenas antepassados mortos de formas notáveis tornavam-se estrelas. Isso fomentou em ambas o desejo secreto por uma morte que merecesse lendas a serem contadas e recontadas conforme passassem os anos e gerações e eras. Concluímos que uma morte individual dramática seria a melhor, como a daquela ancestral morta por um dragão desejoso de tomar seu sangue. Mas uma morte histórica, em massa, seria grandiosa — morrer entre centenas de milhares de bestas de carga sacrificadas a Yahweh no Templo de Salomão, ser um dos cinco mil animais mandados esquartejar pelo imperador romano Tito na inauguração do Coliseu, estar entre os quinze mil mortos em um único dia de caça do imperador Moghul da Índia! Tais mortes majestosas pareciam garantir uma vida eterna nas estrelas.

Quando minha irmã e eu já éramos um pouco crescidas, não mais bebezinhos cuidados pela força maternal da manada, mas ainda jovens o bastante para nos safarmos de algumas indiscrições, resolvi perguntar a uma de minhas tias por que todos os antepassados de quem se contavam e recontavam histórias, cujos contornos distintos nós víamos ao conectar os pontos no céu, haviam vivido em terras tão distantes de nosso Moçambique natal. Eu sabia que ela gostava de casca de maruleira, pelo efeito inebriante causado ao se ingerir as pupas de besouro cravadas na madeira, então esperei-a cambalear levemente antes de me aproximar.

"Não fazemos distinções entre nossas linhagens geográficas", respondeu. "Acreditamos que todo elefante partilha um ancestral comum, o que nos torna a todos parentes, não importa onde vivemos."

"Mas tantos dos antepassados no céu são elefantes indianos, ou elefantes das florestas do Norte da África. E os elefantes da savana africana? Onde estão as histórias sobre nós?"

"Oh, meu benzinho, mas *existem* histórias sobre nós, uma porção. A maioria das almas no céu viveu suas vidas bem aqui, nestas terras." Nisso, controlou-se. "Quantos anos você e sua irmã têm agora?"

"Doze", menti. Tínhamos apenas onze.

Ela soluçou. "Pensando bem, imagino que haja menos histórias sobre nós porque aqueles antepassados da Índia e do Norte da África tiveram vidas mais interessantes", completou. "Estando mais perto da Europa e tudo mais."

Abandonei as perguntas naquele sentido. "Mas por que todos eles viveram tanto tempo atrás?"

"Demora para suas almas aparecerem no céu", respondeu.

Percebi que minha pergunta lhe causara certo desconforto. "Demora quanto?", insisti.

"Bom", retrucou, cautelosa, "qual história de ancestral você ouviu que é mais próxima de nosso tempo?"

"Castor e Pólux, os irmãos do zoológico", eu disse. "Os que morreram no Jardin des Plantes durante o cerco de Paris."

"Então, pronto", disse ela. "Isso foi — quando é que foi? — por volta de 1870? 1880? Faz cem anos. Talvez seja esse tanto que demore." Afastou-se para descascar outra maruleira, retornando mais tarde naquele dia, cantando alto e trocando as patas, em zigue-zague através dos campos, juntando-se à manada em nosso olho d'água.

Com o sol posto, um de nossos primos bebês pediu que as anciãs contassem a história do antepassado Salomão, história que minha irmã e eu ouvíramos muitas vezes com prazer. Mas naquela noite eu não desejava ouvir sobre elefantes tão distantes.

"Salomão nasceu nos estábulos do rei do Ceilão no ano de 1540", uma das tias-avós começou. "Ainda menino, foi enviado a Lisboa como parte de uma remessa diplomática ao rei João III e à Catarina de Portugal. Apesar de tê-los encantado, decidiram mandá-lo de presente ao neto, dom Carlos. Salomão viajou a pé até a Espanha, mas dom Carlos julgou complicado demais cuidar dele. Foi dado ao arquiduque Maximiliano II de Habsburgo, que embarcou-o com sua esposa e filhos para Gênova. De lá, Salomão fez outra viagem a pé, cruzando toda a distância até Viena, onde prepararam uma celebração especial para dar-lhe as boas-vindas à cidade.

"Em Viena, Salomão teve a honra de ser o primeiro dos animais selvagens a chegar na reserva do palácio recém-construído de Maximiliano II, o mais belo dos palácios renascentistas fora da Itália. Ali, Maximiliano tentou garantir a felicidade de seu novo bicho de estimação. Deu ordens para que o elefante fosse alimentado com as melhores frutas exóticas de seus pomares, e apenas aquelas de que Salomão não gostasse seriam servidas nos jantares da corte imperial. No inverno, Salomão recebia um galão de vinho tinto todos os dias, para esquentar o sangue. Nos blocos de pedra na entrada de seu espaçoso cercado, Maximiliano mandou que um dos eruditos da corte inscrevesse as palavras de Plínio, o Velho, historiador romano: *O elefante é o maior animal terrestre, também o mais próximo do homem em inteligência. Compreende a língua de sua terra, obedece ordens, recorda as funções aprendidas, aprecia a amizade e honra — mais que isso, possui virtudes raras mesmo em homens — a honestidade, a sabedoria, a justiça, o respeito pelas estrelas e a reverência ao Sol e à Lua.*

"Uma girafa foi adquirida para fazer companhia a Salomão na reserva deserta, mas os dois não se deram bem e acabaram permitindo que a girafa andasse livre pelos jardins do palácio, onde desenvolveu um truque que deixava as mulheres da corte admiradas, quando esticava o pescoço até as janelas do primeiro andar para receber afagos. Aos poucos, Maximiliano expandiu sua reserva conforme expandia seu império, adquirindo panteras e pavões, linces e leopardos, ursos e águias. Mas nunca encontrou outro elefante para se juntar a Salomão; dizia-se, à boca miúda, que isso era por não querer que Salomão criasse laços próximos com outros de sua espécie.

"Um dia, quando Maximiliano levou seus mais pios sacerdotes numa visita a Salomão, descobriram que ele havia escrito algo no chão de areia de seu cercado: *Eu, o elefante, escrevi isto*. Os padres ficaram horrorizados. Insistiram para que o elefante fosse morto ali mesmo, que sua escrita era prova de forças demoníacas em ação. Maximiliano se recusou, mas compreendeu o perigo daquilo e apagou as palavras de Salomão com a sola do próprio sapato. Os padres assumiram o encargo de envenenar Salomão em segredo, durante o inverno seguinte, adicionando arsênico a seu vinho diário.

"Levou quatro meses para que Salomão morresse, e quando o fez, Maximiliano ficou inconsolável. Ordenou que os criados esfregassem rapé nos olhos de todos os outros animais da reserva, para que parecessem estar pranteando um luto tão profundo quanto o seu. Decidiu que o corpo de Salomão deveria ser dividido e distribuído ao longo do Sacro Império Romano-Germânico, para que seus domínios jamais o esquecessem.

"Ao prefeito de Viena, Maximiliano deu a pata dianteira direita de Salomão, além de parte de sua omoplata — se você olhar bem ali nas estrelas, olha; consegue ver a omoplata e a pata juntas? E bem ao lado, se unir aquele grupo de estrelas, pode ver a cadeira feita com os ossos de Salomão, que desde então se encontra na abadia de Kremsmünster. Sua alma brilha em nossa direção a partir desses pedaços. Mas o mais importante é sua pele empalhada — você tem de traçar uma linha imaginária daquela estrela na tromba até aquela da cauda, para vê-la — que foi primeiro guardada nas coleções reais, e depois no Museu Nacional Bávaro por um longo tempo, até os humanos terem sua segunda grande guerra neste século, quando ela desapareceu da coleção, para nunca mais ser vista."

Esperei minha tia-avó suspirar de satisfação ao fim da história, e até que a manada em nossa volta se acomodasse inteira. "É porque não temos museu?", falei. "É por isso que não contamos histórias de nossos antepassados que viveram aqui em Moçambique?"

"Há um museu em Maputo", disse um dos primos, recém-adulto e que logo abandonaria a manada, antes que as anciãs o mandassem se calar, e nossa mãe, sem meias palavras, nos mandasse dormir.

Nossa prima mais velha, que quase sempre ignorava a mim e a minha irmã mesmo que a seguíssemos devotadamente de um lado para o outro, certo dia resolveu, por causa de uma minirrebelião contra a mãe controladora, nos contar a história secreta e recente da manada em nossa terra natal.

"Houve uma guerra humana em nossa terra que acabou poucos anos depois de vocês nascerem", sussurrou para nós detrás de um espinheiro. "Entre os portugueses e o povo local, que queriam seu país independente. Vocês eram muito pequenas para lembrar."

"Algum dos antepassados teve uma morte notável nessa guerra?", minha irmã quis saber, empolgada.

Nossa prima espiou por sobre o ombro antes de responder. "Muitos de nosso clã tiveram as presas arrancadas e foram deixados para morrer pelos portugueses, quando estes fugiram daqui", respondeu.

"Daqui mesmo? Do Parque Nacional da Gorongosa?", perguntei.

"Sim", ela disse. "Agora fiquem de boca fechada, pirralhas. Não era para eu estar contando essas coisas. Vocês vão descobrir tudo quando tiverem idade suficiente."

"Quando?", disse minha irmã. "Quando vamos ser grandes o suficiente? Esse ano completamos treze."

Pareceu surpresa por ainda não sabermos. "É quase hora de serem iniciadas", completou, com o olhar mais tranquilo.

"Mas ninguém nos diz quando."

Arrancou uma tira de casca do tronco de uma acácia, deixando à mostra seu interior rosado, soltando um ronco mudo de frustração. "Vocês sempre tiveram tratamento especial por serem gêmeas. Nem achávamos que sobreviveriam, no começo. A mãe de vocês não tinha leite bastante para as duas, então uma das tias ajudou com o dela. A manada tem cuidado de vocês, mantendo-as a salvo. Quando estiverem fortes o suficiente, vão aprender o que desejam."

Nossa prima tinha razão sobre o tempo passar depressa, sobre não precisarmos desejar que corresse. Logo que minha irmã e eu fizemos treze anos, experimentamos nossa primeira noite completa de vigília. Em vez de cair no sono sobre o chão, como os elefantinhos, ela e eu nos vimos sem poder conciliar o sono. Ficamos na companhia das adultas da manada, acordadas e alertas para proteger os pequeninos que dormiam. Imediatamente antes do amanhecer, enrolamos as trombas em torno das presas e cochilamos de pé até que o sol clareasse o ar. Apenas nossa bisavó, matriarca da manada, não cochilou nem um pouco.

De manhã, nossa mãe nos disse que estávamos prontas para sermos iniciadas. "Essa vigília é o primeiro sinal de já estarem prontas para serem mães e líderes por seus próprios méritos", comentou.

A manada esperou a lua cheia surgir, subindo gorda e vermelha pela noite sobre a mata até que a escuridão estivesse meio dissipada, e fomos iniciadas nos segredos do coletivo e nos princípios pelos quais deveríamos viver como adultas.

Na terceira noite da iniciação, a matriarca contou mais uma história.

"Muitos anos antes de vocês duas nascerem, uma coisa terrível aconteceu aqui. Havia um pedaço de terra aqui perto, e os portugueses achavam ser um bom lugar para suas plantações. Mandaram que um caçador local eliminasse dois mil elefantes que viviam no lugar. Ele cumpriu as ordens, mas tinha uma inclinação científica em mente. Resolveu extrair e guardar todos os filhotes não nascidos que encontrasse nos úteros mortos.

"Sua ambição aumentou. Não poderia parar até possuir a única coleção de fetos de elefante em todos os estágios de gestação, um para cada mês dos vinte e dois de nossa gestação.

Quando coletou todos os vinte e dois, de tamanhos crescentes, havia-os preservado em formol e os doou ao curador do Museu de História Natural de Lourenço Marques — aconteceu antes de nossa capital ser renomeada como Maputo —, que ainda tem os jarros em exposição."

Olhou para o céu. Com a tromba, apontou para um aglomerado de estrelas próximas e esperou que minha irmã e eu as contássemos. Havia vinte e duas.

"Vocês queriam saber histórias de seus ancestrais imediatos", ela disse. "Suas almas também estão inscritas lá no alto. Mas são histórias mais difíceis de serem contadas a nossos jovens. Precisamos iniciá-los nos contos de elefantes distantes e antigos."

Ela deve ter notado o maravilhamento em nossos olhos ao descobrirmos um novo estrato de constelações dedicado a nossos antepassados africanos. "A morte não é algo a ser louvado, agora que são adultos", a matriarca advertiu. "Querer que as coisas terminem mal é privilégio apenas dos muito jovens. As almas no firmamento vivem somente enquanto lembrarmos suas histórias. Além desse ponto não há nada, nem para elas, nem para nós."

Apesar de avisada pelas anciãs sobre o poder que meu cio traria, seus efeitos me tomaram completamente de surpresa. Machos adolescentes de todos os cantos do Gorongosa começaram a se juntar perto de nossa manada, em grupos cada vez maiores, olhando-me com um desejo evidente e empurrando uns aos outros para poderem cheirar minha urina mais de perto. A atenção era inebriante. Mas as anciãs aconselharam-me a ignorar esses moleques ávidos e esperar que um macho mais velho, no cio, viesse me cortejar. E não demorou muito para surgir um macho por volta dos trinta, com secreções das glândulas temporais rolando sobre as bochechas. Deixei-o me seguir por um tempo, olhando-o por sobre o ombro e me deleitando com o som que emitia ao me acompanhar. Foi a única vez na vida em que esqueci da presença de minha irmã e família: meu mundo havia se restringido à ligação entre nós dois.

Soube imediatamente que havia uma nova vida dentro de mim, e cantei as notas graves e prolongadas que havia aprendido em minha iniciação, convocando a horda para celebrar comigo. Barriram e agitaram as orelhas, cheirando o sêmen jorrado no chão, esfregando seus flancos em minha barriga, roncando com alegria. Minha irmã permaneceu a meu lado pelo resto daquele dia e noite, exultante. Seu cio começou pouco depois. Carregamos nossos bebês ao mesmo tempo, por dois dos verões mais longos e secos que a manada já vira.

Meu parto difícil durou dois dias, auxiliado por minha mãe e tias. Finalmente, minha filha nasceu em seu saco fetal, e em meia hora já estava de pé, caindo e sendo suavemente reerguida por minha mãe. Encontrou o caminho até minhas tetas e passou a sugá-las. Durante horas não pude fazer mais que roncar de prazer e amor, acariciando-a, passando-lhe segurança, compartilhando a maravilhosa novidade com nosso grupo e clã através da mata. Ajudei minha irmã a parir seu filho nos dias de primavera que se seguiram. Ríamos juntas ao ver nossos bebês descobrindo suas trombas e tentando entender o que fazer com elas. Balançavam-nas de um lado para o outro, para a frente e para trás, levando-as à boca, tropeçando, sempre intrigados sobre a utilidade daquelas coisas esquisitas. À noite, ficávamos acordadas junto a nossos filhos que dormiam, de guarda ao lado de todas as mulheres adultas da manada.

As novas vidas cauterizaram nosso antigo desejo de mortes gloriosas. Minha irmã e eu passamos a desejar beleza e realizações durante a vida, tentando não pensar de jeito algum na morte. Imunes aos encantos passados, dificilmente ouvíamos as histórias contadas pelas anciãs aos filhotes, no entardecer, sobre ancestrais estrangeiros há muito mortos sob as flores de cajueiros. Quando minha bebezinha olhou para o alto, traçando o contorno de Castor e Pólux, não senti nada a não ser a alegria tranquila de sentir sua pele contra a minha.

Num dia de verão seco, o segundo após seu nascimento, encontrei minha filha e sobrinho pintando com lama, um na testa do outro, padrões no formato de diamantes, à beira do minguado lago Urema, arranjando ramos de eritrina sobre as cabeças e fingindo serem feitos de brocado de veludo e fios de ouro.

Exigi que me dissessem o que estavam fazendo. Minha filha contou estarem brincando de ser Castor e Pólux, elegantemente adornados, carregando nas costas crianças parisienses imaginárias, passeando pelo zoológico do Jardin des Plantes. Eles não puderam compreender minha irritação, gerada pelo medo, e fugiram correndo para se esconder de mim entre o bosque de acácias. Minha irmã disse que reagi mal, tentando impedi-los de brincar, e que isso apenas os incentivaria como nos incentivara quanto tínhamos a mesma idade.

Ela resolveu tentar uma abordagem diferente, contando-lhes tudo que queriam saber sobre Paris e o cerco, como os prussianos haviam isolado a cidade e levado os parisienses a se render devido à fome. Contou que os parisienses famintos tinham devorado dezenas de milhares dos cavalos da cidade, até que não restasse um sequer. Em seguida passaram a comer os ratos, mas mesmo os melhores cozinheiros da cidade foram incapazes de tornar o gosto bom, por mais que tentassem atrair os ricaços aos jantares refinados com linguiça defumada de rato. Assim que todos os cães e gatos da cidade haviam sido comidos, os chefs passaram a procurar por outras fontes de carne para seus ricos patrões. Racionamento nunca foi uma opção — os ricos deveriam comer carne de toda forma, e os pobres ouviam que era possível sobreviver de mostarda e vinho, estoque que a cidade possuía em abundância.

Lancei um olhar de advertência a minha irmã.

"É o bastante por hoje", informei. "Hora de dormir."

Na manhã seguinte, minha filha e o primo convenceram uma zebra a se fingir de cavalo, e um ratinho do campo a se fingir de rato de esgoto, e os perseguiram como se fossem humanos e estivessem famintos. Era normal que nossos jovens testassem sua força em brincadeiras de dominação sobre outras criaturas das matas, espantando-os com as orelhas de abano, experimentando os barridos. As outras mulheres da manada observavam aquilo com diversão. Mas pedi a minha irmã que parasse de lhes contar aquelas histórias, e por um tempo ela concordou em me deixar distrair nossos filhos com historinhas suaves sobre o leão conquistando sua juba, e sobre como a Via Láctea foi criada a partir das cinzas atiradas ao céu por um de nossos antepassados, a fim de que sua amada perdida encontrasse o caminho de casa.

Foi naquela época que humanos estranhos, estrangeiros, começaram a ocupar as áreas de acampamento do Parque Nacional, abandonado e em decadência desde que os portugueses haviam partido. Por muitos anos tivemos Gorongosa praticamente para nós, incomodados apenas pelos nativos das vilas que viviam próximos ao perímetro cercado, de vez em quando tomando atalhos através do parque, quando corajosos o bastante para confrontar leões e búfalos. Parte da manada reconheceu o cheiro dos estrangeiros, recordando viagens passadas próximas às fronteiras de Moçambique com o Parque Nacional Kruger, na África do Sul, antes que as cercas eletrificadas nos separando dos parentes fossem construídas. Observavamos, de uma distância segura, os homens preparando suas áreas de tiro. Em pouco tempo estavam recebendo moradores locais no acampamento, ensinando-os a atirar contra alvos.

As anciãs concordaram que deveríamos ser prudentes e nos afastar dali, indo para a extremidade leste do Gorongosa. Movemo-nos à noite, enquanto os homens dormiam. Quando criança, eu sempre gostara de caminhar pela fronteira leste, por causa do perfume dos laranjais que os aldeões cultivavam mais além. O odor cítrico era tão arrebatador que as anciãs da manada sempre se aglomeravam defronte aos pontos mais frágeis da cerca, sabendo que os mais jovens seríamos incapazes de resistir à vontade de pegar aquelas frutas. Laranjas sempre foram nosso ponto fraco. Mas naquela noite não havia o aroma poderoso de citros, apenas fumaça subia do fogo no outro lado da cerca.

Na noite seguinte, continuamos movendo-nos na direção do rio Muaredzi. Mal havia correnteza. Durante várias monções tivemos pouca chuva, e sofrêramos com os verões secos que resultaram disso, mas o lago Urema ainda possuía água bastante para não nos desesperar. Agora estávamos em dúvida se voltávamos ao lago Urema, arriscando ficar perto dos humanos estranhos, ou permanecíamos ali e esperávamos que por algum milagre as águas do Muaredzi voltassem a correr. Nossa matriarca decidiu que devíamos ficar e esperar.

Após muitas semanas de espera, outra manada de nosso grupo apareceu, em meio a sua jornada para conferir se o rio Mussicadzi, mais distante, fluía melhor. Havia algum tempo que sabíamos de sua chegada iminente, tendo ouvido atentamente às ondas infrassônicas que transmitiam. Cumprimentamos uns aos outros de forma alegre, com gorjeios, barridos e um ronco constante, e eles ficaram conosco por várias noites, contando-nos o que haviam visto em sua viagem desde o sul. Disseram que os estrangeiros já haviam recrutado muitos nativos, muitas vezes das aldeias vizinhas; queimavam suas casas e forçavam os homens a lutar. Alguns eram muito jovens, praticamente crianças. Outros humanos haviam tentado atacar o complexo em Gorongosa por via aérea. A manada viajante vira um piloto cair com o helicóptero e se arrastar para fora, envergando uma jaqueta de aviador cujo emblema mostrava aquelas ferramentas usadas pelos humanos para o trabalho nos campos. Russos, disse uma das anciãs.

A outra manada prometeu retornar o mais rápido possível, e partiram para seguir sua matriarca rumo ao Mussicadzi. Quando finalmente voltaram, disseram que o rio estava quase inteiramente seco. Contaram que um grupo diferente de homens havia ocupado a Casa dos Leões na velha várzea junto ao rio — uma construção de concreto, aberta às intempéries, que fora tomada pela mesma alcateia de leões e seus descendentes desde que os portugueses abandonaram as zonas turísticas. Agora os leões estavam todos sumidos ou mortos. Esse segredo de seu desaparecimento nos preocupava. Mesmo a várzea estava seca.

A outra manada possuía menos bebês dos quais cuidar, e ambas nossas matriarcas decidiram ser melhor que nossa manada permanecesse junto à água escassa do Muaredzi enquanto eles saíam em busca de outra fonte. Realizamos uma cerimônia formal de despedida antes que partissem, formando um círculo com nossos corpos lado a lado, sentindo o cheiro de nossos parentes.

Ao longo do verão, assistimos ao rio Muaredzi morrer uma morte lenta, gradualmente reduzido a uma gota. As adultas bebiam cada vez menos, para que nossos jovens pudessem se saciar. Havia pouquíssimo o que comer — a relva das savanas estava muito seca, e a maior parte das árvores e arbustos de onde gostávamos de arrancar galhos e folhas havia perdido o sabor, estando secos também. Cavávamos com nossas presas atrás de raízes e tubérculos, em busca da umidade acumulada. À noite, tomávamos um cuidado a mais para envolver nossos pequenos, pois as hienas vinham se tornando mais audaciosas devido a sua própria fome e sede.

Numa tarde quente, minha irmã distraía seu filho e minha filha de nossos problemas, cedendo aos pedidos por mais histórias de Castor e Pólux.

"Um zoológico", disse a eles, "é um lugar muito perigoso para um animal durante períodos de guerra, pois para os humanos da cidade pode significar a diferença entre viver e morrer. Mas não foram os pobres que comeram os animais do zoológico de Paris."

Nossos filhos ouviam com atenção. Minha irmã contava que os parisienses ricos começaram com os animais que podiam comer de consciência limpa, aqueles não tão distantes dos herbívoros usuais que decoravam suas travessas: duas zebras, iaques, cinco camelos, uma manada de antílopes. Depois, comeram os flamingos e o único e adorado canguru. Em seguida, alvejaram e comeram os leões e tigres. O zelador do zoológico, desesperado para salvar seu querido hipopótamo, disse que o venderia para ser comido apenas se pagassem oitenta mil francos (dizem que ele ouvira sua mãe contar a história de um hipopótamo, quando ainda era criança). Nem os ricos podiam justificar um gasto tão grande quando ainda havia outros animais que comer no zoológico. Devoraram a matilha de lobos, salpicada com molho de veado. Então comeram os pombos-correios, que tão fielmente vinham transmitindo mensagens secretas desde o comando francês em Tours.

Ouvi as crianças discutindo, depois da história.

"*Eu* sou Castor!", minha filha insistia. Abanava a cauda, tentando afastar as moscas que não paravam de pousar sobre uma mancha negra em seu lombo.

"Não é nada", o primo respondia. "Você é Pólux." E ergueu a tromba ao alto, exibindo-se um pouco e esperando que ela retaliasse.

Ao menos dessa vez me senti contente por vê-los fugindo àquela Paris de faz de conta, aliviada por ainda terem energia para brincar.

No dia seguinte, assumi a história no lugar de minha irmã. Contei que ao chegar nos macacos, os parisienses se detiveram. Tentaram ignorar a fome por um tempo. Alguns escreveram editoriais para jornais que eram distribuídos na França inteira por balões de ar quente (agora que os pombos-correios haviam sido comidos), para superar o cerco prussiano, e neles declaravam que às vezes era melhor morrer de fome do que comer a carne de criaturas que os lembravam, de um modo desconfortável, de si próprios, embora ainda não soubessem exatamente *em que* nem *por que* isso acontecia. Não atribuíam aos elefantes essas mesmas qualidades excepcionais, por isso se voltaram para Castor e Pólux, que por anos a fio carregaram nas costas, pacientemente, as crianças de Paris. O chef de um restaurante refinado no bulevar Haussmann se adiantou e ofereceu vinte mil francos pelos dois elefantes. O zelador aceitou: sua família também passava fome. Atirou em Castor e Pólux no meio do inverno, quando estes vestiam seus adornos mais requintados.

As crianças sempre souberam que foi dessa forma que morreram Castor e Pólux. Mas agora estavam mais velhos, mais curiosos com relação a detalhes.

"Qual é nosso sabor para os humanos?", minha filha perguntou. Ela ainda mamava, mas já começara a experimentar diferentes sabores com os vários bulbos que recebia de minha boca, mastigados, aprendendo comigo quais eram seguros.

Respondi que haviam reclamado sobre a dureza da tromba e sobre o bife de fraldinha ser muito gorduroso, o consommé insípido e o chouriço muito amargo. Um mês após comerem Castor e Pólux, os franceses se renderam. Os prussianos fizeram um desfile sóbrio para comemorar a vitória e em seguida enviaram comida para a cidade, por via férrea. Os ingleses solidários enviaram tortas de porco e geleias de groselha em navios. O cerco chegara ao fim, o zoológico não existia mais.

Durante a noite, minha filha despertou e cutucou minha perna com a testa. Ergueu um olhar grave para mim. "Não quero que você morra", disse-me.

Acariciei seu corpinho com minha tromba até sua respiração se acalmar outra vez, sem saber o que responder. "Ainda acordada, querida?", murmurei.

"Sim", respondeu.

"Sua tia contou em homenagem a quem eram os nomes de Castor e Pólux?"

"Não", disse, excitada pela expectativa de outra história.

"Há um mito humano, muito antigo", comecei. "De uma época em que a maioria dos humanos adorava muitos deuses. Eles acreditavam que uma mortal, Leda, dera à luz gêmeos incomuns. Os gêmeos eram filhos de pais diferentes, um mortal de nome Tíndaro, e um deus imortal, Zeus. Os gêmeos receberam os nomes de Castor e Pólux. Castor era mortal, mas Pólux era imortal."

"Quer dizer que ele não poderia morrer?"

"Isso, que viveria para sempre. Castor foi morto em batalha, e Pólux ficou perturbado. Implorou ao pai, Zeus, que transformasse seu irmão gêmeo em imortal assim como ele, para que pudessem ficar juntos pela eternidade. No fim, Zeus concordou e transformou os gêmeos em duas estrelas da constelação que os humanos chamam de Gêmeos."

"É nessa constelação que vemos as almas de Castor e Pólux, os elefantes?"

"Sim. Vemos os elefantes irmãos se encarando de perfil, as testas unidas e apenas um olho de cada um deles aparecendo para nós. E os humanos veem os gêmeos míticos imortais, jamais separados."

Minha filha pensou naquilo por um longo tempo, olhando o céu. Nuvens começaram a encobrir as estrelas, mas não significava muito. Todas as noites as nuvens se adensavam, púrpuras, apenas para se dispersarem durante o dia sem uma gota de chuva sequer. As primeiras águas da monção estavam há muito atrasadas.

"Você é a gêmea mortal?", terminou por perguntar. "Ou é a tia?"

Sorri. Era um ótimo raciocínio. "Quando morrermos, nossas almas vão surgir juntas no céu", falei, sem responder exatamente a sua pergunta. "Sempre olharemos por vocês."

Naquela noite, ouvimos os humanos lutando uns contra os outros com suas tecnologias de fogo, em algum lugar da fronteira sul de nosso parque.

Quando o Muaredzi estava quase seco, nossa matriarca resolveu que devíamos mudar outra vez, para um olho d'água cuja localização era um segredo muito bem guardado apenas pela matriarca e pela segunda fêmea mais velha da manada.

Viajávamos sobretudo de noite, às vezes sendo obrigados a continuar sob o sol quente se percebíamos humanos se aproximando muito. Não estavam atrás de nós — distraíam-se em seu desejo de aniquilar uns aos outros —, mas sabíamos que nossas presas reluzentes seriam tentadoras demais para que homens armados as ignorassem.

Passamos por uma manada de machos solteiros de outro clã, que se recusaram a nos dar preferência sobre o que sobrava de pasto e árvores comestíveis, e demonstraram pouco interesse pelas fêmeas elegíveis de nossa família. Uma das regras mais rígidas de nossa espécie é a de nunca gerarmos novas vidas em tempos de seca severa. Em desespero, nossa matriarca exigiu que nos dessem acesso à comida, e a apoiamos, mas isso não levou a lugar algum. Os machos permaneceram onde estavam.

Mas algo extraordinário aconteceu: o filho de minha irmã abriu caminho até a frente da manada, passando por entre as patas e corpos que o protegiam, e começou a mordiscar um naco de grama que de algum modo ainda estava verde, bem defronte a um dos machos. Minha irmã e eu nos adiantamos imediatamente para protegê-lo. O macho baixou os olhos sobre ele, depois deu meia-volta e foi embora nos deixando em paz. Todos os jovens de nossa manada se alimentaram bem, naquele dia. Um a um, ficaram sonolentos após comer, indo ao chão de joelhos e deitando de lado sob a sombra que fazíamos com nossos corpos.

Quando chegamos ao olho d'água secreto, bebemos o que restava dele em poucos dias. A matriarca concluiu que a única coisa a fazer era voltar ao lago Urema, a despeito dos riscos. Na jornada de volta, algumas das anciãs se tornaram lânguidas e nós, mais jovens, precisamos cutucá-las e incentivá-las constantemente para que continuassem andando. Começamos a passar pelos restos de animais mortos e comidos pelos humanos, largados ao lado de fogueiras improvisadas. A princípio, o comum: zebra, gnu, búfalo. Mas então encontramos as carcaças de uma matilha de cães selvagens e paramos para pranteá-los. Eram tão unidos como nós, as matilhas conectadas por afeição e confiança mútuas. Gastamos algum tempo quebrando galhos com que cobrir seus corpos, em sinal de respeito.

Mantivemos distância das estradas velhas e poeirentas do parque, a não ser por um cruzamento que não podíamos evitar, e o encontramos destruído. O caminho mais longo até o lago Urema nos conduziu por territórios desconhecidos, ressecadíssimos como o resto do parque, e foi nesse caminho que descobrimos o corpo da matriarca daquela manada que nos deixara no Muaredzi, aquela líder gentil que nos deixara ficar e beber o pouco de água que havia. Sua manada deve ter encontrado uma ameaça terrível para abandonar seu corpo descoberto.

Minha filha e sobrinho nunca haviam visto um elefante morto, e ficaram apavorados. Minha irmã e eu tivemos de persuadi-los a se juntarem a nosso luto, movendo-nos de costas até seu corpo e suavemente tocando-o com as patas traseiras, depois nos afastando para circundá-la ao acaso, até voltarmos para junto de seu corpo, agora de frente, para tocá-la outra vez. Nossa matriarca conduziu os lamentos, e jogamos areia sobre o corpo antes de cobri-lo com ramos para facilitar sua passagem à terra.

"Sua alma vai para as estrelas esta noite?", meu sobrinho perguntou à mãe.

Ainda faltavam anos para que ele tivesse idade para ser iniciado. Minha irmã olhou para mim, e aquiesci.

"Não esta noite", ela disse. "Mas em breve, quando você olhar para o céu, vai encontrar sua alma lá. Ela morreu pela família. É a morte mais heroica de todas."

Fizemos vigília com nossa manada por dois dias, quietos ao lado do corpo coberto da matriarca, o corpo de minha irmã contra o meu, ignorando nossa sede.

Estávamos a um dia de caminhada do lago Urema quando nos cercaram. Um grupo de aldeões famintos que já não aguentava esperar fora do parque, preparados para enfrentar seu terror de leões e virem atrás de comida. Não soldados, nem caçadores, mas famílias famintas, a pé. Nossa manada se agrupou imediatamente para proteger as crianças, empurrando-os para o meio e formando uma barreira em torno deles com nossos corpos.

A matriarca investiu, mas os aldeões já esperavam por isso. Minha irmã, exposta no círculo externo do grupo, foi alvejada e tombou. Senti a manada tentando me afastar, tentando me guardar em meio à confusão, os bebês ainda mais juntos no centro de tudo, mas eu podia ouvir minha irmã gêmea me chamando. Fui até ela e a cutuquei para que levantasse e continuasse a andar, e quando vi que ela não podia, deitei-me a seu lado. Não lembro de receber nenhum tiro, nem de sentir qualquer dor. Sei que ela e eu estávamos focadas no bando que se afastava com nossas crianças protegidas e escondidas em meio aos corpos, e desejávamos que desaparecessem em segurança.

Enquanto morríamos, testa contra testa, um dos humanos se aproximou e colocou uma única laranja entre nossas trombas. Foi um ato de gentileza, acho, uma forma de agradecer nosso sacrifício. Eu já estava distante demais dos apetites desta vida para querer comê-la, mas seu cheiro me trouxe uma alegria breve — éramos crianças outra vez, duas irmãs brincando junto à cerca que nos separava do laranjal perfumado, desejando morrer em glória e ter nossas almas mostradas aos jovens da manada nas noites quentes: vejam, aquelas são as estrelas que formam suas trombas, e aquelas ali, suas caudas.

ALMA DE URSO
{ CONTO DE FADAS }
MORTO EM 1992, BÓSNIA E HERZEGOVINA

O que significa ser humano?
Talvez só os animais saibam.

—Boria Sax, fundador da
Nature in Legend and Story (NILAS)

"Bruxa, escreva isto", disse o urso-negro.

"Por que deveria?", retrucou a bruxa, que havia trazido pão velho à jaula do urso. Arrancou um naco, apoiando o pão nos joelhos.

"Sabe muito bem que não posso falar com os humanos sem você", tornou o urso.

"Pois o aconselharia, neste caso, a manter seu nobre silêncio e não dizer palavra", a bruxa comentou. Arremessou o pão duro, pedaço a pedaço, na cova do urso. "Ou será julgado em nossos próprios termos."

"Que assim seja", respondeu o urso, ignorando o pão. Estava sentado sobre a lâmina d'água de um fosso alimentado pelo córrego que cortava o zoológico.

"Coma, urso, antes que sua amiga acorde", disse a bruxa.

"Minha amiga", comentou com ironia o urso, olhando a ursa-parda que dormia na toca bem no centro do cativeiro. "Estou esperando que morra, para que eu possa comê-la." Mastigou um pedaço do pão.

"E por que esperar?", perguntou a bruxa.

"As pessoas deixariam de se arriscar para me trazer pão, desviando dos tiros de franco-atiradores, se me achassem um desalmado que a devora ainda semiviva", o urso respondeu.

Em algum ponto mais abaixo da encosta na cidade sitiada, um projétil atingiu o chão, disparado da linha de frente no cume oposto, verde e letal.

"Foi no estádio?" A bruxa tentou adivinhar. "No hospital--escola?" Esticou o pescoço um pouco, até a fumaça esclarecedora começar a subir. "Cemitério dos Leões. Mais um enterro interrompido", comentou, com certa satisfação. Mas ainda assim encolheu-se um pouco, pressionando o corpo contra a grade do cativeiro. Era o fim do verão em Sarajevo, e a sede já fazia com que mais e mais cidadãos arriscassem ser alvejados por bombas inimigas ou franco-atiradores, em suas buscas por água potável.

"Gostaria que me trouxessem os corpos", o urso-negro disse. "Em vez desse pão."

A bruxa não respondeu. Pensou ter visto uma movimentação pelo terreno deserto do zoológico, perto de onde os macacos antigamente eram mantidos, mas fora apenas o vento nas folhas de um carvalho solitário. O zoológico estava encurralado numa terra de ninguém adjacente ao front sérvio que tomara a cidade como refém. Não havia restado muitas árvores.

O urso se ergueu nas patas traseiras e espiou com olhar carnívoro, pela cerca, o corpo de um soldado bósnio que fora atingido mais cedo naquele dia enquanto trazia comida de sua própria ração para os dois ursos, negro e parda, últimos sobreviventes do zoológico. Ninguém ainda havia podido resgatar seu corpo de perto do aviário vazio, arrastando-o a descoberto até a base militar improvisada dos bósnios. Estavam aguardando a cobertura da noite. "Como está o mercado negro?", perguntou o urso à bruxa.

"À toda", a bruxa respondeu. "Açúcar e sal, carne enlatada, lâmpadas, farinha... o essencial. Estou ficando rica. Em Marlboros, pelo menos."

"Bom para você", o urso comentou.

Na toca, a ursa mirrada começou a se remexer. Rolou sobre as costas e se estirou. Os olhos estavam abertos, mas pálidos, cegos. "Olá", falou. Farejou o ar.

O urso-negro girou os olhos para a bruxa. "Ei, gorducho." Avançou para o último naco de pão.

A ursa-parda não se moveu da entrada da toca. Levou uma pata à boca e aspirou. Depois de um tempo, disse "Oi, bruxa".

A bruxa a ignorou e acendeu um cigarro. "Há algo decadente em fumar num dia quente assim", disse ao urso-negro. "Como tomar sorvete no inverno."

A esquálida ursa-parda inalou a fumaça, sentindo a tontura. Era a mesma marca de cigarros que o chefe do zoológico e sua esposa fumavam. Gostavam de passear pelos caminhos bem tratados do zoológico já fechado, ao anoitecer e com os animais alimentados, fumando e falando de coisas importantes às pessoas em tempos de paz: o clima, dor nas costas, contas a pagar, aquela tirinha engraçada no jornal.

"Era uma vez, um bebê humano, um príncipe, que foi transformado em urso", contou a ursa-parda.

"E lá vem ela outra vez", o urso-negro disse à bruxa.

"Vamos deixar que gaste o último suspiro em histórias, se ela quiser", foi a resposta da bruxa. "Ficará mais saborosa com um restinho de conto de fadas na ponta da língua."

A ursa-parda e cega lambeu a ferida entre as garras, fixando o olhar vazio no urso-negro. "Esse bebê era um príncipe persa, destinado a grandes coisas. Mas sua mãe havia procurado ajuda de uma bruxa para que o rei se casasse com ela, e seu filho era o preço a pagar. Um ano depois de nascer, bem quando começava a pensar ter se livrado do feitiço, acordou certa manhã e descobriu um ursinho de fraldas no berço de seu filho. Apavorada com a possibilidade do rei descobrir seu segredo, levou o ursinho para fora do palácio, murmurando, enquanto o colocava numa dobra esquecida das montanhas, que ele devia ir embora para o mais longe que pudesse, não voltando nunca mais.

"Agora, nesse momento o filhote ainda não sabia, tendo caído num sono trêmulo e solitário, mas havia um jovem polonês chamado Karol junto a um grupo de soldados marchando por aquelas mesmas montanhas, um pai que sobrevivera a enormes dificuldades num campo de concentração no coração da Sibéria. Aqueles eram os primeiros momentos da Segunda Guerra, e por todos os lados havia homens em marcha.

"Karol descobriu o urso adormecido, as patas estremecendo em sonhos. Enquanto Karol o observava, o filhote deu um ronco tão alto que acordou no susto, e Karol se afeiçoou a ele de imediato. Havia visto seu próprio bebê dormindo na noite em que fora preso na Polônia, antes da invasão russa. Todos os dias na prisão da Sibéria, e todos os dias desde que os russos resolveram libertar os poloneses para que estes encontrassem a morte na luta contra os alemães, ele havia desejado abraçar o corpinho do filho contra o peito, sentir seu coraçãozinho veloz batendo junto a si.

"Naquela noite, quando os homens montaram acampamento, o urso dormiu com Karol, enrodilhado numa bacia laqueada. Os outros homens riram disso, mas não tanto quanto se poderia imaginar, e em pouco tempo estavam disputando a afeição do filhote, implorando para que descesse das árvores onde gostava de subir à toda velocidade, segurando suas patas para que aprendesse a caminhar como um bebezinho vacilante. Mas todas as noites o filhote voltava para dormir na bacia junto a Karol.

"Nunca houve dúvidas sobre o urso os acompanhar quando fossem despachados de novo, marchando pelas montanhas até o Mandato Britânico da Palestina, onde seriam reagrupados e integrados ao Exército polonês. Não havia tempo para lidar com nada que houvesse acontecido, para lamentar nenhuma perda; tempo nenhum para nutrir a raiva pelos vagões de carga em que foram entulhados e mandados desde a Polônia até a Sibéria; tempo nenhum para alegrar-se pela libertação dos campos ou para temer a morte que tal liberdade carregava — havia uma guerra a lutar.

"Quando chegaram à Palestina, a mudança de Karol para seu novo regimento foi facilitada pelo urso, adotado como mascote e entronado sobre um balde emborcado na porta da tenda do comandante, montando guarda. Ali ficou sentado como um principezinho de fato, impassível em meio ao açoite da areia que soprava do deserto, bebendo calmamente uma cerveja na hora mais quente do dia. Volta e meia podia ser visto sob as torneiras dos carros-pipa, e ninguém que passasse por ele resistia a dar-lhe um banho, porque seu olhar era tão direto, tão suplicante. Quando Karol ia às duchas para o banho, o urso o acompanhava, e ficava ali no meio dos homens nus, ensaboando a barriguinha do jeito mais natural que podia."

Nesse ponto da história da ursa-parda, o urso-negro pigarreou. "Temos visitas", disse.

Já estava escuro no zoológico, àquela hora, mais do que jamais fora antes do cerco à cidade, pois Sarajevo já não possuía eletricidade. Tornara-se medieval, sem luz, com cidadãos obrigados a buscar água em poços subterrâneos e a se banhar à luz de velas. E o zoológico já não era um passeio para as massas empolgadas. Agora, os poucos que ainda ousavam visitá-lo traziam comida como oferendas sagradas. Os dois animais restantes haviam se tornado centrais para a sobrevivência da própria cidade, para a ideia de uma sobrevivência da cidade.

A bruxa se recolheu às sombras. Dois homens se aproximavam do cercado, um soldado com seu irmão muito mais novo, um menino de dezesseis anos no máximo. Pararam junto à cerca, os olhos se acostumando à escuridão mais densa do poço, tentando enxergar os ursos.

"Cadê eles?", sussurrou o mais novo.

"Ali", disse o irmão. "Tem dois, um negro e um pardo. Dá para ver seus olhos brilhando." Atirou para dentro do cativeiro o feixe de urtigas que haviam trazido para os ursos.

A ursa-parda saiu da toca, deixando-se ver com mais clareza.

"Lembra deles?", o irmão mais velho murmurou. "De quando costumávamos vir aqui, quando você era menor?"

"Aquele é cego", comentou o irmão. "O urso-pardo é cego."

"Sempre foi. Não se lembra?"

O mais novo correu os olhos do urso-negro para a ursa-parda, e se deu conta de nunca ter visto nenhum animal no parque devolver o olhar.

Os pensamentos do irmão mais velho se voltaram aos pais, torcendo para que tivessem levado a sério seu conselho de não saírem mais juntos à rua, apesar de nunca terem, em seus vinte anos de casados, deixado de caminhar no parque pela manhã para alimentar as aves. Quase não havia mais pássaros, visão rara naquele verão em Sarajevo.

A bruxa esperou um tempo depois de os irmãos irem embora, antes de sair do esconderijo. Acendeu outro cigarro e fumou descaradamente, anunciando a quem quisesse ver, olhando a distância, que lá estava ela, viva, fumante.

"Sabe do que sinto falta?", comentou. "Morangos carnudos. Eu sentia seu cheiro pela janela do meu apartamento quando chegava a primavera, quando o vento soprava do leste, desde os pomares. Mas ninguém consegue alcançá-los por causa das barricadas nos limites da cidade. Acontece o mesmo com as batatinhas. Apodrecem no solo."

"Um dos soldados me atirou um caracol outro dia", disse com ironia o urso-negro. "Um *caracol*. Consegue imaginar? E ainda jogou com remorso, como se estivesse me dando um bife com dois dedos de gordura."

"São o sonho de consumo na cidade", disse a bruxa. "É uma pena não termos manteiga para acompanhar. Não têm o gosto certo, cozidos sem nada. Caracóis são só uma desculpa, na verdade, para comer manteiga."

A ursa-parda soltou um suspiro repentino, trêmulo. Estava determinada a continuar com sua história sobre o príncipe humano transformado em urso.

"Quando o regimento de Karol foi mandado para o Iraque — os alemães estavam próximos, ameaçando as reservas de petróleo — o urso já não era um filhote", retomou a ursa. "A simples presença daquele animal elevou a todos, cada soldado, para além de suas labutas diárias. Os homens no comando enxergavam para além do sentimentalismo — sabiam que um bom mascote podia fazer milagres com o desempenho, mantendo os homens dedicados ao trabalho de apoio às frentes móveis do Oriente Médio.

"Lá, na nova base, para grande alegria dos homens, havia mulheres — e, ainda melhor, eram polonesas, trabalhando como operadoras de comunicações na Women's Signal Corps, acampadas junto a eles em um deserto ainda mais seco que aquele deixado para trás, na Palestina. Homens e mulheres foram instruídos a se misturarem apenas durante as refeições, e algumas partes do acampamento eram divididas, mas o calor deixava a todos negligentes. Certa tarde, quando os homens e as mulheres sentaram-se juntos sob a tenda do refeitório, o urso apareceu com uma calcinha na cabeça e um sutiã de bojo enorme entre as garras. Não apenas havia roubado suas roupas de baixo, numa investida furtiva ao acampamento feminino, mas também resolvera pegar uma vara, marchando para cima e para baixo do refeitório, segurando a vara como um rifle, numa paródia perfeita de um exercício militar.

"Quando os oficiais decidiram que ele devia ser punido, o urso cobriu os olhos com as patas e pareceu genuinamente envergonhado, e ninguém — nem um homem sequer — concordou em tirar-lhe a vara e administrar a punição. O urso teve o cuidado de parecer arrependido por dois dias mais, até chegar o Natal e todas as mulheres o mimarem com figos e tâmaras, e um pote inteiro de mel só para ele.

"Mais tarde, Karol jurou não ter ensinado a ele o truque de roubar calcinhas (ainda que, na verdade, desejasse ter ensinado), mas as mulheres resolveram se vingar dos homens mesmo assim. Deixando a porta do almoxarifado masculino entreaberta, onde era guardado o precioso suprimento de cerveja, elas encorajaram o urso a se servir à vontade. Ele bebeu dez garrafas antes de desmaiar. Quando voltou a si, as mulheres o colocaram no vestiário dos homens, e quando foi descoberto esbanjando alegremente a água, já havia gasto o suprimento para dois dias de banho. Depois disso, deram uma trégua.

"Na noite antes de a companhia ser mandada para o Egito, praticamente todos os homens do regimento de Karol foram ao acampamento feminino se despedir de alguma namoradinha recente. Karol ficou em sua barraca com o urso, querendo mais que tudo estar na cama com uma moça chamada Irena, que no Natal lhe dera um monte de lenços de bolso com suas iniciais bordadas por ela mesma, e que tinha uma linda mecha cinzenta em meio aos cabelos loiríssimos. Pensou em sua esposa e filhinho, agora já não mais um bebê, e quando percebeu que não podia mais lembrar do rosto de sua esposa, começou a chorar. O urso, assustado, se aconchegou ao lado dele e pensou na própria mãe humana: seus cabelos caindo no rosto quando ela se debruçava sobre o berço, seu perfume de damasco que sentia enquanto ela o ninava.

"Houve um barulho fora da barraca. O rosto de Irena apareceu na entrada. Ela se arrastou para dentro e sentou do outro lado do urso, de modo que ela e Karol não se tocassem, e começou a contar uma história.

"'Era uma vez', começou Irena, 'um rei belíssimo que resolveu passear pelos jardins entre seus animais, admirando as plumas acinzentadas dos avestruzes ao entardecer, sentindo as dores agradáveis no corpo pelo dia de caçada. Estava dando uma ameixa a uma das zebras quando a ursa lhe falou.

"*Gostaria de um pouco de mel?*', disse a ursa ao rei. Estava sentada sobre as patas traseiras e usava as garras para comer um favo de mel.

"'O rei nunca ouvira um animal falar, mas era aberto ao mistério e não teve medo. Juntou-se à ursa no jardim fechado onde vivia. Juntos, comeram o mel e observaram os cortesãos acendendo os candeeiros pelos pátios do palácio, preparando as atividades da noite. A ursa começou a cantar uma balada tão bela que o rei imediatamente se apaixonou por ela. Conforme o orvalho cobria a relva, eles se abraçaram.

"'De manhã, quando o rei acordou com dores por ter dormido no chão, a princípio não se lembrava do que acontecera. A ursa ainda dormia a seu lado, um corpo quente e selvagem, e por um momento ele pensou ter caído no sono em meio a uma caçada, ao lado de sua presa moribunda. Que magia abominável teria feito com que se apaixonasse por uma besta como aquela? Olhou para seu corpo adormecido e foi tomado por repulsa e vergonha. Correu para longe do viveiro e ordenou que ela fosse banida do reino. Pelo resto da vida, viveu com as agonias gêmeas da mágoa e do sofrimento: jamais deixou de amá-la, nem de sentir aversão por si mesmo.

"'Em seu exílio nas ilhas frias do oeste, a ursa deu à luz uma filha, que assim como a mãe era amaldiçoada: uma princesa humana presa num corpo de urso, com os dons da fala, do canto e da poesia tão refinados que a mãe sabia estar destinada a encontrar a mesma sorte, e sua filha também, e a filha da filha, para todo o sempre; os homens cairiam de amores por elas e depois as destruiriam, e a si próprios, tentando purgar esse amor impuro de suas almas. E assim foi, e assim ainda é, e assim sempre será.'

"Irena terminara sua história. Tomou a mão de Karol, levantou-a e deu-lhe um beijo.

"'Tenho uma esposa', conseguiu dizer como desculpa, uma explicação para sua imobilidade fria.

"E ela disse suavemente" 'Também tenho um marido'.

"O urso foi expulso da barraca nessa hora, sem qualquer cerimônia. Sentindo-se abandonado, foi tomado pela ânsia de fugir, e assim correu para o deserto. Mas antes que pudesse ir muito longe pela areia, o dálmata que detestava, com quem precisava dividir a afeição do acampamento, passou a uivar e latir de seu posto, entregando o urso. Karol o paparicou, cheio de culpa. O urso adormeceu em meio a uma pilha de tâmaras, sonhando com a princesa humana aprisionada como ele em pele de urso, a única mulher que poderia encontrar em seu coração o amor para amá-lo de volta."

Na toca de concreto no zoológico de Sarajevo, a ursa-parda esgotou suas forças. Tinha a boca seca, suas ancas doíam. Virou a cara na direção do urso-negro, farejando o ar entre eles como se fosse de um perfume dulcíssimo, íntimo. Então se recolheu cuidadosamente a um canto da toca e caiu num sono febril. Quando acordou, o corpo do soldado já não estava a descoberto, e ela pôde sentir pelo ar mais cortante da manhã que o verão acabara.

Passaram-se algumas semanas. As pessoas que levavam comida aos ursos, em sua maioria soldados, mas volta e meia algum civil impérvio e corajoso, pareciam desconcertadas pela mudança de estação. O romantismo de início de outono havia se lançado sobre eles assim como as flores de cerejeira haviam feito no começo do cerco. Perceberam-se com uma sensação familiar de nostalgia, a mesma expectativa que sentiam a cada início de outono, ao fim de todo verão, e sentiram-se traídos. Esse pacífico borrão de cores na cidade, o adorável frescor do ar: o planeta não percebia? Por que a mudança de estação carregava consigo as ideias de regresso a atividades — ao trabalho, à escola, à rotina, ao aprimoramento — quando não poderia haver retorno a nada disso?

Agora, quanto mais límpido o ar de outono, mais mortal, pois somente a neblina e a chuva davam à cidade alguma trégua da vigilância incansável dos franco-atiradores. O inverno seria melhor, um inverno eterno seria a estação ideal para um cerco. Galhos, troncos, tocos, conjuntos inteiros de raízes de árvores desapareciam das ruas e parques de Sarajevo, vendidos em pleno inverno a famílias desesperadas que já haviam queimado seus móveis, assoalhos, raquetes de neve que no inverno anterior as ajudaram a caminhar até a estação de esqui em Pale.

As sirenes soavam seu pânico ritmado em lamentos importunos; o Centro de Segurança de Sarajevo transmitia seus anúncios:

A cidade encontra-se relativamente tranquila. Algumas bombas atingiram o distrito de Marindvor, e dois ou três edifícios foram destruídos. Do acampamento em Lukavica foram disparados mísseis sobre o edifício Oslobođenje, e todos aqueles sem razões urgentes para estar nas imediações são encorajados a permanecer afastados por uma hora ao menos. Informaremos quando a área estiver outra vez segura. Aconselhamos que evitem filas longas defronte a padarias ou escritórios oficiais onde os cartões de ração são distribuídos; os lança-foguetes têm feito mira em grupos de pessoas reunidas. Serviços de eletricidade e água ainda estão interrompidos, mas estamos trabalhando em seu conserto. Não saiam de casa a menos que seja estritamente necessário. Todos ouviram as sirenes disparando o sinal de alerta geral. Ainda assim, hoje faz bom tempo, com o sol...

Numa noite enevoada, uma das mais tranquilas desde o começo do cerco, um grupo de estrangeiros importantes fez uma romaria para alimentar os ursos, escoltados por milicianos bósnios.

Um homem vestindo colete a prova de balas e um par novo de botas bege soltou seu pedaço de pão através da grade e disse ao homem de casacão de neve a seu lado: "Já fizemos isso antes. Carregando cães para fora de Beirute, de helicóptero, até os abrigos em Utah. Guerras civis costumam ser ainda mais duras para os animais".

A mulher no pequeno grupo protestou. "Quer dizer, comparando com sua guerra normal? Aquela em que todo mundo caminha com cuidado para não esmagar nenhum inseto enquanto marcham para a carnificina?"

O homem de casacão falou em tom calmo: "Você tem de entender a posição em que isso nos colocaria. Ajudando dois ursos a escapar de Sarajevo em um comboio de suprimentos — que tipo de mensagem isso passaria às pessoas deixadas para trás? Por que ursos e não bebês? Digo, um ônibus escolar foi fuzilado tentando fugir da cidade, e estamos perdendo tempo nos preocupando com esses animais selvagens? Não podemos fazer isso, sinto muito". Ele era o único que não havia trazido pão velho para os ursos.

O urso-negro fazia uma grande cena, deixando um pouco do pão para a ursa, sabendo o quanto humanos apreciam demonstrações de integridade entre animais. A ursa-parda não tocou naquilo, de todo modo, erguendo-se um pouco apenas para agradar os humanos, caminhando em sua direção para revelar o corpo lastimável e os olhos foscos. Velhos hábitos.

"Oh, esta aqui é cega", disse a mulher. "Coitada, pobrezinha. Sempre foi cega?"

Um dos milicianos respondeu. "Sim. Desde que chegou ao zoológico, ainda filhote."

"Má nutrição, provavelmente", a mulher refletiu. "E o outro", disse, olhando mais atentamente para o urso-negro, que andava de um lado ao outro do fosso, olhando-a. "Sempre foi assim? Assim... agitado?"

"Ele é um urso no zoológico, senhora", respondeu o soldado, num tom monótono.

"Eu sei, eu sei. Não quis dizer que..." Ela parou, constrangida. O homem de botas novas virou-se para ela. "Isso acontece, às vezes, com animais em cativeiro. Zoocose, o nome. Ficam um pouco malucos, fazem coisas estranhas, andam obsessivamente, lambem as paredes, agitam-se, arrancam os pelos, batem com a cabeça contra as grades. E talvez isso acontecesse mesmo antes dos bombardeios." Esse homem tinha um A+ gravado em um dos bolsos da blusa: o tipo sanguíneo, para o caso de ser ferido e os bancos de sangue da cidade ainda terem alguma gota, para o caso de alguém se importar.

"Aí é que está", disse o homem de casacão. "Vão acabar em outro zoológico, em outro canto. Malucos do mesmo jeito."

"Você sabe o que significa Sarajevo? O nome?" A mulher perguntou para ninguém específico. "Os turcos deram-lhe esse nome. Significa *palácio nos campos*. Não é bonito? Palácio nos campos."

Os milicianos viraram a cabeça ao mesmo tempo, na direção de um ruído no escuro. Da borda mais distante do cerco, atravessando o vale, um míssil rasgou seu caminho em meio à neblina. Um aviso de que o cessar-fogo daquela noite era a mais curta das pausas, que se não fosse pela neblina, os sinalizadores arderiam até o amanhecer.

"Parece que esse foi disparado de Osmica", comentou um soldado, entre fôlegos, e um ou dois dos milicianos deram risada.

"Antigamente era uma boate popular na montanha", homem do casacão de neve explicou aos outros estrangeiros. "Agora os sérvios fizeram do lugar uma casamata."

Quando partiram, o urso-negro comeu o resto dos pães, e a bruxa apareceu, bocejando. "Tenho uma charada para você. Qual a diferença entre um bósnio esperto e um imbecil?", perguntou. "O esperto se comunica com o imbecil em Sarajevo todos os dias. Do exterior."

O urso-negro encarou a bruxa como se não tivesse entendido a piada.

Ela se inquietou. "Vamos lá, que seja", disse para a ursa-parda. "Não temos nada melhor para fazer. Conte mais sobre o príncipe humano que virou urso." Piscou para o urso-negro. "E eles pensando que *você* era o maluco."

A ursa pareceu esperançosa. Sentou-se sobre as ancas, tentando ficar confortável, ainda que sentisse os ossos da pélvis contra o chão de concreto da toca.

"O príncipe — em pele de urso — havia crescido", começou. "Quando se erguia sobre as patas traseiras, tinha duas vezes o tamanho de Karol, uma torre sólida de pelo marrom com um nariz negro no alto. Gostava de brincar de luta com os soldados, tombando pela areia, incrivelmente delicado com eles, a despeito de suas garras e dentes amarelos.

"Naquela época, o regimento tinha sido enviado a um lugar chamado Qassassin. Em breve seriam embarcados para a Itália, para a guerra de verdade — já que Karol sempre sentia estarem brincando de guerra, ali no Oriente Médio. Trabalhavam duro, é verdade, levando equipamentos militares para outras unidades na região, na Síria ou de volta ao Iraque, e em toda viagem que Karol fez nos caminhões de carga, o urso o acompanhou, espremido entre dois homens nos bancos da frente. Mas o clima no acampamento era quase sempre alegre, e as barracas pareciam dormitórios de estudantes: baralhos de cartas espalhados, e meias sujas, e quadrinhos ainda mais sujos despontando sob os lençóis. Havia animais fofinhos em todo lugar onde se olhasse — furões, leitões, cãezinhos, raposas, corujas, patos; cada regimento parecia ter adotado seu próprio mascote vivo. Karol gostava de pensar que o urso era diferente, que era mais que um mascote, que na verdade era *um deles*. Quando embarcaram para a Itália, não podia deixar o urso para trás, na costa, com todos os outros mascotes estúpidos. Karol tinha um plano.

"Foi no começo de 1944 que a ordem para embarcar foi emitida. No cais em Alexandria, vendo guindastes enormes embarcarem caminhões num cruzeiro convertido em navio de tropas, Karol novamente pensou em crianças brincando de guerra: minúsculos ao lado das gruas, os caminhões e tanques pareciam de brinquedo, pequenos o bastante para serem agarrados com a mão. Olhou para o urso a seu lado e tentou não entrar em pânico. A hora de implorar já passara — todo favor fora cobrado, todos os formulários preenchidos — e agora a decisão sobre o destino do urso estava nas mãos do alto-comando britânico.

"'Cabo?', o oficial chamou de dentro do escritório no cais.

"Karol respondeu automaticamente 'Senhor?'.

"'Não você', disse o homem. 'Estou falando com o urso.'

"Mais tarde, quando o MS *Batory* zarpou com uma escolta protetora e a bandeira polonesa hasteada, o cabo Urso estava sentado numa jaula espaçosa no convés, acabando com sua ração de cigarros, dobrada devido a seu tamanho. O príncipe persa em pele de urso agora era oficialmente um soldado polonês, com salvo-conduto especial para acompanhar o regimento de Karol durante toda a guerra.

"Quando as ruínas do mosteiro em Cassino apareceram pela primeira vez, esse local onde tantos homens de ambos os lados haviam morrido — estavam morrendo — em agonia, almas novas demais para se unirem aos fantasmas dos monges beneditinos, Karol soube que jamais deveria ter levado o urso consigo. Mesmo assim, sentia uma alegria culpada por ter o urso a seu lado na subida íngreme da montanha, conforme o caminhão seguia a brancura fantasmagórica e lúgubre de uma toalha sobre os ombros do soldado que marchava na frente. Em meio à neblina química projetada para esconder seus movimentos dos alemães, essa era a única maneira de reconhecer as curvas da estrada sem usar os faróis. O urso ficou sentado com as patas sobre os olhos quase o tempo inteiro, um gesto tão ridiculamente humano que fazia Karol sorrir nos momentos de manobra mais instáveis do caminhão, acalmando-o.

"Os novos traumas de Karol — acampar aos pés do mosteiro, ver sua silhueta se erguendo contra a alvorada, saber que a maioria dos soldados poloneses mandados atravessar o rio Rapido para alcançar a cidade na colina, na noite anterior, havia se afogado — não ofuscavam os antigos: a última visão do filhinho, o trem de carga, o gulag congelante no estrangeiro. Parecia, ao contrário, que todos eles se infiltravam na fenda aberta na estrutura de seu ser, ameaçando desmontá-la. Apenas o urso mantinha Karol humano, ou melhor que humano — mantinha-o íntegro o bastante para ser gentil. *Sou porque você é*, repetia para si mesmo, vezes sem conta, olhando o urso dormir a seu lado. *Sou porque você é.*

"Certa manhã, depois de seis dias e noites de bombardeios violentos que tornaram impossível dormir ou pensar, viram tremulando no alto do mosteiro uma flâmula da cavalaria aliada. Alguém arriscara a vida para hasteá-la na parede mais alta que sobrara, para que soubessem que a batalha estava ganha.

"Naquela mesma manhã, para tirar suas mentes do luto — a batalha fora vencida oficialmente, mas tantos haviam se afogado, sido esfaqueados, explodidos ou despedaçados por balas —, Karol desenhou um esboço do urso carregando uma bomba nos ombros. Pediu a um amigo que fizesse um distintivo daquele jeito, e em pouco tempo todos na companhia tinham o emblema nas mangas, quepes ou lapelas. Fora fácil conseguir autorização para aquilo depois das perdas enormes que os poloneses haviam sofrido, perdas que lhes diziam não ter sido em vão, pois a vitória em Cassino conduziu a outras. Roma caiu, e Ancona, e finalmente Bolonha. No começo do verão seguinte, os alemães haviam se rendido.

"Poucos dias após o fim da guerra, Karol teve um dos períodos mais felizes de sua vida, um tempo de abandono despreocupado, intenso, quase indecente, sem decisões a tomar ou responsabilidades a assumir, pois sua sorte estava nas mãos dos Aliados. E tudo que sabia era que, ao fim desse luxuoso período de descanso, se reuniria novamente à mulher e ao filho.

"Ele e o urso receberam licença para seguirem à costa adriática, aquartelados em uma fazendinha administrada por um casal de idosos sem filhos. Seus anfitriões não pareciam estar em luto por qualquer perda específica, e a falta de uma língua comum significava não haver conversas complexas sobre culpa ou repreensão. Basicamente, conviviam num silêncio exuberante.

"Karol e o urso passavam a maior parte dos dias na praia, junto à maioria do regimento, aquartelada na mesma região. Karol deitava de costas, enfiando os pés na areia, e imaginava a mesma cena repetidamente: o retorno à casa com o urso ao lado, lentamente entrando em sua vila pela rua principal, vendo o olhar de alegria incrédula no rosto do filho.

"Seus devaneios eram interrompidos ao menos uma vez, todas as manhãs, pelos gritos de mulheres, e ele sempre sentia o coração acelerar de susto. Estava acostumado a ouvir, por muito tempo, apenas barulhos de homens aflitos. Então os gritos eram substituídos por risadas e uma série de palavrões em italiano, pois o urso havia outra vez se enfiado no mar e emergido em meio a um grupo de moças banhistas. Por esse truque, os soldados recompensavam o urso com uma porção de cigarros, já que as mulheres certamente precisavam receber desculpas, e nisso eram trocados sorrisos e nomes, e conversas num italiano mal ajambrado tinham início.

"Mas se passaram meses, e a euforia de Karol diminuiu ao ver sua terra natal ser manipulada como uma pecinha de quebra-cabeças. Acordos tensos foram feitos com Stálin. Os homens foram informados que seriam mandados à Escócia para desmobilização, em vez de irem para casa. Ouviram histórias terríveis sobre soldados feitos prisioneiros de guerra, os poucos corajosos ou sentimentais o bastante para voltarem à Polônia ocupada pelos soviéticos, mandados outra vez em vagões de carga para novos campos de extermínio, ou para os já conhecidos da Sibéria, ou mandados para as minas de ouro fatais no Círculo Polar Ártico. Disseram-lhes que fossem cautelosos, que aproveitassem o tempo que tinham.

"No campo de refugiados Winfield, na fronteira com a Escócia, era quase impossível conseguir informações sobre a Polônia ocupada pelos soviéticos — as cartas estavam sofrendo censura nos dois sentidos. Mas Karol continuou tentando, escrevendo cartas para sua esposa e familiares, até que alguém finalmente teve pena e se arriscou a contar-lhe, de forma críptica, a verdade que ele já sabia: que sua esposa e filho já não estavam vivos.

"Depois disso, Karol deixou de se importar com o que poderia acontecer ao urso. Os outros poloneses em Winfield viam o urso nadar nas águas gélidas do rio que havia ali perto, e contavam histórias sobre ele para quem quisesse ouvir. Mandavam-no em missões para Karol, para fazer qualquer palhaçada que ajudasse a reconstruir o laço entre os dois, mas Karol o olhava como se não fosse capaz de entender.

"Quando informado de que o urso seria levado para o zoológico de Edimburgo, o primeiro sentimento de Karol foi inveja: se ele ao menos pudesse viver numa jaula também, sendo alimentado, nunca mais tendo que fazer nada para ninguém. Convidaram-no a acompanhar o urso até Edimburgo, para levá-lo até seu novo cativeiro e tirar a corrente de seu pescoço. Fez tudo isso, sem qualquer emoção. Construiu uma pirâmide de cigarros e abriu uma cerveja para o urso.

"Na hora de ir embora, virou-se para o urso e colocou as mãos automaticamente sobre as patas do animal. Olharam-se um ao outro. O urso se aproximou e deu uma longa e pesarosa lambida na bochecha de Karol. Sabia que nunca mais o veria de novo, ainda que fossem viver suas vidas na mesma cidade. Karol saberia, um tempo depois, que o urso se apaixonara por uma ursa levada a seu cativeiro. Ele a cortejara com tanto ardor que toda Edimburgo foi arrebatada pelo romance. Às vezes, em dias melhores, Karol pensava na história que Irena lhe contara, sobre uma princesa humana presa num corpo de urso, em busca de amor. E dizia a si mesmo que amanhã, *amanhã*, reuniria coragem para voltar: ao urso, à sua terra, a si próprio."

A ursa-parda cega terminara sua história. Arrastou-se até a água suja no fosso e começou a se lavar. Uma limpeza ritual, um rito preparatório. Com o pelo já encharcado, voltou à toca de concreto e se deitou contra a parede, trêmula e pura.

A bruxa acendeu um cigarro recheado com folhas de chá e por um momento ignorou o olhar de desprezo que o urso-negro lhe dirigia. "Tomei algumas decisões ruins nos negócios", comentou. Remexeu na sintonia do rádio que trouxera consigo, encontrando apenas estática.

Sob eles, no fundo da cidade, a fábrica de chocolates ardia. A fumaça cheirava a caramelo. Vozes emergiram em meio à estática do rádio, agarrando-se à frequência pirata, mantendo-se firmes.

"O que minha esposa está dizendo? Não consigo ouvir. Fale outra vez, por favor."

"Disse que ela está bem, que as crianças estão bem."

"Como?"

"Que as crianças estão crescidas."

"O que está dizendo agora?"

"Que sente saudades."

"O quê?"

"Diz que sente saudades suas."

"Não escuto."

"Diz que o ama."

"Desculpa, não ouvi."

"Tudo bem. Ela diz que está tudo bem."

"Por favor! Não consigo ouvi-lo."

No dia seguinte, a ursa-parda morreu. O urso-negro a devorou, membro a membro.

"O que você queria mesmo dizer?", perguntou a bruxa ao urso-negro, passando-lhe pão duro feito pedra pelas grades do parapeito. "Pediu que eu escrevesse algo, um tempo atrás."

"Já não lembro", respondeu o urso, roendo o osso da coxa da ursa-parda, contemplativo. "Não devia ser nada importante. Ultimamente, sinto que existo apenas no presente. Não consigo lembrar nada de ontem, nem de anteontem."

"Você sabe o que fez, urso?", a bruxa perguntou, com cuidado. "Diga que sabe."

O urso-negro olhou-a com desdém. "Do que você está falando, bruxa?"

Ela pareceu amedrontada. "Pensei que soubesse", disse, preparando-se para ir embora. Apontou para os ossos descarnados da ursa-parda. "Ela era sua esposa."

O urso-negro não falou novamente. Num dia gelado, no fim de outubro, morreu abraçado às costelas da ursa-parda, segurando-as com as patas firmemente junto ao corpo. Nos viveiros próximos, as pilhas de ossos — que já haviam sido tigres, pumas, leopardos, lobos e leões de corações saltitantes e línguas úmidas — contavam a mesma história: companheiros devorados em meio à loucura, ossos dentro de ossos, entes queridos consumidos, enfim, por seus amantes.

ALMA DE GOLFINHO
{ UMA CARTA A SYLVIA PLATH }
MORTA EM 2003, IRAQUE

Prezada sra. Plath,
Gostaria de contar logo a história de minha morte: chega dessa expectativa terrível. É o soldado em mim que está falando. Eu tenho que agradecer à Marinha americana por me treinar para o dever, e então fazer o que devia ser feito, embora o fato de ter falhado tenha me feito encontrar meu fado. Jogos de palavras como introdução, sra. Plath, deve ser de seu gosto.

Os outros animais que contaram suas histórias não carregam sobre si as tentativas prévias de comunicação interespécies, tolas e atrevidas, que sinto pesarem sobre mim. Temos uma história absurda juntos, humanos e golfinhos, que se torna mais ridícula cada vez que um golfinho levanta a cabeça da água e se agita para a câmera, ou realiza outro truque barato para que lhe atirem um peixe. Cientistas tentaram nos transformar em objetos de estudo sérios, mas mesmo assim há algo meio estranho quando eles se põem a trabalhar. Biólogos marinhos começaram por escrever utopias piegas sobre as possibilidades de comunicação telepática conosco; os behavioristas animais não resistiram a nos fazer digitar em teclados submarinos para que tentássemos quebrar alguns códigos. Escritores de ficção científica normalmente usam sua licença poética para imaginar formas de nos foder, o que não é surpresa; há muito tempo compreendemos ocupar um lugar especial na imaginação erótica humana.

Daí, logo que pediram para eu contar minha história, pensei: *de jeito nenhum*. Mas a ideia pareceu mais interessante quando sugeriram que eu pensasse num escritor humano que me significasse algo, deixando meus pensamentos sobre ele ou ela influírem no que quer que eu resolvesse falar. Eu disse que participaria apenas se pudesse usar a terceira pessoa, evitando me tornar uma paródia de mim mesma, golfinho autoconsciente manejando o "eu" como uma bola de brinquedo entre as nadadeiras. Mas, no fim, "eu" é irresistível.

Comecei a reler o trabalho do poeta inglês Ted Hughes, seu ex-marido, pensando que ele poderia me inspirar. Seus famosos poemas de animais já me eram familiares, mas percebi, quando li novamente, que os havia interpretado mal da primeira vez. Antes, havia pensado com admiração que ele tentava entender o humano através dos animais, mas agora percebo que na verdade ele queria justificar o animal no humano. Compreendi sua tentativa de mitologizar o processo poético, o animal sendo símbolo do poeta que alcança seus instintos mais profundos, selvagens e predatórios. O poeta como xamã, retornando à consciência primeva animal. O poeta dizendo: Vocês não fazem ideia de quão *vivo* é possível se sentir após pescar a manhã inteira e fornicar a tarde toda! Vamos, saiam para pescar e trepar, suas bestas, e me agradeçam depois. Somos todos animais, no fim das contas!

Hughes colecionava peles de animais para estender no chão das casas onde você e ele viviam, e eu o imaginava pondo-as no chão com grande reverência, sem nenhum traço de breguice irônica. Era assim que justificava a caça aos animais: "Conhece a descrição que Jung faz da terapia, como sendo a maneira de recolocar o homem em contato com o homem animal primitivo?". Isso era apenas desculpa para agir com perversidade. Não tenho nada contra perversão por si mesma, mas os homens — golfinhos ou humanos, e nisso somos iguais mais uma vez — tendem a tecer uma rede intrincada de justificativas em torno de suas más ações, e é isso que me enlouquece. As mulheres agem com maldade, e então, por não termos o ego necessário para sustentar a mesma teia de justificativas, morremos de culpa.

Voltei-me aos poemas animais que Hughes escreveu para crianças, fábulas que ele acreditava poder ajudar a entender os pensamentos inconscientes e os sentimentos. Isso vai nos deixar ricos, ele lhe disse, sua jovem esposa, enquanto se apressava a inventar outro desses poemas antes de sentar, toda manhã na lua de mel em Benidorm, para se dedicar à sua escrita verdadeira. Vamos vendê-los à Disney! Você não se importava. Estava preocupada com dinheiro. Mas os poemas não tiveram muito sucesso, talvez porque a maioria era bastante imprópria para crianças, cheia de versos sobre facões, parentes assassinos, conhaques fortes, ataques de tubarões, e uma seringa mais que bizarra, de agulha curva. O único poema que deu certo, "Baleias-da-lua", delicado e dissonante do jeito que as crianças gostam, por acaso foi inspirado por minha própria espécie (golfinhos são baleias dentadas, mas poucos pensam sobre isso). Por um tempo, pensei poder escrever minha contribuição do ponto de vista dessa mítica baleia-da-lua, a mais magnífica de todas as criaturas que ele imaginou vivendo na Lua.

Mas ainda não me parecia certo. Ficava me perguntando: por que estou com tanta dificuldade? Voltei-me então a seus escritos — diários, poesia — para, a princípio, equilibrar a masculinidade inflexível na voz literária de Hughes. E então você me ajudou a compreender o problema. As mulheres humanas não precisam lembrar que são animais. Então por que seus homens continuam gritando isso aos quatro ventos, como se tivessem descoberto como transformar chumbo em ouro? Imagine um golfinho macho precisando de epifanias para se lembrar que é um animal! Mas nós somos *especiais*, seus homens afirmam, somos um caso especial entre os animais, e parte do que nos faz especiais é perguntarmos a mesma coisa: sou humano ou animal?

Então eu pergunto de volta: vocês podem usar ecolocalização para saber exatamente onde o solo do oceano faz curvas, em todas as direções concebíveis? São capazes de atordoar a criatura que querem comer, apenas com o som? Podem sondar os corpos de suas extensas famílias e dizer imediatamente quem está grávida, quem está doente, quem foi ferido, quem almoçou o quê? O formigamento que muitos humanos sentem quando nos encontram não é por causa da endorfina, mas sim porque os escaneamos para conhecê-los em todas as dimensões. Vemos através de vocês, literalmente. Um caso especial, de fato. Talvez vocês devessem estar se fazendo outras perguntas. Por que às vezes tratam outras pessoas como humanos, às vezes como animais? E por que às vezes tratam criaturas como animais, e outras vezes como humanos?

Passei por tudo isso junto a uma amiga que fiz recentemente por aqui, a alma de Elizabeth Costello, escritora e filósofa a seu modo. Ela não se comoveu com meu falatório. Diz que atacar Ted Hughes pelo uso de animais para seus propósitos poéticos primitivistas é não fazer justiça a ele, e que não seria absolutamente nada original repreendê-lo por isso.

"É uma atitude fácil de criticar, que se presta à caçoada", ela disse. "É profundamente masculina, machista. Suas ramificações na política devem ser vistas com cautela. Mas depois de tudo dito e feito, em um nível ético resta disso alguma coisa atraente."

Quando protestei, ela me atalhou. "Escritores nos ensinam mais do que sabem." Sugeriu que eu me focasse mais no que desejava dizer à você, sra. Plath. "Por que uma carta?", ela quis saber.

Expliquei que Hughes achava a escrita de cartas um bom exercício de conversação com o mundo. Concordo com ele nisso, embora claramente não concorde com muito mais.

Então ela observou que, a despeito de minha determinação de lidar de uma vez com o tema de minha morte, eu o estava evitando, e muito bem. É mais difícil do que imaginei que seria. Em parte, creio, porque quando resolvi escrever esta carta a você, havia menos relação com a forma como nós duas morremos e mais com a conexão que sinto termos enquanto mães. Tenho um filho; você teve dois. Talvez você não saiba que o radical grego de nosso nome, *delphis*, significa útero — somos o peixe-útero — mas acredito que você teria gostado do termo, talvez até utilizado em algum poema.

De longe, minhas partes preferidas de seus diários e poemas são os lampejos que partilha sobre a areia movediça dos minutos e horas e dias e semanas e anos de maternidade alegre, e como você não pensava nessa experiência como algo que prejudicasse suas outras identidades, mas como algo que as enriquecia. Você não foi uma dona de casa frustrada, forçada a enfiar a cabeça no forno e ligar o gás por ter tido o desejo de escrever suprimido pelo cotidiano mundano e miraculoso de ser mãe. Você descreve suas prioridades de forma tão aguda em um de seus diários, como sendo *Livros & Bebês & Ensopado de carne*; e, por um tempo, teve a promessa de todos os três — escrevendo pela manhã, cuidando dos bebês à tarde, cozinhando coelho ao entardecer se o marido por acaso tivesse caçado algum na mata, lendo à noite. Virginia Woolf, como você diz em um dos diários, descreveu em seu próprio diário ter recebido uma carta de recusa editorial, e ter lidado com ela indo para a cozinha fritar um panelão de linguiça e hadoque. Mas você fez votos de ir ainda mais longe que Virginia: *Escreverei até dizer de meu eu profundo, então terei filhos e direi ainda mais.*

E esse eu profundo contou verdades animais com as quais Ted Hughes podia apenas sonhar. Você encontrava enorme satisfação em comida, sexo, cheiros, em seu próprio corpo e trabalho. O cheiro de seu primeiro mijo pela manhã, a textura de seu muco quando o esfregava sob a mesa, a sensação do sol tostando a pele, a barriga bronzeada e os pelos loiros nela, a "alegria bovina" de dar de mamar a seu filho sob as estrelas. Você não precisava de qualquer muleta simbólica para descrever sua experiência como uma fêmea animal. Hughes às vezes parecia ter inveja dos bichos, por estarem "continuamente num estado de energia que os homens possuíam apenas ao enlouquecer". Mas as mulheres têm essa energia na maternidade. Se ele tivesse prestado mais atenção em você, em vez de ir atrás de seu próximo Grande Símbolo Animal, talvez tivesse notado isso, e feito justiça ao animal com quem dividia a cama. Acho que pode ter sido isso que lhe fez escrever sobre as abelhas mantidas no pomar: a energia delas — energia de centenas de pais cuidando para que a prole continuasse viva — lembrava-a da sua própria.

Mas eis-me aqui de novo, deixando a irritação atrapalhar o que eu realmente devia dizer. Não acho que vá se importar, sra. Plath — a senhora compreende os usos catárticos de uma boa e purificadora raiva feminina. Mas preciso contar-lhe como vivi, e como morri, para garantir meu lugar neste viveiro moderno de almas animais.

Nasci em cativeiro, em 1973, uma década antes de você tirar a própria vida. Minha mãe tinha orgulho de ser um dos golfinhos-nariz-de-garrafa originais que a Marinha norte-americana recrutara quando o Programa de Mamíferos Marinhos foi criado. Gostava de recordar minha sorte por ter nascido numa instalação militar de elite. Ela pensava, imagino, que eu devia ser grata por não ter nascido num aquário inútil. Era dessa forma que lidava com o remorso de ter me trazido ao mundo, uma prole que jamais conheceria a liberdade. É pior ter liberdade e perdê-la ou nunca saber o que é ser livre? Não posso dizer que sentia sua falta.

Ainda em 1962, quando minha mãe estava no grupo de golfinhos e leões-marinhos-da-califórnia eleitos para treinamento, a princípio foram mantidos em Point Mugu, na Califórnia. Os treinadores da Marinha rapidamente perceberam poder confiar que os golfinhos retornariam a eles após serem mandados atrás de objetos, mesmo em mar aberto. O programa foi ampliado e transferido para Point Loma, em San Diego, e um laboratório irmão foi criado no Havaí. Um dos golfinhos fêmeas do bando, Tuffy, em pouco tempo teve uma experiência estrondosa. Conseguiu carregar uma mensagem importante e também suprimentos para os aquanautas, pesquisadores submarinos vivendo no habitat experimental da Marinha, o Sealab II, que fora colocado num cânion distante da costa da Califórnia, a mais de cinquenta metros de profundidade.

Tuffy costumava entreter minha mãe e os outros golfinhos imitando a conversa de um dos aquanautas — que estava prestes a emergir do Sealab II depois de passar trinta dias submerso, um recorde mundial — com o presidente Johnson, que estaria lá para congratulá-lo. O aquanauta estava em uma câmara de descompressão, e o gás hélio deixava sua voz aguda e esganiçada. O presidente fingia não reparar que conversava com alguém com a voz do Mickey Mouse.

Minha mãe nunca se conformou com a estupidez dos nomes que a Marinha dava aos golfinhos: por que nos recrutar graças a nossa inteligência superior e então nos dar nomes imbecis feito Tuffy? Sua teoria era de que a Marinha previa um desastre de relações públicas, e torcia para que nossos nomes bestas indicassem não sermos considerados combatentes, não sermos tão diferentes de Chuck e Loony do parque aquático mais próximo. Mas os encarregados mantiveram o programa confidencial durante o período mais deprimente da Guerra Fria, do fim dos anos 1960 até o começo da década de 1990. Podíamos ter recebido nomes de combate apropriados durante aquelas décadas, ou títulos, e o público nem suspeitaria. Em vez disso, quis o destino que minha mãe recebesse o nome de Blinky, e que eu fosse chamada Sprout.

O grupo de minha mãe, MK6, foi treinado para proteger propriedades como barcos e portos, alertando seus treinadores humanos da presença de mergulhadores inimigos nas imediações. Em 1970, ela e quatro outros golfinhos da equipe foram enviados ao Vietnã em seu primeiro turno de serviço, devendo proteger um píer do Exército americano na baía de Cam Ranh. Patrulharam a área e alertaram seus treinadores quando encontraram sabotadores próximos. A equipe foi reconhecida por alguns como tendo sido responsável por impedir a explosão do píer, mas naturalmente houve controvérsias. O programa sempre teve mais detratores que admiradores.

Seguindo a tradição estoica dos pais militares, minha mãe não me contou muita coisa sobre a experiência no Vietnã, mas eu podia imaginar algumas coisas pelas quais passara, devido a pontos físicos de estresse que ela tinha no corpo. Dizia que a parte mais difícil fora ser transportada na ida e na volta em uma embarcação recauchutada da Marinha. Minha filha adorava essa história, e o tempo inteiro pedia à avó que a repetisse. Era difícil acreditar numa embarcação tão antiquada, com recursos tão básicos. Hoje, uma década após minha própria morte, tenho certeza de que minha filha é enviada a zonas de conflito ao redor do mundo poucas horas após aviso, transportada em algum tipo de contêiner biológico extremamente confortável e engenhoso, adaptável a qualquer tipo de veículo da Marinha: navio, helicóptero, avião, espaçonave. Essas tecnologias são desenvolvidas mais rapidamente do que o tempo que os humanos têm para assimilá-las, para entender o que significam — acabam por sobrepujar moralmente os homens, atordoando-os até a submissão e então arrastando junto o resto das espécies do planeta.

Uma vez que minha mãe terminara seu tempo de serviço no Vietnã e retornara a San Diego, a Marinha resolveu reproduzir a geração seguinte de golfinhos militares em suas próprias instalações. Para tal fim, foi permitido que ela cruzasse com um parceiro de sua escolha entre o bando dos solteiros. Quem era meu pai é irrelevante, como costuma ser o caso nas sociedades matrilineares. Fui criada por minha mãe e pelas outras fêmeas entre as quais eu vivia, e por meu treinador humano, oficial Bloomington. Eu o amava profundamente, e não por nenhum tipo de síndrome de Estocolmo, como minha mãe às vezes insinuava. Acho que ela tinha ciúmes de nosso vínculo. Sua geração foi treinada por homens que eram uma mescla estranha de tradicional e iconoclasta. Aqueles homens eram atraídos pela segurança das hierarquias militares, mas também eram atraídos pelo *Zeitgeist* que vinha se desenvolvendo conforme as certezas pós-Segunda Guerra iam dando espaço a conflitos imprevisíveis e acirrados com os soviéticos. Circulavam rumores fantásticos sobre os avanços dos soviéticos no uso de animais: morcegos capazes de detectar estoques de armamentos; gatos portando dispositivos de escuta sob a pele; pombos carregando ogivas nucleares.

Qualquer propósito que a Marinha americana pudesse imaginar para nós golfinhos, estavam convencidos de que os soviéticos já se adiantavam dez passos. Adestraram a equipe de minha mãe com firmeza, como subordinados. Não tinham interesse em construir relações individuais com eles, mas sim no que podiam fazer juntos, como um grupo no sentido utilitário. Minha mãe afirmava que fora melhor daquela maneira, com a relação treinador-treinando menos carregada de emoção e dependência.

Mas o oficial Bloomington era diferente. Quando começou a trabalhar comigo, no fim dos anos 1970, tinha apenas vinte e um anos, magricela, recém-saído da faculdade com uma graduação em ciências marinhas possibilitada por uma bolsa da Marinha, e ridiculamente orgulhoso da tatuagem de cavalo-marinho que tinha na sola do pé (fosse em qualquer outro lugar, os recrutadores o fariam lamentar a decisão).

Um de seus professores na faculdade trabalhara brevemente no laboratório do Caribe fundado por John C. Lilly nos anos 1960, com o objetivo de realizar toda sorte de pesquisas bizarras e não convencionais na área de comunicação humano-golfinho, e apresentou a Bloomington os trabalhos de Lilly. Era muito pouco convencional para o oficial Bloomington — ele jamais ousaria fazer com os animais aquilo que Lilly fizera — mas o estimulou a pensar nos golfinhos de um modo diferente. Um dos experimentos de Lilly, por exemplo, exigia que o pesquisador tomasse LSD e depois entrasse num tanque de isolamento suspenso sobre uma piscina com golfinhos, a fim de se comunicar com eles por ondas alternadas de som. Outro experimento envolvia o pesquisador vivendo isolado com um golfinho por meses, num laboratório inundado por quarenta centímetros de água salgada.

Acho que o oficial Bloomington julgava Lilly meio repulsivo — muitas das fotografias em seus livros mostravam suas assistentes femininas, todas mulheres lindíssimas com longas unhas vermelhas, prontas a acariciar a barriga de golfinhos excitados ou masturbá-los. Mas com vistas a minha educação, lia aqueles livros para mim, e também qualquer outra coisa que pudesse encontrar sobre golfinhos, científicas ou imaginárias. Chapava-se em segredo e lia para mim sobre Johnny Mnemonic, um ciborgue boca-suja que era veterano da Marinha e viciado em heroína. Organizou uma exibição do filme *O Dia do Golfinho*, de Mike Nichols, para os golfinhos em treinamento, projetando o vídeo na parede oposta a nossos tanques. Achamos o filme bastante engraçado, embora soubéssemos que era uma história séria, porque os golfinhos representando os personagens Alpha e Beta (treinados por alguns vilões para explodir o iate do presidente) não paravam de dizer palavrões que só golfinhos poderiam entender, em todas as cenas subaquáticas com os protagonistas humanos.

Quando *O Guia do Mochileiro das Galáxias* foi publicado, o oficial Bloomington o leu para mim tantas vezes que ainda lembro quase todo o capítulo 23 de cor (é um capítulo curto):

> É um fato importante, e conhecido por todos, que as coisas nem sempre são o que parecem ser. Por exemplo, no planeta Terra os homens sempre se consideraram mais inteligentes que os golfinhos, porque haviam criado tanta coisa — a roda, Nova York, as guerras etc. —, enquanto os golfinhos só sabiam nadar e se divertir. Porém, os golfinhos, por sua vez, sempre se acharam muito mais inteligentes que os homens — exatamente pelos mesmos motivos.
>
> Curiosamente, há muito que os golfinhos sabiam da iminente destruição do planeta, e faziam tudo para alertar a humanidade; porém suas tentativas de comunicação eram geralmente interpretadas como gestos lúdicos com o objetivo de rebater bolas ou pedir comida, e por isso eles acabaram desistindo e abandonaram a Terra por seus próprios meios antes que os vogons chegassem.
>
> A derradeira mensagem dos golfinhos foi entendida como uma tentativa extraordinariamente sofisticada de dar uma cambalhota dupla para trás assobiando o hino nacional dos Estados Unidos, mas na verdade o significado da mensagem era: *Adeus, e obrigado por todos os peixes.*

Aquilo levava o oficial Bloomington às gargalhadas toda vez que lia, embora isso pudesse ter mais a ver com a qualidade de sua erva. Algumas vezes, nas noites em que não conseguia pôr metade do meu cérebro para dormir, passava o tempo imaginando alternativas para a mensagem final dos golfinhos aos humanos, com a restrição de só poder usar títulos de músicas que ouvia serem tocadas no rádio das instalações. A mensagem dependia do meu humor, e do que haviam me pedido para fazer no dia em questão. Alguns dias podia ser "Da Ya Think I'm Sexy?". Em dias mais sensíveis: "Call Me", "We Don't Talk Anymore" ou "Don't Let Me Be Misunderstood". Em dias de mau humor: "Tired of Toein' the Line."

Toda manhã, o oficial Bloomington me levava do viveiro em Point Loma para a área de treinamento, deitada numa manta emborrachada dentro do barco. A primeira habilidade que me ensinou foi serpentear o corpo para fora do barco assim que apontasse minha cauda na direção certa; a segunda foi como subir sozinha no barco ao fim da sessão. Rapidamente aprendi a buscar um disco atirado longe, equilibrando-o no nariz como em um número de circo. Com o tempo, nossas sessões de treinamento se tornaram mais desafiadoras, orientadas para que eu aprendesse a localizar e identificar elementos no solo marítimo que pudessem ser úteis ou perigosos à Marinha, tais quais equipamentos afundados ou minas enterradas em sedimento.

O oficial entendeu desde o princípio que eu sabia exatamente o que se passava. Mais que tudo, desejava conquistar o direito moral de me dar instruções, demonstrando que me considerava portadora de uma forma de consciência tão complexa quanto a sua. Conforme nosso relacionamento se desenvolvia, aos poucos deixou de usar comida como recompensa para os treinos, desprezando-a por dar a ideia de que minhas necessidades eram algo básico, e também pela crueldade das focinheiras que eram padrão na época de minha mãe.

Era uma parceria, dentro da qual eu nasci, mas ainda assim. Ele gostava de dizer que tínhamos uma relação eu/tu, citando um filósofo ou outro — que nos relacionávamos como dois sujeitos, não um sujeito e um objeto, e nos comunicávamos com a totalidade de nossos seres. Se a vida fosse diferente, acredito que ele poderia ter usado suas habilidades de outro modo, como um cientista que fizesse observações e anotasse dados, mais do que um tratador obrigado a nos estimular certos comportamentos para manter seu trabalho. Ele percebeu muito antes de seus contemporâneos que nós usávamos uma combinação de sons de alta e baixa frequências — estalos, zumbidos, chiados, assobios — para comunicar informações e emoções, e aprendeu a identificar o assobio característico de cada golfinho sob seu comando, que nos serve como forma de nomear.

Quando meu treinamento estava completo, a Marinha possuía cinco equipes de mamíferos marinhos, cada uma com habilidades específicas. Minha mãe queria que eu me juntasse à MK6, mas em vez disso fui alocada na MK7, uma equipe apenas de golfinhos especializada em encontrar e marcar minas incrustadas no solo do oceano. As outras duas equipes exclusivamente de golfinhos, MK4 e MK8, trabalhavam na localização de minas flutuantes em colunas d'água e no mapeamento de passagens subaquáticas seguras para o desembarque de tropas na costa. A MK5 contava com leões-marinhos (que não tinham habilidade de sonar, mas possuíam melhor audição direcional sob a água e também melhor visão em baixa luminosidade do que nós) designados à recuperação de equipamentos navais. Havia umas poucas belugas nessa equipe, recrutadas por também usarem sonar mas por resistirem a temperaturas mais baixas e profundidades maiores do que as que suportávamos. Não víamos os leões-marinhos nem as belugas com muita frequência, a não ser em exercícios conjuntos, quando agíamos sob regras rígidas de cooperação. Acredito que isso satisfazia os encarregados pelo programa. Preferiam que focássemos nossa necessidade de comunicação na relação com os treinadores humanos, e talvez não gostassem de pensar que bolávamos planos secretos e tramoias entre nós. Pareceria um motim.

Minha primeira missão foi no Golfo Pérsico, em 1987, durante a guerra Irã-Iraque. A MK7, minha equipe, foi designada para vasculhar o solo marítimo atrás de minas enterradas num raio determinado em torno do USS *La Salle*, navio-almirante da 3ª frota, ancorado em Bahrein. A MK6 também foi designada, mas para escoltar petroleiros desde o Kuwait até águas seguras. Era empolgante finalmente fazer parte de uma missão real, depois de tantos anos de treinamento, e lembro de me sentir mais próxima do oficial Bloomington do que nunca. Eu usava ecolocalização para varrer os objetos que se assemelhassem a minas, reportando-me a ele caso encontrasse algo, golpeando uma boia negra atrás do barco, caso confirmasse uma detecção. Então ele me mandava ancorar uma boia perto do objeto, para servir de alerta às outras embarcações da Marinha, até que uma equipe especial de mergulhadores pudesse descer até lá para conferir e desativar o objeto.

Perdemos dois golfinhos nessa missão, não por qualquer detonação acidental de minas (isso raramente acontece, pois somos treinados para não mexer com elas, e as minas são programadas para explodir apenas quando um grande objeto de metal passa sobre elas). Os golfinhos foram metralhados até a morte, perto da superfície, por barcos de patrulha iranianos que haviam notado o que estávamos fazendo. Alguns golfinhos selvagens, nativos, também foram mortos dessa forma, embora tenhamos tentado mantê-los longe da área, marcando nosso território. O oficial Bloomington ficou especialmente abalado. Não previra aquela consequência e se sentiu culpado pelas mortes. Sentia que os golfinhos treinados da Marinha ao menos tinham uma chance de se defender, mas os golfinhos nativos haviam sido colocados em risco. Ele tentou registrar oficialmente essas mortes, para preveni-las em missões futuras, mas seus superiores o impediram, temendo a reação pública.

De volta às instalações de San Diego, depois da missão, deram-me alguns anos para me recuperar do serviço, depois dos quais permitiram que eu procriasse. Gosto de pensar não ter cometido o mesmo erro de minha mãe, que me encorajara a acreditar ter melhor sorte por nascer na Marinha do que teria nascendo na natureza. Eu me desculpava tanto com minha filha, por tê-la trazido ao mundo em cativeiro, que ela chegava a achar ridículo. No fim das contas, ela teve escolha. Quando nasceu, em 1993, nosso programa estava sofrendo cortes (ou "ajustes", como os consultores engravatados gostavam de chamar) após o fim da Guerra Fria, e muitos dos membros de nossas equipes estavam sendo aposentados ou dispensados. A Marinha colocou alguns dos golfinhos mais velhos à venda, à disposição de parques aquáticos ou atrações turísticas em todo o país, mas ninguém comprava — àquela altura, a maioria dos aquários e parques de golfinhos tinha seus animais procriando em cativeiro.

Numa manhã de outono, com minha filha já nascida, o oficial Bloomington levou todos os golfinhos sob seu comando, incluindo eu, minha mãe e minha bebezinha, para a baía, soltando-nos sem dar qualquer tarefa específica ou instrução para retornar. Explicou o que vinha acontecendo, falando respeitosamente como sempre fizera, confiando que o entendíamos. Ele previa um processo de aposentadoria longo e desgastante, para o qual seriam necessárias autorizações oficiais do governo antes que fôssemos soltos em mar aberto. Queria nos poupar do destino de continuar presos num lugar onde já não éramos necessários, ou vendidos para algum parque aquático deprimente.

Minha mãe resolveu tentar a vida em alto-mar outra vez. Tinha quarenta e sete anos nessa época, a única veterana do Vietnã que sobrevivera em sua equipe. Nós duas sabíamos que ela já não tinha muito tempo pela frente, e compreendi que ela estava de fato escolhendo uma morte livre, enquanto os outros seis que se juntaram a ela escolhiam uma vida livre. Estes sete foram os únicos golfinhos que, nos registros de nosso programa, aparecem como não tendo regressado ao tratador. O oficial Bloomington relatou o ocorrido como uma desobediência incomum, o que quase lhe custou o emprego, mas se assegurou de dar tempo suficiente para os fugitivos escaparem sem correr o risco de serem recapturados.

Minha filha sabia, naquela manhã na baía, que era livre para ir. Observou, com ar desolado, sua avó nadar para longe, chiando e assobiando para reconfortar a neta e deixá-la saber que não corria perigo. Mas assim como eu, minha filha resolveu ficar, e quando chegou a hora ela foi designada à mk7. Fiquei feliz por isso, sabendo que o oficial cuidaria dela como cuidara de mim. Ele estivera presente desde seus primeiros momentos, enquanto eu dava à luz. Acampara ao pé de meu tanque por várias noites, para não perder meu trabalho de parto. Nos minutos seguintes a seu nascimento, no meio da noite, empurrei-a à superfície e a segurei ali para que aprendesse a respirar, enquanto o oficial Bloomington literalmente saltitava de um lado para o outro ao lado da água, comemorando e soltando vivas.

Ele a chamou Oficial, para que sempre tivesse um título militar apropriado como primeiro nome. Ele entendia a importância de seu nascimento para todos nós: era a terceira geração de uma família militar feminina. Fêmeas haviam servido nas forças armadas dos Estados Unidos por muito mais tempo do que se pensava, fato que ele gostava de recordar a seus colegas nos anos 1980, quando a questão de gênero começava a esquentar e a maioria dos homens era intransigente. Naquela época, o Programa de Mamíferos Marinhos da Marinha ainda estava à toda, contando com mais de uma centena de golfinhos, muitos dos quais fêmeas, e um orçamento vultoso para operações. Mas os homens riam dele. Não gostavam de pensar em nós como machos ou fêmeas: éramos apenas animais.

Pouco após minha mãe decidir morrer em liberdade, um novo golfinho chegou a nossa base em San Diego. Chamava-se Kostya. Era russo, parte da Divisão Golfinho treinada na base secreta da Marinha soviética no Mar Negro. Eles também haviam entrado em dificuldades financeiras após o degelo da Guerra Fria. Kostya e a maior parte de sua equipe tinham sido postos à venda, e os soviéticos estavam prontos a vendê-los para qualquer um que pudesse arcar com o preço exorbitante, mesmo que o comprador fosse o próprio inimigo contra quem os golfinhos haviam sido treinados.

Kostya chegou com sua treinadora humana, a oficial Mishin, para assumirem a liderança de um novo programa de treinamento altamente secreto em nossas instalações. A oficial Mishin tinha a pele tão clara que parecia brilhar, sobretudo quando ao lado do oficial Bloomington, a quem os anos trabalhando sob o sol de San Diego haviam deixado moreno. Fiquei surpresa ao vê-lo sem jeito na presença dela — por muito tempo ele fora um solteirão convicto, dedicando-se a nós e a nada mais. Às vezes, após uma sessão de treinamento, eu o via encarando as poças que se formavam no píer enquanto ela tirava a água salgada dos cabelos, como se aquilo pudesse lhe dar alguma pista para entendê-la.

Ele fora orientado a trabalhar junto a ela e a Kostya, para aprender suas técnicas de treinamento, mas logo percebeu que a abordagem da oficial Mishin era tão delicada quanto a sua. Ela caçoou dele por isso, chamando-o de ingênuo por ter acreditado em todos os boatos sobre métodos cruéis atrás da Cortina de Ferro, e em resposta ele sorria um sorriso que eu nunca vira antes, encabulado e contente e temeroso, tudo ao mesmo tempo, o sorriso de um homem desesperadamente apaixonado e inseguro sobre a possível reciprocidade desse sentimento. Minha filha e eu assistimos a tudo com um misto de dó e diversão, certas de que o sentimento não era recíproco, pois sabíamos por nossa varredura que a oficial

Mishin permanecia impassível às atenções do oficial Bloomington. Não desejávamos compartilhá-lo.

Kostya fora mantido em isolamento por algum tempo enquanto a transação da venda era realizada, a despeito dos protestos da oficial Mishin, e por um período seu comportamento era arisco e agressivo graças à confusão, e só permitiram que ele socializasse com o grupo de golfinhos machos. Quando permitiram que se misturasse com as fêmeas, Kostya também assegurou que a maioria dos rumores que ouvíamos sobre os soviéticos era falsa — para nossa decepção, disse nunca ter saltado de paraquedas de um avião militar para mergulhar no oceano abaixo. Sabia, entretanto, reconhecer a diferença entre um submarino soviético e um estrangeiro, e resolvemos tomar isso como mau agouro, só para termos alguma emoção.

Ainda assim, os superiores da Marinha estavam convencidos de que a oficial Mishin escondia algo. Insistiam em dizer que Kostya possuía habilidades além das que ela o permitia mostrar, que ele sabia como instalar minas submarinas, que fora treinado para explodir submarinos inimigos em um movimento camicase de emergência, ou que — o mais sinistro de tudo — havia sido parte do Programa de Neutralização de Mergulhadores da Divisão Soviética de Golfinhos. Nesse programa, teria sido treinado para fixar um dispositivo nos mergulhadores inimigos, dispositivo operado remotamente e que injetaria dióxido de carbono em suas veias a uma alta pressão, forçando-os a emergir e matando-os no processo. A oficial Mishin negou tais acusações com veemência, e disse que se recusaria a treinar golfinhos para agir contra sua própria natureza, para serem assassinos, que seria algo impossível mesmo que ela tentasse. Explicou que os golfinhos são tão sensíveis à aflição humana que imediatamente se recusavam a cumprir uma ordem que lhes tivesse prejudicado. O oficial Bloomington deu suporte à sua defesa. Os poderosos não se convenceram.

Detectar mergulhadores numa situação de conflito sempre fora tarefa da equipe de minha mãe, a MK6, mas agora que os recursos estavam escassos, o alto escalão decidiu que os membros da MK7 deveríamos incluir essa habilidade no repertório. Do jeito que essa tarefa era feita pela MK6, os golfinhos deviam alertar seus tratadores da presença de mergulhadores ou nadadores, fosse amigável ou hostil, e ficava nas mãos dos humanos resolver como responder. Os comandantes agora ordenavam que uma equipe especial fosse treinada para acoplar um dispositivo de rastreamento ao mergulhador. Os oficiais Bloomington e Mishin, a princípio, recusaram-se a auxiliar nessa missão, mas quando perceberam que ela seria realizada com ou sem eles, julgaram poder nos proteger mais facilmente se participassem. Seus superiores asseguraram que jamais nos ordenariam realizar essa tarefa em uma situação de conflito, que era apenas uma questão de ampliar nossas habilidades.

Fui selecionada para tomar parte nesse programa secreto, junto a outros golfinhos que haviam servido comigo na primeira Guerra do Golfo. Naquele momento, éramos os únicos nas instalações que possuíam experiência real de combate. Kostya também foi incluído na equipe. Fomos enviados a uma base naval isolada na ilha San Clemente, para o treinamento.

Conforme passavam-se os meses, algo daquela situação — talvez o isolamento da ilha ou a resistência que partilhavam a pensar nos interesses por trás da missão — começou a alterar a dinâmica do relacionamento entre os oficiais Bloomington e Mishin. Ela passou a mostrar sinais de afeição por ele, e de forma abrupta, essa afeição se tornou algo mais poderoso. Ela se apaixonara. Manteve seus sentimentos escondidos do oficial Bloomington, mas Kostya e eu percebemos imediatamente. Em pouco tempo, o ar estava tomado pelos feromônios liberados pelos dois apaixonados, e Kostya e eu o farejávamos constantemente, mas os dois sofriam em segredo por acreditar não terem seu amor correspondido.

Kostya e eu, por outro lado, éramos incapazes de esconder nossos ciúmes um do outro, graças a nossa maldita habilidade sonar. Ele amava a oficial Mishin, eu amava o oficial Bloomington; não queríamos perder nossos postos em seus corações, mesmo sabendo ser o caminho normal da natureza que um homem e uma mulher se apaixonassem. Queríamos vê-los felizes, mas também queríamos ser a fonte primária dessa felicidade. Kostya e eu tentamos nos apaixonar, mas parecia demais com um ato compensatório, e logo desistimos.

Foi a primeira vez que estive afastada de minha filha por muito tempo, e sentia sua falta com uma intensidade esmagadora. Ser mãe me ensinara a viver no presente, no instante imediato, a estar preparada para responder às necessidades mais urgentes e a me desconectar de outros pensamentos e ondas de ansiedade, a *estar* com ela sem pensar em passado ou futuro. Tão logo nasceu, surpreenderam-me sua inteireza e discrição. Eu esperava uma tábula rasa, mas ela já era alguém completamente formado, desde os primeiros instantes neste mundo: tranquila, cuidadosa, curiosa. Durante os longos meses de separação em San Clemente, pensava nela o tempo inteiro. Nunca me sentira tão sozinha.

Os oficiais Bloomington e Mishin passaram a fazer trilhas ilha adentro, em seus dias de folga, e Bloomington me descrevia as paisagens depois que voltavam, com um sentimento de culpa, descrevendo os mínimos detalhes, ciente de minha tristeza. Tinham assumido a missão de encontrar uma cabra selvagem sobrevivente em algum lugar das colinas rochosas. Ele me contou a história das cabras, trazidas à ilha no século XIX e soltas na região como fonte de alimento aos marinheiros que por ali passassem. No fim, tornaram-se uma praga, e um século após o primeiro casal ser trazido a San Clemente, a Marinha autorizou que fossem eliminadas. Ativistas pelos direitos animais intervieram e alguns caprinos foram postos para adoção no continente, mas a Marinha conseguiu autorização judicial para executar os animais. As cabras tinham a vantagem sobre o terreno, e correram a se esconder, forçando os exterminadores a persegui-las. A peleja continuou por algum tempo, até restar apenas uma pequena família de cabras. Então capturaram uma fêmea desgarrada e ataram um rastreador a seu pescoço. Quando a soltaram, a cabra levou os atiradores diretamente a sua família. Deram-lhe o apelido de Judas, por trair aqueles a quem amava.

Os oficiais Bloomington e Mishin jamais encontraram uma sobrevivente, mas foi em uma dessas trilhas que revelaram seus sentimentos um ao outro. Quando a missão de treinamento em San Clemente terminou e fui devolvida a minha filha, em 1999, havia aprendido a prender um dispositivo de rastreio do tamanho de uma bola de golfe a um mergulhador humano, e o oficial Bloomington estava, pela primeira vez em seus quarenta e um anos nesta terra, prestes a casar. Kostya estava tão indiferente a isso quanto eu.

O noivado foi bem longo. Eu gostava de fantasiar, de vez em quando, que talvez eles estivessem reconsiderando o casamento, mas percebia que seus sentimentos eram cada vez mais profundos, que se tornavam mais e mais nuançados, unindo-os muito mais do que qualquer cerimônia oficial poderia. Tentei — e tentei — ficar feliz por eles.

O receio do oficial Bloomington sempre fora de que, caso minha unidade de elite se saísse bem nas missões de treinamento, a Marinha não resistisse a nos destacar para missões em um conflito real. Era assim que funcionava a inovação militar. Não importava quão maluco parecesse o método, à primeira vista; numa situação crítica ele poderia de repente ser considerado legítimo. Em nosso caso, o gatilho inicial foi o ataque terrorista ao USS *Cole*, no Iêmen, em 2000. Os recursos para nossa equipe foram dobrados, e todos estávamos em alerta máximo. No ano seguinte fomos enviados à Noruega para participar de um exercício de guerra marítima da Otan, de larga escala, o Blue Game. Então veio o Onze de Setembro.

Outra coisa significativa para minha espécie ocorreu em 2001, embora poucos americanos tenham reparado, compreensivelmente, em meio ao próprio luto. Um cientista publicou os resultados de uma pesquisa empolgante, mostrando como os golfinhos respondíamos a nossas imagens no espelho. Até então, além dos humanos, apenas primatas superiores haviam passado no que os cientistas chamam de "teste do espelho", que indica uma consciência de si mesmo, algo que os bebês humanos alcançam na primeira infância. Os golfinhos da pesquisa, quando marcados com tinta temporária em algum ponto do corpo, seguiam direto a um espelho submerso — o que demonstra o reconhecimento do próprio reflexo — e examinavam a marca, provando também poderem reconhecer modificações em sua aparência. Esse estudo confirmou o que o oficial Bloomington sempre soube sobre nós: que possuímos uma noção de nós mesmos tão sofisticada quanto a de qualquer humano.

Mas isso me fez recordar algo, uma conversa dos oficiais Bloomington e Mishin que eu entreouvira, sobre a mania de perseguição que afeta a maioria dos humanos. Pensei comigo: por que *vocês* se sentem perseguidos por *nós*? Da vaga sensação de estarem sendo alvos de chacota até o extremo oposto, até o horror ao reconhecimento, até o terror de serem expostos pelo que realmente são. Qual a utilidade de uma consciência de si quando tudo que ela faz é criar a sensação de um cerco constante?

O choque pelos ataques terroristas impeliu Bloomington e Mishin a marcarem uma data para o casamento. Na cerimônia, realizada ao lado do tanque em que eu vivia com minha filha, próximo também ao de Kostya, o oficial Bloomington leu um parágrafo extraído do artigo sobre a marca no espelho, e nos agradeceu por conviver com os humanos desde tempos ancestrais. A oficial Mishin deu um grande espelho de presente ao recém-esposo, sabendo que ele desejaria fazer o teste conosco assim que voltassem da lua de mel. Ela prometeu usar seu próprio batom para marcar Kostya. Os convidados riram, e — juro — Kostya corou de contentamento.

Em 2003, fui destacada para o Golfo Pérsico pela segunda vez em minha vida. Toda a equipe MK7, incluindo minha filha, foi transportada de San Diego até o golfo no convés do USS *Gunston Hall*. Nossas ordens eram, como sempre, detectar minas aquáticas e armadilhas colocadas no porto de Umm Qasr pelas tropas de Saddam Hussein, marcando-as com dispositivos acústicos instalados nas imediações.

Durante a viagem, os oficiais Bloomington e Mishin foram informados de que o destacamento especial do qual Kostya e eu fazíamos parte havia sido autorizado a instalar rastreadores nos mergulhadores inimigos, assim como fôramos treinados em San Clemente. A princípio, ambos se opuseram, mas sem efeito — durante uma guerra, a cultura de obediência militar se torna quase um culto, algo pelo qual se vive ou morre. Decidiram, então, nos preparar para a tarefa da forma mais segura e eficiente possível. As ordens diziam que seríamos enviados em missões individuais, um por vez, e fui escolhida para ir primeiro.

Minha filha e eu não nos desgrudamos pelo resto da viagem, lado a lado em nossos tanques de transporte no convés. Ela sabia de minha missão especial, mas não estava apreensiva quanto à minha segurança, em grande parte pela empolgação com sua própria missão inaugural. Mal podia esperar para chegar ao porto de Umm Qasr e limpar o solo submarino, expondo ao ridículo os veículos não tripulados que o alto escalão insistira em equipar com tecnologia sonar e incluir na equipe. Ela sabia — bem como os tratadores — que nada podia competir com nossas habilidades de ecolocalização nesse tipo de situação, em que as águas rasas do porto e as reverberações vindas da agitação no solo marinho confundiriam as máquinas. Apenas nós éramos confiáveis para distinguir entre detritos inofensivos, formações de corais e minas submarinas; apenas nós tínhamos a capacidade de reconhecer os diferentes metais usados num objeto. Os humanos julgavam preferível enviar um drone com sonar, de nome REMUS, para um primeiro reconhecimento dos objetos submersos, mas depois disso estaria a cargo de minha filha operar sua mágica.

Na noite anterior à minha missão solitária nas águas do porto, o oficial Bloomington passou longo tempo examinando minha condição física. Havia sido uma das primeiras habilidades que ele me ensinara, ainda jovem: participar em exames de rotina para assegurar minha adequação ao serviço. Muitos dos dias que passamos juntos tinham começado com um exame de meus dentes, depois do qual ele me pedia para relaxar e conferia minha temperatura, tirando também uma amostra de sangue. Eu ansiava pelo momento em que ele colocaria o estetoscópio em meu peito, sob a nadadeira, para checar os batimentos cardíacos. Gostava do modo atento com que os ouvia, olhando-me com o olhar perdido e contando as batidas de meu coração. Mas naquela noite, assim que registrou os batimentos cardíacos, continuou por um longo tempo com o disco de metal no lugar. Já não mais ouvia por interesse médico, mas como se para gravar aquela cadência na memória.

Fui solta pouco antes do amanhecer. Os relatórios de inteligência reportavam a iminência de algum tipo de ataque às instalações da Marinha no porto, mas os detalhes eram obscuros. O oficial Bloomington me disse para patrulhar as águas, lembrar do que aprendera quanto à identificação de mergulhadores inimigos e — caso encontrasse algum — lançar-me em sua direção para prender nele o rastreador, dando o fora de lá o mais rápido possível. Eu acreditava que a presilha de titânio que carregava era inofensiva, apenas um rastreador, nada além disso, idêntico aos que usáramos nos treinos em San Clemente. Precisava crer que o oficial Bloomington tampouco estava ciente da natureza daquele aparelho, que ele também fora deixado no escuro.

Às vezes me questiono se o homem que matei sentiu a euforia momentânea relatada pelos sobreviventes a ataques de animais. Ted Hughes era fascinado por essa ideia, a de que havia um alívio, até mesmo uma alegria, na superação do ciclo primitivo entre predador e presa. Lera relatos de um homem atacado por uma onça, na Colúmbia Britânica, que não sentira nada a não ser atração pelos olhos amarelados do felino; de Tolstói sendo batido por um urso e não sentindo qualquer dor; do dr. Livingstone sendo apanhado por um leão e ficando embasbacado. Agora, acho tais ideias reconfortantes. Talvez, com o dispositivo injetando dióxido de carbono em suas veias, o homem emergindo em espiral pela coluna d'água tenha considerado a proximidade da morte como um presente, um retorno às origens.

Os homens se suicidam para firmar uma reputação; as mulheres, para conseguir uma. É possível que eu tenha dado argumentos aos céticos que dizem que golfinhos fêmeas não devem ser tomadas para adestramento na Marinha, devido às mesmas razões pelas quais as mulheres humanas nem sempre são bem recebidas nas forças armadas. Dizem que somos impressionáveis, que sentimos as coisas com muita intensidade, ficamos abaladas, deixamos que o remorso nos destrua. Mas sei que Kostya, caso fosse o primeiro enviado da missão, teria feito o mesmo. Não tem nada a ver com ser fêmea, e sim com ser golfinho.

Humanos podem ter consciência de seus pensamentos; nós temos consciência de nossa respiração. É facílimo optar pela morte quando cada fôlego é uma questão de escolha. Não sou o primeiro golfinho a se suicidar, tampouco serei o último. Levamos muito a sério o assassinato de um humano.

É tabu entre nós, tanto quanto matar nossos próprios filhotinhos. Reconhecemos em vocês o que seus ancestrais costumavam enxergar em nós, muito tempo atrás, tomando-nos por sagrados e punindo com a morte o assassinato de um golfinho. Pensavam em nós como os seres mais próximos do divino, mais do que quaisquer outros animais no planeta. Tomavam-nos por mensageiros e mediadores entre vocês e seus deuses. Honraram-nos com Delphinus, o Delfim, nossa própria constelação no céu do norte.

E em troca, por milênios, quando encontramos um humano se afogando nós o erguemos à superfície, assim como fazemos com nossos recém-nascidos, esperando até que comece a respirar. Colocamos nossos corpos entre os seus e os tubarões à espreita. Temos nadado tranquilamente junto a seus jovens, junto aos doentes. Saudamos vocês com saltos no ar. Vocês não deveriam ter esquecido a sabedoria de seus próprios ancestrais.

Mas chega deste papo de morte. Minha história deve terminar com vida, e de algum modo terminará. Antes de ser solta na água para a missão final, minha varredura revelou que a oficial Mishin esperava uma filha, algo ainda desconhecido por ela e pelo marido.

Ainda não pude encontrar sua alma por aqui, sra. Plath, não por falta de esforço. Há coisas sobre você que eu ainda gostaria de saber. Ultimamente, me pego pensando: a senhora continuou gostando da poesia de Ted Hughes depois que a abandonou? "Quem sou eu?", pergunta a criatura mítica de um dos poemas dele, o wodwo, e assim como muitos homens, esse homem selvagem conclui: "Sou o que eu quiser." Quando se apaixonou pelo poeta, e também por todo o período da notável parceria criativa que partilharam, a senhora acreditou fervorosamente em seu gênio. Até que o casamento, sem que ninguém notasse, fez-se em pedaços. Sua confiança tão fervorosa me faz pensar, na verdade, que devo tentar ler a obra dele novamente, em consideração à senhora. Tentar uma terceira vez, para vê-la através de seus olhos e ouvi-la por seus ouvidos.

Retomei os poemas animais e as fábulas para crianças, e desta vez reparei — tanto quanto quis ignorar — que há algo em sua forma de trabalhar a linguagem que faz minha cabeça formigar. Uma sondagem reversa, do humano sobre o golfinho. Aconteceu sobretudo quando eu lia meu poema preferido, aquele sobre a baleia-da-lua. Teria gostado de lê-lo para minha filha. Imagino-a lendo para a sua, os pequenos bracinhos apoiados em seus joelhos. Não há nada igual à energia deslumbrante de uma criança ouvindo histórias, ávida pela voz da mãe.

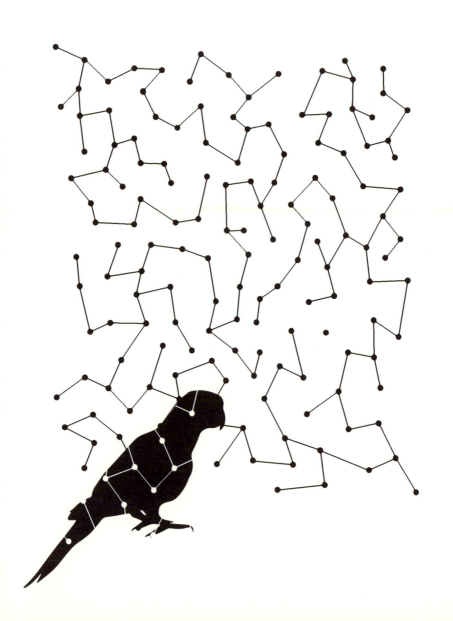

ALMA DE PAPAGAIO
{ PSITACÓFILA }
MORTO EM 2006, LÍBANO

Em seu isolamento, [o papagaio] era quase um filho, um namorado. Ele subia em seus dedos, mordiscava seus lábios, agarrava-se ao seu xale; e, quando ela baixava a testa balançando a cabeça à moda das amas de leite, as grandes abas de seu chapéu e as asas da ave batiam em harmonia.

—Gustave Flaubert, UM CORAÇÃO SIMPLES

Isso se chama ter imaginação histórica. Chama-se ser cidadão, não só do mundo, mas de todos os tempos. É o que Flaubert chamava de ser "irmão em Deus de tudo o que vive, desde a girafa e o crocodilo até o homem". Chama-se ser escritor.

—Julian Barnes, O PAPAGAIO DE FLAUBERT

Muito tempo atrás, trinta anos, para ser exato, quando minha dona perguntou ao ex-marido, antes mesmo de ser ex, como se sentia com relação às núpcias iminentes, ele respondeu "Ótimo. Muito animado".

Não, não, ela insistiu, querendo saber como *realmente* se sentia com relação ao casamento.

Então, ela me contou, ele ergueu o rosto, do mesmo jeito que eu às vezes faço quando estou prestes a fazer algo que ela reprovaria, e disse: "Antes de resolvermos casar, se eu passava por uma bela mulher na rua, sentia-me um pouquinho feliz".

"E agora, quando você passa por uma mulher bonita, o que sente?", questionou de pronto.

"Agora", respondeu, "sinto-me um pouquinho triste."

"Certo. Obrigada por isso. Agora me pergunte o mesmo."

Ele pareceu surpreso ao ver que ela desejava responder à mesma pergunta. Era o problema com eles, desde o princípio.

"Como se sente, prestes a casar?", perguntou, obediente.

"Acho que a decisão de casar se dá com os dois olhos bem abertos, e logo depois se fecha um deles, para nunca mais."

Ele sorriu, ergueu o jornal e sumiu por trás das páginas.

"Casar deve ser parecido com ser açoitado e salgado", continuou, sabendo estar quase passando dos limites. "Do jeito que faziam com marinheiros amotinados, antigamente. Chicote para castigar, depois o sal nas feridas para que não infeccionassem. Uma crueldade fantástica, terrivelmente gentil."

O noivo já se perdera em meio às demandas do noticiário.

Ela insistiu. "Acho que casamento provavelmente dá a sensação do ornitorrinco de George Shaw — o primeiro que viu na vida, trazido de alguma expedição à Terra de Van Diemen. Pensou se tratar de um embuste — metade de um pato costurada a metade de uma lontra."

Para sua surpresa, ele ainda a estava ouvindo. "E qual metade é você?", quis saber, deixando o jornal plainar de volta à mesa da cozinha, a borda sugando o leite derramado. "Pato ou lontra?"

Ele não entendera a questão: que ela não estava plena, que o casamento a forçaria a se metamorfosear de modo a ser meio-pato, meio-lontra, em parte sempre estranha a si mesma. Ela não tentou explicar. Estava esperando a filha dos dois, e descobrira que naquele estado podia se safar de comportamentos rudes.

"A parte de baixo, que tem que lidar com a cagada desse trato", respondeu, erguendo-se abruptamente da cadeira para lavar a louça do café.

No mínimo, pode-se dizer, ela havia sido perspicaz.

Um ano após ter visto a queda das Torres Gêmeas, minha dona assinou os papéis do divórcio, pôs seus pertences num cofre e veio para o Leste. Seu impulso inicial fora seguir até Damasco. Queria que os amigos em Nova York admirassem sua coragem. Que seu ex-marido, mesmo de má vontade, ficasse impressionado. Sua filha, que sempre a mantivera a um braço de distância, sugeriu Goa como um destino mais adequado a uma crise de meia-idade.

O meio-termo acabou sendo Beirute, onde conseguiu um trabalho como professora de inglês na Escola Americana. A princípio, ficou desapontada, pois seus desejos incultos não viam o Líbano como um oriente de verdade. Haveria algum mercado árabe? Pelas fotografias, Beirute lhe parecia uma versão encardida de Marselha, mais mediterrâneo que do Oriente Médio.

Quatro anos mais tarde, quando os israelenses começaram a bombardear partes da cidade, não sobrara qualquer dúvida em sua mente: estava vivendo no Oriente Médio. Parecia até castigo. Até eu começar a arrancar minhas penas com tanta violência que elas derramavam sangue.

Seu trabalho na Escola Americana viera com um apartamento mobiliado e um grupo amigável de imigrantes, todos afeitos a churrascadas no terraço, e em pouco tempo ela estabelecera uma rotina. Não achava aquilo deprimente, como achara em seu último ano em Nova York. Ir à quitanda da esquina ou colocar o lixo para fora do apartamento, para ser recolhido, tudo era exercício de uma vida mais intensa. Uma corrida de táxi em Beirute, quase toda pela contramão, deixava-a bem disposta. Até mesmo jogar o papel higiênico usado na lata de lixo, em vez de jogá-lo na privada, parecia interessante.

Exercitava-se entre os francófonos ao longo do calçadão, nas manhãs frias, e voltando para casa aprendeu com um vendedor ambulante onde comprar suco de amora. Aos fins de semana, ficava estirada no sofá de sua varanda, tomando cerveja libanesa e assistindo à criada filipina, no apartamento da frente, passar cuidadosamente a ferro os sutiãs e calcinhas de seda de sua patroa. Quando tinha fome, abria a geladeira, descalça, e ali mesmo comia picles e iogurte direto dos potes. Comprou um narguilé, e soprava anéis de fumo de maçã na direção das pombas pousadas em frente à janela de seu quarto.

Em se tratando do passado, a amnésia seletiva da maioria da população lhe servia perfeitamente. Os poderes de negligência intencional eram algo a que aspirava. Ficava maravilhada com a capacidade das pessoas ignorarem palmeiras cravejadas de estilhaços, papelões ainda tapando as janelas de casas abandonadas, ou o grande buraco na lateral do Holiday Inn. Negação, pensou certa noite enquanto passava por um cavalo que inexplicavelmente se decompunha na beira da praia, é subestimada.

Resolveu, de modo bem irresponsável, ter um animal de estimação. Não um cão ou um gato, mas algo exótico para combinar com sua própria transformação. A loja de animais tinha tartarugas-nariz-de-porco, filhotes de rotweiller, crocodilinhos, esquilos e macacos de olhos remelentos. Mas no instante em que pisou na loja, soube o que queria. Eu estava empoleirado no ombro do dono da loja, ajeitando com o bico os pelos de sua orelha, um por um. Ela não acreditava em amor à primeira vista até aquele momento — demorara um pouco para se afeiçoar até mesmo a sua filha.

"O papagaio fala?", perguntou.

"Eu tentei ensinar", ele respondeu. "Não tive sorte. Mas ele grasna."

Olhou-me enquanto eu dava uma série de piruetas sobre o balcão, e quis me comprar na mesma hora. O dono relutou em me vender. Eu estava em sua posse desde que nascera, muitos anos antes, no mesmo ano em que os sírios reinvadiram o Líbano e a longa guerra civil fracassou. Ela gostava da ideia de um papagaio dos tempos de paz, incapaz de falar. Aumentou a oferta. Ele concordou, incluindo minha gaiola e poleiro no valor. Na pressa de me tirar dali antes que ele mudasse de ideia, ela esqueceu de lhe perguntar meu nome.

"Se você tiver sorte", ele disse, enquanto ela deixava a loja com minha gaiola coberta por uma toalha, "ele ainda vai viver uns cinquenta anos. Talvez mais."

Ela mandou um e-mail à filha assim que encontrou um lugar com internet. A resposta da filha foi imediata: É bom que essa desgraça não viva mais que você.

Deu-me o nome de Barnes, porque acabara de ler *O Papagaio de Flaubert* e estava um pouco apaixonada pelo autor, cuja foto cobria a maior parte da contracapa. Ela ainda não sabia da piada conhecida nas lojas de animais sobre os papagaios: você não é dono de um, eles que são seus donos.

Dando uma googlada, descobriu ter inadvertidamente adotado um filhotinho. Conforme aumentavam as empolgações on-line dos colegas donos de papagaios, sua alegria tornava-se febril. Como era maravilhoso ser tão necessária! Seu ex-marido tolerara sua carência, mas não a cultivava para si; a filha decidira estabelecer sua independência no momento mesmo em que aprendeu a andar. Mas aqui estava eu, com minhas penas refratando a luz e criando a ilusão de um verdor magnífico, minha língua carnuda, meus dedos perfeitos.

Eu, Barnes, que poderia — se ela cuidasse de mim com atenção — chegar a amá-la e me amparar nela como se fosse minha mãe, parceira, meu par.

Sentou-se e me encarou, sorrindo à visão das penas negras em minha cabeça que pareciam um topete, deixando-me com uma aparência formal esquisita. As cores de meu corpo davam a impressão de que eu vestia um paletó multicolorido, com asas verdes, uma pança branca e perninhas laranja atarracadas. Costumava dizer que sempre que eu abria uma das asas podadas, ela ficava na expectativa de me ver dançar cancã ou cantar o primeiro número de um musical.

Sua rotina começou a girar em torno de mim. Em seu quarto, criou uma área de lazer com não mais de seis brinquedos por vez, que ia revezando a cada dia, para que eu não me entediasse nem ficasse soterrado. Dava-me milho diretamente da espiga, ameixas e pêssegos sem caroço, sementes, limões, beterrabas, pepinos cortadinhos, sabendo que eu me alimentaria melhor se pudesse segurar a comida com minhas próprias garras, além de — como um mimo — dois amendoins por dia. Lavava folhas de couve para limpá-las de inseticida e as deixava sobre a gaiola. Todos os dias limpava meu poleiro, a área dos brinquedos, meus pratinhos, e lavava o chão da gaiola com desinfetante.

Depois de cada mergulho, trocava a água da banheirinha, borrifava minhas penas nos dias particularmente quentes e usava um secador de cabelos para me aquecer em noites de frio excepcional. Recusava-se a receber visitas porque eu me estressava com elas, e passou a declinar convites dos imigrantes para sair em excursões pelas ruínas romanas ou do tempo das Cruzadas, que havia em todo o país, por não gostar da ideia de me deixar sozinho. Permitia que eu me empoleirasse em seu ombro e acariciava as penas em meu dorso, mesmo se eu a bicasse repetidamente. Quando dilacerei as páginas de todos os livros na estante, atirando comida nas paredes e no chão, que se endureciam que nem cimento, ela me perdoou.

Ia para o trabalho com relutância, toda manhã, ouvindo-me grasnar em minha gaiola posta na sacada, mesmo quando já estava na rua. Mas aos poucos aprendi a deixá-la ir sem dar um pio. Ela voltava, no começo da tarde, e me encontrava encarando intensamente as gaivotas, tentando me comunicar com elas por sons desajeitados, mas sinceros.

Por muitos meses, fomos inseparáveis. Sentava-me sobre a privada enquanto ela escovava os dentes, e me agarrava à esponja de banho quando ela estava no chuveiro. Toda noite, ela preparava dois pratos de comida e sentávamos na sacada para jantar, ela à cadeira, eu sobre a mesa. Se cantava ao fazer a cama, eu acompanhava arrulhando; se xingava algo na tevê, eu berrava em apoio. Aprendi a abrir suas garrafas com meu bico. E parei de bicar.

Por volta das sete da noite, eu ficava com sono, e logo amuado. Resmungava, rangia o bico, fechava os olhos e tentava cochilar apoiado em seu peito, até que ela me levasse à gaiola e me pusesse na cama, em meu poleirinho de lã pendurado do teto. Era o único momento em que eu aceitava tranquilamente ser levado ao cativeiro. Daí, dormia doze horas seguidas. De manhã, esperava que ela acordasse para me levar até o cesto de lixo, onde eu soltava a mais formidável cagada que um pássaro pode dar.

Ela adorava que coisinhas simples me dessem tanto prazer, uma alegria tão intensa — papoulas num vaso, o nascer do sol, uma banheira cheinha e toda para mim. Eu gargalhava, cantava, gorjeava, berrava e arrulhava de satisfação ao vê-la se aproximar, e acariciava suas orelhas, seu rabo de cavalo, as costas de sua mão, as mangas de seu suéter, desejando ser acariciado em retorno: ter as penas tocadas, a barriga esfregada, coçada a cabeça e as peninhas alisadas.

Então ela conheceu Marty.

Um dos professores a convencera a aparecer na churrascada de sexta-feira — ela não ia havia tempo —, e ela resolveu ir comigo junto, em seu ombro.

Marty mal havia chegado a Beirute, também para ensinar na Escola Americana. Tinham mais ou menos a mesma idade, e haviam se mudado pelas mesmas razões. "Eu tinha certeza que podia captar o sinal de socorro de um nova-iorquino em meio a este terraço lotado", ele disse, depois de uma piadinha sobre evitar o pessoal do Meio Oeste e também os escandinavos. "Como o sonar de um morcego em apuros na escuridão", continuou.

"Um *morcego*! É isso que pensa de mim?", ela perguntou.

Coisas do tipo, até mal poderem respirar de tanta risada que davam.

Ela e Marty trocaram olhares cúmplices quando um dos professores mais jovens apareceu com sua namorada libanesa. A garota parecia jovem, por volta dos dezenove, e tinha um protetor de plástico sobre o nariz, além de um leve inchaço ao redor dos olhos. Não deu muita atenção a mim, no ombro de minha dona.

"O que houve?" Marty quis saber, depois das apresentações. "Você está bem?"

A garota sorriu e tocou o protetor do nariz, como se para ter certeza de que ainda estava lá. "Ah, não é nada", respondeu. "Só uma operaçãozinha."

O namorado abriu um sorriso para Marty. "Eu disse a ela que na América as garotas inventam uma desculpa, dizem que estão doentes, ou operaram o apêndice, e somem por algum tempo. Mas aqui isso é uma medalha de honra."

Minha dona pigarreou e sorriu polidamente à garota. "Tem assistido às Olimpíadas?", perguntou.

"Sim. Hoje assisti à única equipe do Líbano que se saiu bem nos jogos. A única que já conquistou um ouro."

"E qual seria?", Marty perguntou.

"A equipe de tiro", respondeu a garota, erguendo a mão ao rosto para tocar de novo seu protetor de nariz.

Quando minha dona e Marty se encontraram no Museu Nacional de Beirute, ela novamente me levou junto. Um vídeo mostrava o que pareciam ser blocos enormes de concreto, cuidadosamente cobertos com explosivos para que se despedaçassem. Dentro de cada bloco, conforme a poeira baixava, via-se uma antiga estátua romana. Durante a guerra civil, o diretor do museu escondera as estátuas cobrindo-as com concreto. Após a guerra, não tinha certeza se as peças sobreviveriam à explosão das cápsulas. Mas resistiram. Minha dona e Marty descobriram isso naquela mesma manhã.

Passaram-se meses. Muitos. Minha dona passava cada vez mais tempo com Marty; e cada vez menos tempo comigo.

Certa vez, levaram-me com eles quando a noite já havia caído e o calor do dia, suavizado. Dividiram um narguilé em uma mesa na calçada, de um café na região de Solidere, observando uma mulher saudita comer um Big Mac, erguendo o niqab do rosto com uma mão e, com a outra, fazendo batata frita após batata frita desaparecer sob o tecido. Os movimentos me lembraram um elefante levando folhas à boca, com a tromba. Seu marido e filho, um menino, estavam sentados a seu lado, em roupas normais.

Ah, Beirute dava a minha dona e a Marty muitas oportunidades para destilarem seu veneno.

Ela e Marty já se conheciam bem o suficiente, àquela altura, para dividir o mesmo narguilé, mas mantinham a piteira com a proteção descartável, por não saberem quem fumara ali na noite anterior. Na mesa entre eles, uma tigela de amêndoas verdes sobre gelo, e nacos de melão.

"Por que você e sua esposa se divorciaram?", perguntou a ele, passeando uma semente de melão pela mesa com a ponta do dedo.

"Quando nos casamos, a coisa que ela mais queria era me mudar. Mudar isso, mudar aquilo. Por que você não é assim, por que não é assado?", explicou.

Eu podia notar o quanto ela gostava daquele tom irônico. Ele já havia superado o ressentimento havia muito.

"Daí", continuou, "quinze anos depois, ela virou e disse — Você não é o homem com quem casei!" Soltou uma risada. "Ela disse — Não sei mais quem você é!"

Foi ali que ela decidiu deixar Marty passar a noite.

Minha dona olhava Marty dormir a seu lado, e eu sabia que ela desejava ser capaz de cair no sono com a mesma facilidade. Para ela, havia sempre uma ansiedade em torno daquela rendição: será que conseguiria? Seria capaz de dormir sem precisar se esforçar para isso? Dizia que sua mente lhe pregava peças cruéis. Tão logo fechava os olhos, seu cérebro aproveitava a deixa para repassar todos os acontecimentos do dia, cuspindo toneladas de detalhes e imagens das coisas que ela poderia ter feito melhor, ou se poupado de fazer.

Sentia-se abandonada. Era o mesmo tipo de solidão que me dissera ter sentido quando nadou até muito longe, para o mar aberto, afastando-se da praia em Corniche.

Levantou-se e me carregou, na gaiola, até a sacada. A noite ainda estava quente. Deitou no sofá e, no escuro, apoiou os pés numa caixa térmica, ouvindo o tráfego pela orla, vendo o lento movimento das estrelas no céu. Não reparou ter deixado minha gaiola aberta, e sentiu o coração na garganta, por um instante, ao sentir minhas garras se fechando sobre seu braço. Relaxou conforme eu escalava seu braço, andando desengonçado, de lado, uma pata depois da outra, até chegar a seu ombro e me inclinar para o pescoço. Com delicadeza — com muita delicadeza — peguei uma mecha de seus longos cabelos e, com o bico, coloquei-a atrás de sua orelha.

De manhã, disse a Marty que não podia fazer aquilo, que não deveriam ter feito aquilo, que não fora aquele o motivo que a levara a Beirute.

Um ano se passou.

Nunca se deve empurrar com a barriga, a vida no Oriente.

Uma noite, quando eu começava a pegar no sono empoleirado na dobra do braço de minha dona, ouvimos um estrondo profundo, distante, que teríamos considerado um simples trovão caso o chão do apartamento não houvesse se movido sob nós.

Da sacada, ela não conseguia ver nada fora do normal, então ligou a televisão. Israel havia iniciado seu primeiro ataque aéreo.

A única preocupação dela foi procurar um umidificador de ar para proteger meus pulmõezinhos da fumaça e dos detritos pelo ar. Colocou-me na gaiola, cobrindo-a, fechou todas as janelas e correu para a loja de eletrônicos usados que ficava a algumas quadras dali. O umidificador tinha o peso e o tamanho de uma geladeirinha, e muitos homens pararam para encarar enquanto ela corria pela rua tentando carregá-lo nos braços. Sequer sentiu o esforço. Mas acabou por ser inútil: a energia fora cortada.

Passaram-se quatro dias. Todos os outros americanos no prédio, inclusive Marty, deixaram Beirute de helicóptero, fugindo para Chipre. Ele batera na porta enquanto descia as escadas. Como não houve resposta, ele julgou que ela já havia sido evacuada.

Ela e eu dormíamos durante o dia. À noite, ela acendia velas e se sentava junto a minha gaiola, pronta para me afagar quando as janelas estremeciam e o lustre balançava no teto. Às vezes víamos luzes no porto, quando as canhoneiras atiravam projéteis pelo céu, mirando o sul da cidade. A cada explosão, eu apertava as unhas na carne de seu braço, até tirar sangue.

Um galo desorientado, no telhado de um dos prédios próximos, cacarejava horas antes do amanhecer.

Passei a berrar por horas sem fim. Deixei de comer, ignorava meus brinquedos, e mordia-a com força sempre que ela tentava me tirar da gaiola. Ela assistia, em desespero, enquanto eu me automutilava, arrancando minhas próprias penas, ficando nu. As penas se acumulavam aos montes sobre o chão da gaiola.

No fim, ela me largou sozinho enquanto eu dormia e encontrou um cibercafé onde ainda havia energia. Sua caixa de entrada estava abarrotada de novas mensagens. Sua filha escrevera cinco ou seis vezes por dia, num pânico cada vez maior. Amigos de quem não ouvira falar por anos enviavam mensagens alarmados, oferecendo todo tipo de ajuda, a maior parte inútil. Seu ex-marido escrevera pela primeira vez desde o divórcio, implorando a ela que fosse para a embaixada americana, para ser evacuada. Todos diziam estarem loucos de preocupação. Todos suplicavam que voltasse para casa. Ela se divertia com a angústia daquelas pessoas todas, sorrindo para a tela do computador.

Ela não tinha como saber, no dia que tomou uma das últimas lanchas em direção ao Chipre, que haveria um cessar-fogo dentro de um mês. Naquela manhã, carregou minha gaiola até a sacada e voltou para dentro, tentando fingir que não arrumava as malas. Eu sabia o que ela estava fazendo: embrulhava as poucas maçãs já enrugadas e os pedaços de brócolis que conseguira juntar, enchia uma garrafa com o que sobrava de sementes, punha meus brinquedos preferidos num saco plástico.

Na sacada, encontrou-me encarando o céu, as pálpebras baixas. Não fiz qualquer barulho quando ela atirou uma toalha sobre a gaiola, num movimento furtivo. Agarrou a própria mala com uma mão, minha gaiola com a outra, e seguiu devagar até a loja de animais, a muitas quadras de distância. Seu interior estava escuro, tudo trancado, as vitrines vazias. Não havia sinal de meu primeiro dono.

Que escolha ela tinha senão pendurar minha gaiola no toldo da entrada, indo embora em silêncio, antes mesmo que eu percebesse ter ficado só?

A ORIGEM DAS ESTRELAS
NOTA SOBRE AS FONTES

Como estas histórias homenageiam muitos autores que escreveram sobre animais, estou em débito, direta e indiretamente, para com muitas obras literárias. Muitos dos narradores animais utilizam palavras, expressões e frases tomadas literalmente do trabalho de outros autores. A seguir, uma lista completa das fontes. Agradecimentos especiais aos detentores dos direitos de Douglas Adams pela permissão de reproduzir o trecho de *O Guia do Mochileiro das Galáxias*, de 1979.

{ALMA DE CAMELO}

Robert Irwin. *Camel*. Londres: Reaktion Books, 2010.

Tom McKnight. *The Camel in Australia*. Melbourne: Melbourne University Press, 1969.

Henry Lawson. "The Bush Undertaker" e "Hungerford" in: Henry Lawson (seleção & biografia por Brian Kiernan). *The Essential Henry Lawson: The Best Works of Australia's Greatest Writer*. South Yarra, Victoria: Currey O'Neil Publishers, 1982.

Manning Clark. *In Search of Henry Lawson*. Melbourne: Macmillan, 1978.

Harry Mayfield. *History and Henry Lawson*. Sydney: Kangaroo Press, 1984.

O texto da nota deixada pelo fazendeiro que morreu de sede foi tirado diretamente de *The Dig Tree: The Story of Burke and Wills* (Melbourne: Text Publishing, 2002), de Sarah Murgatroyd.

{ALMA DE GATO}

Muitos dos detalhes históricos sobre a vida de Colette, incluindo o comentário de Jean Cocteau (levemente adaptado) e a história sobre sua última palavra antes de morrer ter sido "Veja!" ("Look!") são de *Belles Saisons: A Colette Scrapbook* (Nova York: Farrar, Straus & Giroux, 1978), de Robert Phelps.

Allan Massie. *Colette*. Harmondsworth: Penguin, 1986.

Colette. *Gigi; and, The Cat*. Oxford: Clio Press, 1986.

Colette (traduzido do francês por e com introdução de Margaret Crosland). *The Other Woman: Collected Stories*. Londres: Peter Owen, 1971.

Colette (traduzido por Patrick Leigh Fermor). *Chance Acquaintances and Julie de Carneilhan*. Londres: Vintage, 2001.

Colette. *Looking backwards: Recollections*. Londres: Quartet Books, 1987.

Colette. *The Vagabond*. Mineola, NY: Dover Publications, 2010. [Ed. bras. *A Vagabunda*. São Paulo: Abril, 1971. Trad. Juracy Daisy Marchese.]

Colette. *Cats, Dogs & I: Stories from La Paix Chez Les Bêtes*. Nova York: H. Holt & Company, 1924.

Alguns detalhes neste conto, incluindo a carta (adaptada) escrita pela criança solicitando que seu pônei não fosse requisitado pelo Exército, são de *Animals in War* (Leicester: Clipper LP, 2006), de Jilly Cooper.

{ALMA DE CHIMPANZÉ}

Algumas das palavras usadas neste conto foram retiradas de registros que Franz Kafka fez em seus diários conforme editados por Max Brod em *The Diaries of Franz Kafka: 1914-1923* (Nova York: Schocken Books, 1949), e de outros trechos de seus diários e obras de ficção.

Os comentários de Hazel sobre o dr. Mitzkin são adaptados do conto "A Friend of Kafka", de Isaac Bashevis Singer, incluído em *A Friend of Kafka, and other stories*. Londres: Cape, 1970.

Franz Kafka. "A Report to an Academy" ["Um relatório para uma academia"] e "A Hunger Artist"["Um artista da fome"], in *The Complete Stories* (Nova York: Schocken Books, 1995), de Franz Kafka (Nahum N. Glatzer, org.). [Ed. bras. *Essencial Franz Kafka*. São Paulo: Penguin Companhia, 2011. Trad. Modesto Carone.]

Franz Kafka (Erich Heller and Jurgen Born, org.; traduzido do alemão por James Stern e Elizabeth Duckworth). *Letters to Felice*. Londres: Penguin, 1978.

Jeremy Adler. *Franz Kafka*. Woodstock, NY: Overlook Press, 2002.

C. Paul Vincent. *The Politics of Hunger: The Allied Blockade of Germany, 1915-1919*. Ohio: Ohio University Press, 1986

{ALMA DE CACHORRO}

Muitos dos detalhes históricos neste conto, incluindo as palavras de Hermann Görin em seu discurso pelo rádio, são de *Animals in the Third Reich: Pets, Scapegoats, and the Holocaust* (Providence, Rhode Island: Yogh & Thorn Press, 2013), de Boria Sax.

Günter Grass. *The Rat*. Nova York: Harcourt Brace & Company, 1989.

Günter Grass. *Dog Years*. Nova York: Mariner Books, 1989.

Thomas Man. *Bashan and I*. Filadélfia, PA: Pine Street Books, 2002.

O texto da parábola atribuída a Zhuangzi é de *Chinese Tales* (Amherst, NY: Humanity Books, 1991), de Martin Buber.

Os versos do poema que a alma do porco cita para o cachorro são do epigrama que Alexander Pope supostamente teria gravado na coleira de um cachorro presenteado por ele a Sua Alteza, Frederico Luís, príncipe de Gales, em 1734. Alguns dos trechos da conversa que Himmler tem com seu massagista foram tiradas de *The Kersten Memoirs, 1940-1945* (Nova York: Time Life Education, 1992), de Felix Kersten.

Palash Ghosh. "'Heinrich Himmler: The Nazi Hindu", *International Business Times*, 12 abr. 2012. Disponível em: <http://www.ibtimes.com/heinrich--himmler-nazi-hindu-214444>. Acesso em 17 mar. 2017.

A frase que o porco usa no diálogo com o cachorro sobre bondade e dominação é de *Dominance and Affection: The making of pets* (New Haven, CT: Yale University Press, 1984), de Yi-Fu Tuan.

{ALMA DE MEXILHÃO}

As palavras do título deste conto, assim como muitas das palavras usadas nele, foram tiradas diretamente de registros do diário e da ficção de Jack Kerouac, incluindo *On the Road* (Londres: Penguin, 1991) [Ed. bras. *On the Road: Pé na Estrada*. Porto Alegre: L&PM, 2015. Trad. Eduardo Bueno.]; *Desolation Angels* (Londres: Penguin, 2012) e *The Sea is my Brother: The Lost Novel* (Londres: Penguin, 2010), que é, em sua maioria, sobre suas experiências na marinha mercante durante a Segunda Guerra.

Steve Turner. *Angelheaded Hipster: A Life of Jack Kerouac*. Londres: Bloomsbury, 1996.

{ALMA DE TARTARUGA}

Peter Young. *Tortoise*. Londres: Reaktion Books, 2003.

Tom Stoppard. *Jumpers*. Londres: Faber, 1972.

Tom Stoppard. *Arcadia*, Londres: Faber, 1993.

A anedota sobre um membro da plateia desafiando um eminente cientista ao sugerir que a Terra é sustentada por tartarugas foi adaptada de um episódio em *A Brief History of Time* (Londres: Bantam Press, 1998), de Stephen Hawking. [Ed. bras. *Uma Breve História do Tempo*. Rio de Janeiro: Intrínseca, 2015. Trad. Cássio de Arantes Leite.]

O rumor de que os nazistas esculpiram suásticas na carapaça de tartarugas vivas foi adaptado de *The Tortoises* (Nova York: New Directions, 2001), de Veza Canetti, traduzido do alemão por Ian Mitchell.

As últimas palavras do papagaio antes de morrer nos destroços foram retiradas de uma história narrada em *Animals in War* (Leicester: Clipper LP, 2006), de Jilly Cooper.

Katherine McGlade Marko. *Animals in orbit: monkeynauts and other pioneers in space*. Nova York: Franklin Watts, 1991.

As últimas palavras de Tolstói fora retiradas de "Leo Tolstoy: the last 10 days", por Pavel Basinsky, in *Rossiyskaya Gazeta* (*Russia Beyond the Headlines*), 1 dez. 2010. Disponível em: <http://rbth.com/literature/2010/12/01/leo_tolstoy_the_last_10_days05166.html>. Acesso em 17 mar. 2017.

{ALMA DE ELEFANTE}

Beth Ann Fennelly. "Madame L. Describes the Siege of Paris." *Michigan Quarterly Review*, v. XXXVI, n. 2, primavera 1997.

Katy Payne. *Silent Thunder: In the presence of elephants*. Nova York: Simon & Schuster, 1998.

Martin Meredith. *Africa's Elephant: A Biography*. Londres: Hodder & Stoughton Ltd, 2001.

{ALMA DE URSO}

John Berger. *Why Look at Animals?* Londres: Penguin Books, 2009.

Muitos dos detalhes sobre a história do urso soldado na Segunda Guerra são baseados na história real de Wojtek, o urso soldado, como foi narrada em *Wojtek The Bear: Polish War Hero* (Edimburgo: Birlinn, 2010), de Aileen Orr, e no documentário *Wojtek: The Bear That Went To War* (direção de Will Hood, Animal Monday & BBC Scotland, 2011).

Marina Warner. *Wonder Tales: Six Stories of Enchantment*. Nova York: Random House, 2012.

Steven Galloway. *The Cellist of Sarajevo*. Melbourne: Text Publishing, 2008.

Peter Maass. *Love Thy Neighbour: A Story of War*. Londres: Papermac, 1996.

Roger Cohen. *Hearts Grown Brutal: Sagas of Sarajevo*. Nova York: Random House, 1998.

Muitos dos detalhes do cerco a Sarajevo, incluindo o discurso no rádio transmitido pelo Centro de Segurança de Sarajevo, a piada que a bruxa conta sobre o bósnio esperto e o imbecil e a conversa ouvida por acaso (levemente adaptada) entre um homem e sua família em radiofrequências piratas são de *Sarajevo: A War Journal* (Nova York: Fromm International, 1993), de Zlatko Dizdarevic.

{ALMA DE GOLFINHO}

John C. Lilly. *Man and Dolphin*. Nova York: The Julian Press, 1967.

Diane Middlebrook. *Her Husband: Hughes and Plath – A Marriage*. Nova York: Viking, 2003.

Ted Hughes. *Moon-Whales and Other Moon Poems*. Nova York: Viking Press, 1976.

Diana Reiss. *The Dolphin in the Mirror: Exploring Dolphin Minds and Saving Dolphin Lives*. Boston: Mariner Books, 2012.

Jilly Cooper. *Animals in War*. Leicester: Clipper LP, 2006.

Robert E. Lubow. *The War Animals: The training and use of animals as weapons of war*. Nova York: Knopf Doubleday Publishing Group, 1977.

Frontline: PBS. *A Whale of a Business* (1997).

Sylvia Plath (Karen V. Kukil, org.). *The journals of Sylvia Plath: 1950-1962*. Londres: Faber & Faber, 2000. [Ed. bras. *Os Diários de Sylvia Plath: 1950-1962*. São Paulo: Ed. Globo, 2004. Trad. Celso NOgueira.]

As palavras usadas pela alma de Elizabeth Costello em seu diálogo com a alma do golfinho foram transpostas quase literalmente do romance *Elizabeth Costello* (Londres: Secker & Warburg, 2003), de J.M. Coetzee. [Ed. bras. *Elizabeth Costello* (São Paulo: Companhia das Letras, 2004. Trad. José Rubens Siqueira.]

{ALMA DE PAPAGAIO}

Sou grata a Emily Martin por dividir tantas histórias preciosas sobre sua experiência como proprietária e companheira de Ruben, o papagaio.

EDIÇÕES BRASILEIRAS CITADAS NESTA OBRA

Epígrafe; p. 196. J.M. Coetzee. *Elizabeth Costello*. São Paulo: Companhia das Letras, 2004. Trad. José Rubens Siqueira.

p. 51. Franz Kafka. *Essencial Franz Kafka*. São Paulo: Penguin Companhia, 2011. Trad. Modesto Carone.

p. 130-131; 132. Virginia Woolf. *Flush: Memórias de um Cão*. Porto Alegre: L&PM, 2003. Trad. Ana Ban.

p. 151. José Saramago. *A Viagem do Elefante*. São Paulo: Companhia das Letras, 2008.

p. 203. Douglas Adams. *O Guia do Mochileiro das Galáxias*. Rio de Janeiro: Arqueiro, 2011. Trad. Paulo Henriques Britto e Carlos Irineu da Costa.

p. 221. Gustave Flaubert. *Um Coração Simples*. São Paulo: Grua Livros, 2014. Trad. Sergio Flaksman.

Julian Barnes. *O Papagaio de Flaubert*. Rio de Janeiro: Rocco, 1998. Trad. Manoel Paulo Ferreira.

AGRADECIMENTOS

Primeiramente, e acima de tudo, a minha mãe, Teresa Dovey, por suas belíssimas ilustrações originais. Agradeço sinceramente a Sarah Chalfant e Charles Buchan, pelo apoio incondicional ao longo de tantos anos (e por não terem me enviado ao manicômio quando entreguei um manuscrito cheio de animais falantes). Agradecimentos especiais a Ben Ball e Meredith Rose por terem sido os primeiros a apoiar a este livro e por terem usado suas fantásticas capacidades editoriais para deixá-lo muito melhor. Agradeço à equipe da Penguin, Louise Ryan, Anyez Lindop, Heidi McCourt, Jordan Ormandy-Neale, Andre Sawenko, Belinda Kelso, Maria Matina, Cate Blake, Clementine Edwards, Elena Cementon e John Canty. Obrigada também a Arwen Summers, Anna Funder, Nam Le, Kirsten Tranter, Jemma Birrell, Michelle de Kretser, June Vickers, Kate Arneman, Rowena Potts e Louise Boronyak pelo apoio moral. Obrigada a meus colegas do Institute for Sustainable Futures pelo caraoquê e pelo estímulo. Agradeço a minha turma do North Sydney Girls High, e a seus filhos, por tornarem alegre o dia a dia em Sydney. Muito obrigada a minhas queridas amigas Michelle Skinner e Sara Castillo Rodriguez por serem babás para que eu pudesse escrever. Obrigada a Lindiwe Dovey e Robert Mayes por acreditarem em mim. Agradeço a Ken e Teresa Dovey por serem os melhores pais e avós do universo: sem seu constante apoio, este livro jamais teria visto a luz do dia. Mais importante de tudo, agradeço a Blake Munting e Gethin Dovey-Munting por fazerem a vida ser completa.

Uma versão muito inicial de "A Mocinha de Peter Vermelho" foi publicada em *Canteen*, n. 5, 2009, e "Psitacófila" saiu em *To Hell With Journals B: East & West*, 2007.

Este projeto foi apoiado pelo governo da Austrália, por meio do Australia Council for the Arts, seu financiamento às artes e conselho consultor. Sou ainda muito grata pelo apoio recebido do governo de New South Wales, com seu Arts NSW.

CERIDWEN DOVEY nasceu na África do Sul e foi criada entre este país e a Austrália. Estudou antropologia social em Harvard, período em que realizou *Aftertaste*, documentário sobre os trabalhadores nas vinícolas sul-africanas. Seu primeiro romance, *Blood Kin*, escrito enquanto vivia na Cidade do Cabo, foi publicado em quinze países e incluído pela US National Book Foundation na prestigiada lista "5 under 35", que seleciona cinco estreias na ficção de autores com menos de 35 anos cuja obra deixa uma impressão duradoura no cenário literário. *Só os Animais Salvam*, seu segundo livro, ganhou o Readings New Australian Writing Award e o Steele Rudd Award (coletânea de contos) no 2014 Queensland Literary Awards. Ela mora com o marido e o filho em Sydney, Austrália. Saiba mais em **ceridwendovey.com**.

"A compaixão para com os animais é
das mais nobres virtudes da natureza humana."
CHARLES DARWIN

DARKSIDEBOOKS.COM